Ingrid Kansy

So wie unsere Mütter nicht!

Antriebspunkte eines Lebens

Roman

Ingrid Kansy
So wie unsere Mütter nicht!
Antriebspunkte eines Lebens
Roman

Geest-Verlag, Vechta-Langförden 2019

ISBN 978-3-86685-747-6

Verlag: Geest-Verlag, Lange Straße 41 a,
49377 Vechta-Langförden
www.geest-verlag.de

Druck: Geest-Verlag

Printed in Germany

Inhalt

Prolog

„Das ist Grabschändung", jammert Helene und schüttelt bedenklich den Kopf. „Mein ganzes Wesen wehrt sich dagegen. Ich spüre, wie mein Magen sich bei diesem Gedanken umdreht."

Helene, ihr Mann Clemens und ihre beiden erwachsenen Kinder, Barbara und Andreas, sitzen um den Kaffeetisch. Helene hat eine Familienkonferenz gefordert, weil der Tod ihrer Stiefmutter sie vor unerwartete Probleme stellt. „Meine Mutter dreht sich im Grabe um", sagt Helene zu ihrer Familie. „Unmöglich, ich kann meine Stiefmutter nicht im selben Grab beerdigen lassen wie meine Mutter."

Barbara klopft mit der Hand auf den Tisch: „Sie ist ein Mitglied unserer Familie, das wir nicht einfach verscharren können."

„Doch wir könnten sie in alle Winde verstreuen lassen, wie das heute so üblich ist: Es gibt Meeresbestattung, Wiesenbestattung, Baumbestattung."

„Auch Kirchenbestattung. Da stehen die Namen der Verstorbenen an den Kirchensäulen", meint ihr Mann.

Helene schüttelt den Kopf: „Nein, sie war keine Kirchgängerin."

Ihr Mann entgegnet: „Das Meer liebte sie auch nicht. Aber Wiesen und Bäume."

Andreas grinst: „Sie liebte Hunde über alles. Wenn du danach gehst, kannst du sie auf dem Hundefriedhof beerdigen."

„Sehr witzig!" Barbara sieht ihre Mutter eindringlich an: „Warum willst du sie nicht ins Grab ihres Ehemanns geben? Ich verstehe das nicht, das ist doch unser Familiengrab. Da sollen alle unsere Familienmitglieder hinein. Dann haben unsere Nachkommen einen Ort, wo sie sich treffen können, und erzählen sich unsere Familiengeschichten."

„Weil in diesem Grab auch meine Mutter liegt. Meine Stiefmutter war der Grund, warum meine Mutter so früh gestorben ist. Unmöglich! Ich kann meine Stiefmutter nicht im selben Grab beerdigen lassen wie meine verstorbene Mutter. Für mich ist dies Grabschändung.“

„Hat sie deine Mutter getötet?“

„Nicht körperlich, aber seelisch-moralisch: Sie hatte meinen Vater verführt.“

„Bist du sicher, dass er nicht sie verführt hat?“, wirft Andreas ein.

„Mama, heute ist das normal. Man verliebt sich und trennt sich wieder. Man heiratet und lässt sich scheiden. Ohne Ehrverlust für beide Seiten.“

„Damals, 1960, war es für meine Mutter eine Katastrophe. Der Zeitgeist war anders als heute. Eine geschiedene Frau war eine große Ausnahme. Eine Scheidung war ein Ehrverlust für die verlassene Frau. Aber noch wichtiger: Die Scheidung war eine Existenzfrage. Meine Mutter hatte keinen Beruf. Sie war Hausfrau. Das Geschäft, in dem sie Knochenarbeit leistete, lief nur auf meines Vaters Namen. Das Haus, das sie mit eigenen Händen aus Trümmern aufgebaut hatte, lief nur auf meines Vaters Namen. Anja hat nicht nur meiner Mutter das Herz gebrochen, sondern auch ihre Existenz bedroht. Das war zu viel für sie. Deshalb ist meine Mutter so früh gestorben. Mit 47 Jahren. Sie hatte sich aufgegeben.“

Barbara nimmt ihre Mutter in den Arm. „Schließlich war Anja in den letzten Jahren die Uroma für meine Kinder. Die wollen doch später wissen, was für ein Mensch sie war und welche Rolle sie in unserem Leben gespielt hat.“

Andreas meint: „Für uns war sie keine Oma. Sie hat uns nie gehütet.“

Barbara beharrt: „Ich erinnere mich, dass du, Mama, oft mit ihr telefoniert hast. Welche Rolle spielte sie in deinem Leben? War sie dir eine Mutter oder nur die Ehefrau deines Vaters? War sie dir Freundin oder Feindin? Weißt du was, setz dich heute Abend an den Computer und schreibe dein Leben auf und das Leben der Frauen in unserer Familie, damit meine Kinder, deine Enkelinnen, die Geschichte ihrer Familie und die Geschichte der Frauen in unserer Familie verstehen können. Mich persönlich würde interessieren, warum du gerade Lehrerin werden wolltest. Es gibt doch so viele Berufe."

„Das ist keine schlechte Idee von Barbara", meint auch ihr Mann. „Vielleicht kannst du nach der Auseinandersetzung mit deinem und ihrem Leben besser entscheiden, wo und wie deine Stiefmutter beerdigt werden soll. Mich interessiert, auch im Hinblick auf unsere Mädchen, ob und wie das Selbstbewusstsein der Frau sich in unserer Familie entwickelt hat."

Kinderzeit mit Hoffnungsfunken

Die verwitterte Turmuhr an der mittelalterlichen erdbraunen Klosterkirche schlug in dumpfen Tönen zwei Mal. Es regnete Bindfäden. Trotz des schauerlichen Wetters warfen die Oberstuflerinnen des Mädcheninternats sich eiligst ihre wollenen Wintermäntel über, um das bisschen Freiheit am Tag auch zu nutzen.

Eine Stunde Ausgang. Eine Kostbarkeit. Die Klosterschülerinnen spürten kaum den klatschenden Regen auf ihren Gesichtern. Ihr Blick war auf die menschenleer gefegte Dorfstraße mit den winzigen Nebenstraßen ohne Bürgersteige gerichtet und das schummrige Licht am Ende. Es war für sie ein langweiliges, graues Straßendorf und enthielt als einzige Abwechslung eine Bäckerei mit kleinem Nebenraum, in dem nur drei schwarze alte Gittertische mit verrosteten Gitterstühlen standen. Immerhin lohnte sich ein Blick aus dem Fenster auf den breiten, an manchen Stellen vereisten Nebenarm des Flusses, des Rheins.

Die Schülerinnen besuchten die Bäckerei täglich, um sich mit Süßem vollzustopfen und im düsteren Nebenraum unbelauschte Gespräche zu führen. Genauso wie sich das schwere eiserne Tor der Klosterschule für sie einmal am Tag öffnete, so öffneten sich die Herzen der drei Mädchen einmal am Tag. Sie tauchten tief in ihre Seelen ein und zeigten sich die Splitter in ihren Seelen und erzählten sich ihre Träume.

Die drei Mädchen waren unzertrennlich wie ein Kleeblatt. Leider nur ein dreiblättriges. Mit Glück, empfand jede von ihnen, waren sie bis jetzt nicht gesegnet worden.

Eingeschlossen hinter hohen Klostermauern fühlten sich die drei, zwei Unterprimanerinnen und eine Obersekundanerin, ohnmächtig, aber gleichzeitig wütend.
An diesem Tag zischte ihnen ein eisiger Regenwind entgegen, sodass sie Kapuze und Kragen hochkrempeln mussten. Doch der Wind biss ihnen trotzdem ins Gesicht und in ihre Hände. Als sie sich gegen die Tür der Bäckerei stemmten und sie endlich öffneten, drang ihnen der süße Geruch der Backwaren entgegen und zog sie in ihren Sog. Hannah leckte sich über die Lippen: „Hmm, süßer Nachtisch."
Die dunkelblonde Helene hatte heute keinen Hunger. Ihr war nur schlecht. Der Geruch von Bier verfolgte sie und sie sah im Geiste immer nur blaue Lippen vor sich. „Meine Mutter hätte beizeiten ihr Schicksal beeinflussen können. Am Schluss wusste sie nicht mehr ein noch aus. Mein Vater ist schuld an ihrem Tod", schluchzte sie.
Hannah musste an das Leben ihrer Mutter denken. Kein Zuckerschlecken mit 9 Kindern. Ein Leben voller Hausarbeit und dazu noch einen tyrannischen Mann. Das war eindeutig zu abhängig. „Ich werde niemals so viele Kinder gebären. Meine Mutter war eine Gebärmaschine", klagte sie.
Die schwarzhaarige Eva sagte: „Meine Mutter, Tochter eines Gutsbesitzers im Osten, wird nur lebendig in der Vergangenheit. Sie hat es nicht verwunden, ihre Heimat verlassen zu müssen, ihr prächtiges Haus, ihren Wohlstand. Wegen des Krieges. Sie fühlt sich heimatlos und freudlos. Mein Vater flieht vor ihrer Trauer. So gibt es bei uns kein Familienleben. Er ist immer weg. Sie immer traurig. Sie starrt nur vor sich hin. So möchte ich nicht enden."

Eva nahm Helene in den Arm und sagte: „Wir Freundinnen hingegen werden ein besseres Frauenleben führen, uns nicht in die Traurigkeit einnisten, sondern unser Leben fantasievoll in die Hand nehmen. Unser Frauenleben soll uns Freude machen. Es soll einzigartig sein."

„Und wir werden uns nicht alles gefallen lassen. Vor allem werden wir uns nicht unterdrücken lassen. Wir gestalten unser Leben anders als unsere Mütter! Wir werden richtige Emanzen!", tönte die hellblonde Hannah.

„Alles nur Schall und Rauch!", heulte Helene. „Das schaffen wir nie. Besonders nicht bei einem gewalttätigen Mann. Mein Vater hat meine Mutter oft geschlagen. Stellt euch vor: Ich habe sogar eine Blutlache am Ende der Treppe gefunden. Körperliche Gewalt im 20. Jahrhundert! Ich fasse es nicht!"

Da hatte Hannah, die Praktische, eine Idee: „Wir werden das ändern. Unser Frauenleben wird anders! Wir müssen es nur richtig mit aller Kraft wollen. Und dafür kämpfen."

„Damit wir es auch wirklich tun, sollten wir Freundinnen uns hier und heute schwören, dass wir starke und kreative Frauen werden. Unabhängig und selbstständig und selbstbestimmt. Wenn unsere Mütter sich beizeiten gewehrt hätten, wäre ihr Leben erfüllter gewesen. Kommt, wir trinken Brüderschaft. Nein, Schwesternschaft. Wir schwören uns, dass wir uns hier nicht im Café, sondern im Rheinrestaurant in 50 Jahren treffen und Rechenschaft voreinander ablegen, ob wir ein würdiges und glückliches Frauenleben geführt haben – anders als unsere Mütter."

Die drei Freundinnen bestellten sich ein Glas Cola, und nachdem sie es reihum gereicht und daran genippt hatten, legten sie ihre Hände übereinander und sagten: „Ich schwöre es, bei dem Andenken meiner Mutter."

„Unser Ziel muss die Unabhängigkeit der Frau vom Mann sein. Das bin ich meiner Mutter schuldig", sagte Helene.

„Dann kannst du ja direkt ins Kloster eintreten. Hast es auch ganz nah", witzelte Eva.

„Nein, das will ich nicht. Im Kloster bestimmt zwar kein einzelner Mann über mein Leben, aber die Kirche, und die Kirche ist eine Männerkirche."

Eva lachte bitter auf. „Das kommt für mich sowieso nicht infrage. Nein, ich möchte über mein Leben selbst bestimmen. Weder die Gesellschaft noch die Kirche noch ein Mann sollen mich beherrschen."

„Aber träumst du nicht auch vom Prinzen, der dich befreit und dich mit auf sein Schloss nimmt?", fragte Hannah.

„Aber nicht zu dem Preis, dass er mich dann auf seinem Schloss einsperrt."

„Oder sich eine neue Prinzessin sucht, während du seine getreue Magd bleibst und für ihn schuftest, wie meine Mutter", weinte Helene.

„Gerade in der Liebe müssen wir unabhängig und frei sein", erklärte Eva mit fester Stimme.

Stumm schauten alle drei Abgeschobenen aus dem Fenster und betrachteten den Rhein und sahen, wie die Schleppkähne hinter der verbotenen Insel sich begegneten und sich wieder trennten.

Ihre Sehnsucht auf ein Leben als Emanzen bekam Flügel.

Aus dem Radio der Bäckerei sang Peggy March: „Mit 17 hast du noch Träume, da wachsen noch alle Bäume in den Himmel der Liebe."

***

Von Weitem sah Helene Jungschwester Michaela in ihrem schweren, schwarzen Habit und dem tellergroßen steifen weißen Kragen an der Pforte der Klosterschule unruhig hin- und hergehen. Die schöne, schlanke Nonne mit buschigen schwarzen Augenbrauen ließ ihren Blick die Dorfstraße hinauf- und hinabgleiten. Die Mädchen rannten auf sie zu. „Wo bleibt ihr nur? Die anderen Schülerinnen sind schon lange zurückgekehrt. Hoffentlich seid ihr nicht zum Rhein hinuntergegangen! Da lauern mannigfache Gefahren. Ihr könntet ins Wasser fallen. Oder ein Fremder könnte euch in sein Boot locken und euch auf die grüne Rheininsel entführen. Die Lustschreie nachts sind ja unüberhörbar. Oder ihr könntet von einem Autofahrer mit nach Bonn, in die nahe Stadt, genommen werden. Ich war ja sowieso dagegen, dass die Mädchen der Oberstufe täglich eine Stunde freien Ausgang bekommen."
„Seien Sie doch nicht so streng mit uns!", rief Eva.
„Aber wo wart ihr nur? Alle anderen Internatsschülerinnen sind schon längst zurückgekehrt. Ihr werdet Ärger bekommen. Das Silentium hat schon angefangen. Außerdem lauern so viele Gefahren in der Welt da draußen."
„Uns passiert schon nichts. Wir halten uns doch an Schwester Theodoras Regel: Immer zu dritt, nitt?", sagte Hannah in tiefernstem Ton. Die beiden anderen prusteten los.

Dann versuchte Eva, die Älteste von den dreien, Schwester Michaela zu beschwichtigen: „Wir waren im Café Lustig, haben Kakao und Cola getrunken und Helene hat uns aus dem schweren Leben ihrer Mutter erzählt. Darüber haben wir die Zeit vergessen. Hier sind wir doch nie allein."
„Oh, das war aber nett von euch", murmelte Schwester Michaela, denn sie wusste, dass Helenes Mutter letzte Woche plötzlich gestorben war.
Von nun an bemerkten die drei, dass Schwester Michaela die Klosterpforte mittags nur angelehnt ließ, sodass die Mädchen heimlich hineinschlüpfen konnten, wenn sie sich verspäteten. Und das passierte oft.

***

Die Mädchen rannten zu dem Raum des Silentiums. Mater Theodora thronte auf dem hohen Pult wie auf einem Hochsitz im Wald, damit sie ihre Schützlinge alle im Blick hatte. Wehe, sie würden miteinander sprechen! Sie ließ die schwere Hornbrille, die ihre Augen geisterhaft vergrößerte, auf die Nase rutschen und sah die Ankömmlinge prüfend an: „Ihr seid 17 Minuten zu spät! Was habt ihr zu eurer Entschuldigung zu sagen?", donnerte sie ihnen entgegen.
„Wir haben Helene getröstet." Hannah wippte zur Bestätigung mit ihrem hellen Pferdeschwanz. Eva versuchte sie mit ihrem unterwürfigen asiatischen Lächeln zu beschwichtigen. Mater Theodoras harte Stahlaugen blickten nun etwas milder. „Gut, das verstehe ich. Dann kommt ihr heute einmal ohne Strafe davon. Aber morgen nicht mehr."

Hannah sprach sanft und einschmeichelnd. „Bestimmt nicht." Sie legte schützend ihren Arm um Helene und führte sie zu ihrem Platz. „Die alte Zicke!", flüsterte sie ihr ins Ohr. Dann setzte sie sich auf ihren Platz und tat so, als wenn sie Hausaufgaben machen würde. Jedoch schrieb sie keine Hausaufgaben. Aber das konnte Mater Theodora von ihrem erhöhten Pult nicht sehen. Hannah schrieb in ihr Tagebuch. Helene guckte neugierig zu ihr herüber.

„Liebe Kitty,
mir tut Helene so leid. Mit 17 Jahren ihre Mutter zu verlieren! Dabei hatte ich sie so beneidet, weil sie Einzelkind ist. Ich würde auch gerne meine Mami für mich allein haben. Aber ich muss sie mit 6 Geschwistern teilen. Richtig reden mit meiner Mami kann ich nicht. Sie hat nie Zeit. Sie muss den ganzen Tag waschen, bügeln, Essen kochen. Dabei habe ich es noch gut. Als Einzige unserer Familie muss ich nicht täglich im Haushalt helfen. Ich darf mich nur auf die Schule konzentrieren. Mein Vater verdient als Realschullehrer nicht so viel, dass er für jedes Kind Schulgeld und Internatsgeld bezahlen könnte. Ich darf im Internat sein, weil ich die besten Schulnoten mit nach Hause gebracht habe. Ich bin der ganze Stolz meines Vaters. Ich soll Professorin werden, das Aushängeschild der Familie. „Eine gute Ausbildung ist alles", meint mein Vater. Für ihn ist meine Ausbildung ein echtes Geldopfer. Anders bei Helene. Ihr Vater schwimmt im Geld als Spediteur. Der wollte seine Tochter nur ins Internat abschieben, damit er sein Doppelleben ungestört weiterführen kann. In den Sommerferien habe ich ihn mit einer jungen Blondine in einem hellblauen Volkswagen gesehen. Er hat sie mit seinen Kalbs-

augen ganz verliebt angesehen. Ich habe es Helene nicht erzählt, weil ich sie nicht traurig machen wollte.
Trotzdem beneide ich sie. Helene besitzt viel schönere und teurere Kleider als ich. So eine Ungerechtigkeit. Aber wenigstens gibt sie nicht damit an. Die Angeber wie Lilly aus meiner Klasse kann ich für den Tod nicht ausstehen. Aber die Zeit wird kommen, wo ich mir als Professorin die vornehmsten Kleider kaufen werde!"

Mater Theodora läutete mit ihrer dumpfen Kuhglocke: „Kaffeezeit! Danach sehen wir uns hier wieder zum Silentium."
Hannah versteckte ihr Tagebuch unter ihrer Bank und stellte sich mit Helene auf, um in den Speisesaal zu gehen.

***

Helene und die anderen Oberstufenschülerinnen gingen vier Mal am Tag in den Speisesaal. Dort trafen sie die anderen Internatsschülerinnen. Unterschülerinnen, Mittelschülerinnen und Oberschülerinnen studierten in unterschiedlichen Räumen und bei unterschiedlichen Nonnen. Doch alle Internatsschülerinnen aßen zusammen im alten, ehrwürdigen Speisesaal, erbaut im vorigen Jahrhundert.
Warmer Essensduft nach Kohl und Fleisch schlug den Schülerinnen entgegen. Die Mädchen betraten in Reih und Glied den hell getünchten Speisesaal, wo sie wie immer von Mater Dominika und Tante Irene empfangen wurden. Ihr Blick fiel auf eine kleine Empore mit einem Klavier, die ein wenig Bühnencharakter hatte und für kleine Auftritte diente. Im Saal selbst standen etwa 20 Zehnertische, schmale lang gezo-

gene Tische mit zwei Kopfenden. Die Mädchen der Unterstufe und die der Mittelstufe saßen an den Längsseiten und die der Oberstufe an den Kopfenden, als Aufsicht für die Kleineren. ‚Alles muss überwacht werden', dachte Helene bitter.

Zuerst blieben alle Internatszöglinge hinter ihrem Stuhl stehen. Mater Dominika sprach das Tischgebet. Als sie sich setzten, rief Tante Irene: „Halt! Nicht so schnell. Wir erwarten Besuch." Schon öffnete sich die hölzerne Doppeltüre des Speisesaals und drei Nonnen schlürften in den Raum. Schwester Dominika sagte: „Bitte erhebt euch, wenn die Ehrwürdige Mutter zu euch sprechen will." Alle Schülerinnen standen schweigend auf und guckten neugierig zu der Nonnengruppe. Die gebeugte alte Nonne bestieg die kleine Empore, damit sie von allen gesehen wurde. Dann begann sie näselnd zu sprechen: „Meine lieben Kinder, sicher wundert ihr euch, dass ich heute zu euch spreche. Aber das ist aus Sorge um eure Gesundheit. Am Ende des Monats ist ja Karneval. Da wollt ihr sicher toben und tanzen. Deshalb müsst ihr euch vorher ausruhen. Zumal ihr heute die dritte Schluckimpfung gegen Kinderlähmung bekommen habt." Sie hüstelte kurz, dann sprach sie leise weiter: „Deshalb ordne ich als Mutter Oberin an, dass ihr eine Woche lang nach jedem Mittagessen auf eure Schlafsäle geht und 1 Stunde Mittagsschlaf macht." Ein enttäuschtes Raunen lief durch den Saal.

Eva zeigte auf. „Und wie ist das mit dem freien Ausgang der Oberstufe?" Die alte Nonne wackelte bedenklich mit dem Kopf: „Der muss leider ausfallen." Die Oberstufenschülerinnen schnitten sich gegenseitig enttäuschte Grimassen. Jetzt wurde ihnen das bisschen Freiheit auch wieder genommen. Eine der Begleiterinnen der Priorin, Mater Felicitas, tröstete: „Ich öffne vorher extra noch einmal die Bücherei. Da könnt ihr euch spannende Bücher ausleihen.“ Mater Hedwig lächelte süffisant: „Ich werde die Schlafsäle kontrollieren, ob ihr auch wirklich ruht.“ Dann schlichen alle drei Nonnen so leise aus dem Speisesaal wie sie gekommen waren.

Die Schülerinnen setzten sich murrend. Der Geräuschpegel stieg um einiges. Manche Stimmen protestierten laut. Besonders die Kleinen, die noch nicht an die Internatsordnung gewöhnt waren, glaubten noch, sich lauthals wehren zu können.

An Helenes Tisch wurde besonders laut geschimpft. Die verwöhnte Regina meckerte am lautesten. Heidi, Helenes Lieblings-Sextanerin, brach in Tränen aus. Helene strich ihr liebevoll über den Kopf. „So schlimm ist es doch nicht“, meinte sie. Heidi schluchzte: „Ja, aber es kommt alles zusammen.“

„Was? Ich versteh dich nicht.“

„Ich hasse den Schlafsaal! Eine weiße Zelle an der anderen. Noch nicht einmal sehen können wir uns, nur hören. Eingesperrt hinter kalkweißen Vorhängen. Die meiste Zeit müssen wir schweigen. Ich bin es nicht gewohnt, mit so vielen zusammen zu schlafen und zu schweigen. Ich komm mir vor wie ein eingesperrter Zwingerhund mit einem Maulkorb!“

„Man gewöhnt sich im Laufe der Zeit daran“, tröstete Helene. Doch Heidi schluchzte lauter, zum Herzerweichen: „Außerdem habe ich heute meine zweite Fünf in Englisch wiedergekriegt. Ich hab, hab, hab solche Angst,

dass ich eine Fünf auf dem Zeugnis krieg“, brach es schließlich aus ihr heraus.
Regina, ihre Freundin, tönte: „Deshalb habe ich Nachhilfestunden bei Mater Felicitas.“
„Zusätzliche Ausgaben zum Schulgeld und Internatsgeld kann sich meine Mutter als Sekretärin nicht leisten. Nach dem Unfall meines Vaters muss sie allein das Geld verdienen“, entgegnete Heidi nun lauter und wurde von einem kräftigen Weinkrampf geschüttelt.
Helene stand schnell auf und legte beide Arme um sie und flüsterte ihr ins Ohr: „Ich werde dir Nachhilfestunde geben. Das kostet nichts.“
Tränenverhangen sah Heidi sie an: „Das würdest du für mich tun?“
„Aber deine Mutter muss damit einverstanden sein. Ich frage sie, wenn sie das nächste Mal zu Besuch kommt.“
Mit ihren großen Kulleraugen verschlang Heidi sie dankbar.
Als Helene sich wieder hinsetzte, sah sie zu ihren zwei Freundinnen hinüber. Wie schön sie waren! Eva in ihrem klatschmohnfarbenen Pullover, über den ihre langen schwarzen Haare sanft wie Wasserrinnsale glitten, und Hannah in ihrer verwaschenen wollweißen Leinenbluse mit ihren großen ausdrucksstarken Rehaugen und ihrem wippenden Pferdeschwanz. Helene fühlte sich ihnen gegenüber als hässliches kleines Entlein mit ihren nichtssagenden dunkelblonden Haaren und dem kratzigen anthrazitfarbenen Wollkleid. Außerdem litt sie unter ihrer Zahnlücke. Ein Familienerbstück. Gerade von denen, die sie nicht ausstehen konnte: Vater und Großvater besaßen sie auch. Und Helene.

Offensichtlich hatten ihre zwei Freundinnen die Heulszene an ihrem Tisch nicht beobachtet. Sie sah, wie Hannah gerade ein großes Stück trockenen Kuchen hinunterschlang und noch eins auf ihrem Teller liegen hatte. Helene grinste in sich hinein. ‚Da es nicht täglich Kuchen gibt, konzentriert sich Hannah voll und ganz aufs Essen', dachte sie amüsiert. ‚Na ja bei so vielen Geschwistern muss sie ja immer um ihre Nahrung kämpfen. Das ist ihr in Fleisch und Blut übergegangen.'
Und Eva? Sie war in ein Gespräch mit ihrer Nachbarin vertieft, denn sie hatte sich gewünscht, auf Mittelstuflerinnen aufzupassen. ‚Ihr sind die Kleinen zu wuselig und zu anstrengend', schmunzelte Helene vor sich hin.
Als nach dem Essen alle Schülerinnen den Speisesaal verließen, spürte Helene plötzlich, wie sich eine kleine Hand in ihre hineindrängte. Heidi warf ihr einen vertrauensvollen Blick zu. Helene schossen die Tränen in die Augen. Gerade in ihrer jetzigen Situation tat ihr Heidis Zutrauen besonders gut.
Unruhe stieg plötzlich in Helene hoch, denn sie war sich nicht sicher, ob sie nicht zu viel versprochen hatte. Ob Mater Theodora ihr diese Nachhilfestunden überhaupt erlauben würde? Sie hatte den Drachen aus ihren Gedanken verdrängt.

***

Tagsüber war Helene abgelenkt vom Tagesgeschehen, doch am Abend ergriff sie die Trauer mit Macht.
Wie oft hatte Helene bittere Zornestränen geweint, weil sie gezwungen wurde zu beten, in den Frühmessen, den Mor-

gengebeten, den Abendgebeten, den Andachten und bei den Prozessionen.
Doch jetzt am Abend war das Beten ihr einziger Trost. Helene wurde die Zwiesprache mit Gott ein elementares Bedürfnis. Besonders in ihrer jetzigen Situation, die sie völlig durcheinandergebracht hatte.
Herr, warum hast du meiner Mutter nicht beigestanden? Warum musste sie mit 47 Jahren sterben? Warum? Warum? Ja, ich weiß, dass Vati die Scheidung wollte und sie nicht ohne Muttis Einwilligung bekommen konnte. Ja, sie hat mir erzählt, dass er viele Liebschaften hatte und sie ihm immer treu war. Das Scheidungsrecht war deshalb auf ihrer Seite. Sie hatte sich nichts zuschulden kommen lassen.
Du weißt, dass ich ihr gesagt habe, sie solle sich scheiden lassen, ich würde das Internat verlassen und zu ihr ziehen. Aber sie wollte nicht. Die Schande, eine geschiedene Frau zu sein, war ihr zu groß. Was sollte ich tun? Oh Herr, warum hast du mir nicht bessere Argumente einfallen lassen? Ich habe ihr wie immer nicht helfen können.
Wie oft hat Vati sie geschlagen. Weißt du noch, als er mit der Bierflasche nach ihr schlug und sie die Treppe hinunterfiel und sich das Blut auf dem Teppich ausbreitete? Ich stand hilflos daneben. Wie gelähmt war ich. Getan habe ich nichts. Und gesagt habe ich auch nichts. Ich habe feige meinen Mund gehalten, weil auch ich Angst vor Schlägen hatte.
Warum hast du das zugelassen? Warum? Warum?
Mutti hatte keine Kraft mehr zu kämpfen. Gab es denn keinen anderen Weg?
Und wieso hat Vati mich gezwungen, die Tote anzusehen, obwohl ich dies nicht wollte? Doch, ich weiß. Er wollte sich reinwaschen. Er

wollte mir zeigen, dass er nicht der Mörder meiner Mutter war. Nein, äußerlich nicht. Das stimmt. Ja, sie lag wie schlafend im Bett. Nur ihre Lippen waren dunkelblau. „Herzinfarkt“, sagte der Arzt.
Herr, Herr, warum hast du uns verlassen?“
Kräftiges, lautes Schluchzen schüttelte Helene.
Plötzlich fühlte sie eine feste Hand, die ihr die Hände vom Gesicht zog. Sie erblickte Mater Felicitas. Diese sagte: „Komm mit auf die Krankenstation. Ich gebe dir etwas zur Beruhigung.“ Unter dem Blick von zweihundert erschreckten Augen verließen sie gemeinsam die Kirche.
„Mach dich schon einmal für die Nacht zurecht und leg dich schon einmal hin. Ich braue dir in der Zwischenzeit deine Medizin“, sagte die Nonne. Dann kam sie mit einem Grog und flößte ihn Helene ein. Nun legte sie die Hand auf den Kopf ihrer Mathematikschülerin und sagte: „Deine Mutter kann ich dir nicht ersetzen. Aber ich verspreche dir, dass ich dich nicht allein lasse. Ich werde alles tun, was in meiner Macht steht. Du kannst jederzeit zu mir kommen, wenn du traurig bist.“ Unter diesen tröstenden Worten ihrer Mathematiklehrerin und eingehüllt von dem Alkoholduft des Grogs schlief Helene ein.

***

Es war ein freundlicher Morgen. Im alten Kastanienbaum vor den Fenstern der Zimmer der Oberstufenschülerinnen zwitscherte ein Rotkehlchen. Helene packte ihren Wochenendkoffer, um nach Hause zu fahren.

Doch Eva sah nicht die Schönheit des Baums. Sie machte ein Gesicht, als fühlte sie sich leer und einsam. „Mistmorgen!“, sagte sie zu sich selbst, „alle meine Freundinnen fliegen aus, nur ich muss allein im Internat bleiben. So eine Ungerechtigkeit! Meine Mutter will mich nicht sehen, weil ich ihr zu gut aussehe. Die Jungen pfeifen mir auf der Straße nach. ‚Wehret den Anfängen!‘, sagte sie. Und mein Vater fügte sich ihrem Willen. Wie ich euch, meine Freundinnen, beneide! Ihr dürft jedes Wochenende nach Hause. Und ich?“
Helene tröstete sie: „Ich würde lieber hierbleiben. Glaub mir das. Meinen Vater will ich nicht sehen.“
„Jammern hilft auch nichts. Hol dir unseren Tauchsieder aus dem Versteck, dann mach dir ein Glas Tee. Einen Trost-Tee. Danach fühlst du dich besser.“ Gesagt, getan. Der Tee erwärmte Evas Körper und öffnete ihren Geist.
Eva dachte: ‚Wie langweilig doch die Sonntage im Internat sind! Keine Schule! Keine quirligen Externen! Keine Lehrer! Und vor allem keine Freundinnen zum Quatschen. Nur Bücher und Gebet und Kirche. Zum Kotzen! Aber irgendwas Sinnvolles muss ich doch tun. Oh, mir fällt etwas ein: Ich werde mir mein Karnevalskostüm ausdenken.‘
Sie guckte in den Spiegel, betrachtete ihr Gesicht mit den markanten Wangenknochen. Als wenn einer ihrer Vorfahren Mongole gewesen wäre. Geheimnisvoll. Sie war mit sich zufrieden. Sie nahm ihren Kajalstift und malte sich die Augen so an, dass sie geschlitzt aussahen. Ihre Lippen malte sie kirschrot. Ihre ebenholzfarbenen Haare kämmte sie zu langen glatten Strähnen. „Eine interessante Frau“, sprach sie zu ihrem Spiegelbild.

Dann öffnete Eva ihren Kleiderschrank und stand unschlüssig davor. Sie nahm ein Stück Papier und machte ein paar Skizzen. Bald füllte sie ein neues Blatt. Dann noch eins. Das Zeichnen machte ihr so viel Freude, dass sie ruhiger und ausgeglichener wurde. ‚Entweder brauche ich ein einfarbiges Taftkleid oder eine schwarze Seiden- oder Tafthose, dann gehe ich als Chinesin. Oder ich binde mir eine riesige rote Schleife ins Haar und kleide mich bunt, dann bin ich einfach ein verrücktes Huhn.'
Als am Abend die Freundinnen ins Internat zurückkehrten, flüsterte sie ihnen zu: „Heute Abend auf der Treppe."
Nach dem Abendgebet und als um 22 Uhr das Licht in allen Zimmern gelöscht wurde, legten die Mädchen sich brav ins Bett. Aber nur so lange, wie sie noch die Schritte vom Drachen Theodora zwischen ihren Zimmern stampfen hörten. Als vollkommene Ruhe eingetreten war, erhoben sich drei Mädchen, schlichen über den langen Flur, verließen die Oberstufenzimmerabteilung, schlossen vorsichtig die Zwischentür und setzten sich auf die Treppe vor den leeren Tagesräumen.
„Das haben die Nonnen nun davon, dass sie uns unseren freien Ausgang genommen haben!", freute sich Hannah. Nun konnte sich das Kleeblatt ungestört alle Erlebnisse des Wochenendes erzählen. Eva jammerte: „Es war ein furchtbar langweiliger Sonntag ohne euch. Aber ich habe mir wenigstens mein Karnevalskostüm ausgedacht."
Hannah erzählte: „Mein Alter spinnt. Jetzt hat er schon das Wohnzimmer abgeschlossen, weil er es schonen will. Zusätzlich kaufte er graue Leinenbezüge. Und ich musste ihm

helfen, sie über die Möbel zu ziehen. Meine Mutter wagte zu sagen, dass sie sich wenigstens einmal in der Woche im Wohnzimmer ausruhen wollte. Dann hättet ihr mal den Blick meines Alten sehen sollen. Wenn Blicke töten könnten! Meiner Mutter erfroren die Worte im Mund."
Helene sagte immer noch nichts.
„Helene, wie war es bei dir zu Hause?", fragte Eva schließlich.
Verstört blickte diese auf. „Ich glaube, das ist nicht mehr mein Zuhause", flüsterte sie schließlich.
„Was ist passiert?"
„Nichts Besonderes. Zuerst haben wir am Grab von Mutti getrauert. Vati hat mir den neuen Grabstein gezeigt. Dann waren wir im Restaurant essen, in meinem Lieblingslokal. Am Schluss bei der Nachspeise kam dann der Hammer. Mein Vater sagte: ‚Du ahnst sicher, dass ich wieder heiraten will. Nächstes Wochenende werde ich dir meine neue Frau vorstellen.'"

***

‚Verbote beflügeln unsere Fantasie', dachte Helene am Montagabend.
Sie lauschte. Jeder Schritt war ihr vertraut. Da war der bäuerliche, feste Schritt von Ulla, der tänzelnde von Eva, der trippelnde von Bärbel, der hüpfende von Hannah, der schnelle von Jutta, der verhaltene von Irene, der ‚Rühr mich nicht an'-Schritt von Inge und viele mehr. Aber die Krone war der schleichende Schritt von Angela. Wenn Helene dem lauschte, ging ihr jedes Mal die Galle über. So viel Rücksichtnahme, so viel Wohlbenehmen, so viel Heiligkeit. Zum Kotzen.

Jeden Abend mussten die Internatsschülerinnen der Oberstufe um 22 Uhr in ihrem Minizimmer das Licht löschen. Es durfte nicht mehr gesprochen werden, keine Musik gehört werden, nicht mehr gelesen werden. Totale Stille war Vorschrift.

Nur der Toilettengang konnte nicht reglementiert werden. Wenn sie dann noch wach war, denn das war sie meist, zählte Helene keine Schäfchen, sondern Schritte, die zur Toilette unterwegs waren.

Den festen Militärschritt von Mater Theodora, ihrer Internatsnonne, mussten sie und ihre Freundinnen noch abwarten, bevor sie sich dem kleinen Kitzel des Ungehorsams hingaben.

Das Harmloseste war, wenn sie unter der Bettdecke mit Taschenlampe lasen. Eine kleine Steigerung war das Hören von ‚Paul Temple' im Radio – auch unter der Bettdecke.

Doch meist traf Helene sich mit ihren Freundinnen auf der Treppe vor den Tagesräumen und manchmal in einem der Zimmer. Das war eine sogenannte ‚verbotene Zusammenkunft'. Sie fand bei anderen statt, weil Helene neben der sogenannten ‚heiligen Angela' wohnte, denn diese war eine Petze. Mit ihrem heiligen Gesichtsausdruck und ihren scheinheiligen Worten konnte sie die Betreuerinnen und Nonnen gegen das Kleeblatt aufhetzen. Sie brachte sie auf die Palme mit ihrer immerwährenden Frage: „Ist dies denn erlaubt?" Helene sah sie vor sich in die Kapelle schleichen mit ihrem schleimigen Lächeln und mit gefalteten Dürerhänden, denn dreimal in der Woche mussten alle Internen vor der Schule die Frühmesse um 7 Uhr besuchen. Alle Internen sollten ja heilig werden.

Doch Helene wollte nicht. Deshalb suchte sie Verbündete. Ihre Freundinnen und sie nahmen sich kleine Freiheiten. Bei ihren verbotenen Zusammenkünften tranken sie Tee oder Bowle, beides gesponsert von Helenes Vater, der keine brave Tochter haben wollte. Er säuselte ihr in ihren Träumen zu: ‚Du bist zu brav. Mach doch endlich einmal einen Streich!' Eigentlich wollte er nur sein schlechtes Gewissen betäuben. Ein frommes Mädchen konnte er nicht ausstehen. Eine ‚fromme Helene' wie bei Wilhelm Busch schon eher.
So schmuggelte Helene Wein, Pfirsiche, Tee und einen Tauchsieder ins Internat ein. Eine Tasse Tee war für alle ein Seelenwärmer und Bowle ein Luxusgegenstand. Beides blieb immer unbemerkt.
Doch mit dem Toaster hatte Helene sich verschätzt.
Sie saßen gemütlich in ihrem Zimmer und schlemmten Toastbrot und Butter. Ein richtiges Festessen! Sie waren in ihre Gespräche vertieft, da hörten sie plötzlich Angelas gellenden Schrei: „Es brennt! Es brennt!" Alle schnüffelten und rochen es auch: „So ein Mist! Verbrannt!" Hals über Kopf flüchteten Eva und Hannah in ihre Zimmer.
Wohin mit dem Toaster? ‚Wir fliegen! Wir fliegen!', schoss es Helene durch den Kopf. Fliegen war nicht etwa etwas Erhebendes wie im Flugzeug, sondern das Gegenteil. ‚Du fliegst!' bedeutete: „Du musst das Internat verlassen." Und sie hatte es schon erlebt, dass eine Schülerin geflogen war, als sie nur gesagt hatte, das Kloster sei ein ‚Freudenhaus'. Was für Helene völlig unverständlich war, denn naiv wie sie war, dachte sie: ‚Dies ist doch etwas Schönes. Ein Haus voller Freude.' Die eigentliche Bedeutung war ihr unbekannt.

‚Fliegen' wurde ihnen täglich angedroht und auf diese Weise Druck erzeugt. Helene fürchtete nicht so sehr für sich. Ihr Vater würde sie in ein anderes, teureres Internat stecken, da war sie sich sicher. Aber was sollte mit den meisten Freundinnen passieren? Das ‚Fliegen' war für viele ihrer Freundinnen eine Katastrophe. Sie hatten kein Zuhause, weil die Eltern geschieden waren oder in neuen Partnerschaften lebten oder weil sie Waise waren oder andere Probleme hatten. Die Internatsschülerinnen waren die Unerwünschten. Eva musste sogar manchmal in den Ferien im Internat bleiben.
Und Helene wäre nun mit dem blöden Toaster schuld an ihrem Unglück. Doch sie war geistesgegenwärtig. Helene wollte gerade mit zitternden Händen den Toaster unter ihr Bett stoßen, da hörte sie, wie ihre Zimmernachbarin sich mit ihrem typischen Schleichschritt entfernte, um nach vorne zum Zimmer der Aufsicht zu gelangen.
Eines konnte man Helene nicht nachsagen: Sie war nicht langsam in lebenswichtigen Entscheidungen. Sie packte den Toaster, öffnete ihre Zimmertür, dann Angelas Tür, schob das Corpus delicti unter Angelas Bett und huschte schnellstens zurück. Schon wurde Helenes Zimmertür aufgerissen und Mater Theodora untersuchte ihr Zimmer. Natürlich ohne Erfolg. Dann mussten die 20 Oberstuflerinnen sich im Nachthemd im kalten Musikzimmer versammeln. Dort erwarteten sie Mater Theodora, Frau Irene, ihre Nachtschwester Susanne und ihre Lieblingsnonne Mater Felicitas. Glücklicherweise wurden sie als Gruppe befragt, sodass Helene vorgeben konnte, was jeder bei der Einzelbefragung antworten sollte: „Nein, wir haben nichts gesehen, nichts gehört und

auch nichts gerochen. Die liebe Angela hatte Fieberträume", behauptete sie mit fester Stimme.
Da nichts herauskam bei dem Verhör, durften die Schülerinnen schließlich wieder ins Bett. Lange konnte Helene nicht einschlafen, so hämmerte ihr Herz. Am nächsten Tag gingen sie zur Frühmesse, dann zum Frühstück und dann in die Schule. Alles wie gewohnt. Aber in der großen Pause schworen sich die Missetäterinnen ewiges Schweigen. Dann verriet Helene ihnen, wo sie den Toaster deponiert hatte. „Bei Angela wird sicher nicht nachgeguckt. Sie ist schließlich heilig!"
„Das wird sie dir nie verzeihen", meinte Hannah.
„Ist mir wurscht. Eine Heilige will ich nicht zur Freundin. Außerdem ist bei ihr der Toaster sicher."
Helene täuschte sich nicht. Während sie in der Schule waren, wurden erneut ihre Zimmer durchsucht und der Toaster wurde nicht gefunden. Sie atmeten auf.
Aber nicht lange. Die ganze Sache wäre überstanden gewesen, aber dann fiel der ‚heiligen Angela' am Nachmittag der Bleistift vors Bett. Sie suchte und dann fand sie den Bleistift ... und den Toaster.
Was tat sie? Gab sie ihn zurück? Nein. „Oh, Heiligkeit ist so armselig", fand Helene.
Angela lief zu Mater Theodora und wusch sich rein: „Sehen Sie, ich habe nicht geträumt. Hier ist der Toaster."
Nun begannen strengste Einzelverhöre. Für Helene war es besonders schlimm, weil sie von ihrer Lieblingsnonne verhört wurde. ‚Oh Mist. Jetzt muss ich sie belügen. Das hat sie nicht verdient. Sie war diejenige, die mich aufmunterte, wenn es mir schlecht ging, die mich verteidigte, wenn ich in

ein schlechtes Licht gerückt wurde, die einfach an mich und meine Fähigkeiten glaubte.'
Das war der Moment, in dem Helene sich ganz schlecht fühlte. Für Mater Felicitas wäre sie gerne heilig geworden. Doch es stand zu viel auf dem Spiel. Helene blieb fest.
Glücklicherweise die anderen auch. Es war klar, dass die anderen die Missetäter waren und nicht Angela. Aber es war nicht zu beweisen, wer genau. Das war der Grund, warum schließlich keine ‚fliegen' musste. Hannah, Eva und Helene fühlten sich unüberwindbar stark.
Dieses Erlebnis schweißte die Freundinnen noch fester zusammen. „Ihr seid meine Familie und das Internat ist mein Zuhause. Wenn ich euch nicht hätte ...", flüsterte Helene.

***

Die nächste Woche verlief im alten Trott. Doch am Freitagabend hatte Helene plötzlich einen ganz heißen Kopf. Sie schleppte sich zu Mater Felicitas, die auch Krankenschwester war, und jammerte: „Es geht mir so schlecht. Ich kann morgen unmöglich in die Schule gehen." Mater Felicitas sah sie prüfend an: Sie fühlte ihren Kopf und spürte die ungewöhnliche Hitze.
„Schreibt ihr morgen eine Klassenarbeit?"
„Nein."
„Aber du weißt, dass du als Kranke auch keinen Ausgang bekommst und auch keinen Heimurlaub."
Helene nickte. „Könnten Sie meinen Vater anrufen und ihm mitteilen, dass ich nicht kommen kann, weil ich krank bin?"

„Aber du solltest morgen in die Schule gehen. Du weißt, dass deine Leistungen in letzter Zeit schlechter geworden sind. Vielleicht geht es dir morgen früh besser." Enttäuscht legte sich Helene ins Bett. Auf der Stelle schlief sie ein. Sie wurde von Fieberträumen verfolgt und wälzte sich hin und her.
Am nächsten Morgen erschien sie nicht zur Frühmesse. Dies beunruhigte Mater Felicitas. Deshalb ging diese noch vor dem Frühstück in den Oberstufentrakt und klopfte an Helenes Zimmer. Da sie keine Antwort erhielt, drückte sie die Klinke herunter. Das Bett war leer.
Sie suchte in den Waschräumen nach ihr. Da hörte sie auch schon das typische Erbrechgeräusch, von dem eindringlichen Geruch ganz zu schweigen.
„Helene, lass alles raus. Kannst du gehen? Komm, ich bringe dich in dein Bett", sagte die Nonne. „Mach dir keine Sorgen, ich entschuldige dich sowohl in der Schule als auch bei deinem Vater. Ich lass dir einen Tee und Zwieback von Mater Martha bringen. Nach dem Unterricht gucke ich wieder nach dir."
Helene legte sich hin und schlief wieder ein. Dieses Mal war der Schlaf keine Qual, sondern eine Erquickung.
Als Mater Felicitas nach der Schule klopfte, war sie sehr erstaunt: Da saß die Patientin putzmunter in ihrem Bett. Tee und Zwieback waren auch aufgegessen. „Darf ich aufstehen und zum Mittagessen gehen?"
Mater Felicitas schüttelte den Kopf. „Nein, heute bleibst du im Bett und ruhst dich aus. Ich lasse dir eine leichte Hühnersuppe bringen."
Am Abend kam Mater Felicitas und guckte wieder nach ihr. Ihre Stirn war kalt. Deshalb erlaubte sie ihr am nächsten Tag

aufzustehen. Helene genoss es, wenn Mater Felicitas ihr so viel Zeit schenkte.

Die nächste Woche verlief wieder ganz normal. Aber am Freitagabend wiederholte sich die Krankheit. Helene wurde es schlecht, sie übergab sich und durfte im Bett bleiben, ging samstagsmorgens nicht zur Schule und war schon Samstagmittag wieder gesund.

„Du leidest unter einer besonderen Krankheit", meinte die Nonne. „Du hast die Wochenendkrankheit." Sie setzte sich auf den einzigen Stuhl in dem Minizimmer und nahm Helenes Hand in ihre beiden Hände. „Ich glaube nicht, dass es etwas Körperliches ist. Es muss etwas Seelisches sein. Hast du Angst vor Klassenarbeiten? Glaubst du, dass sie am Samstag geschrieben werden?"

Helene schüttelte den Kopf.

„Dann muss es mit deinem Vater zu tun haben. Schlägt er dich?"

Wieder schüttelte Helene den Kopf. Dann fing sie bitterlich an zu weinen: „Ich will nie mehr nach Hause!"

„Aber du hast doch so einen netten Vater, der sich um dich kümmert."

„Nein, das ist alles nur schöner Schein. Er kümmert sich um die Frau, die schuld am Tod meiner Mutter ist. Sie hat meiner Mutter das Herz gebrochen. Er will sie sogar heiraten", brach es aus Helene heraus.

„Ach, du armes Kind!" Sorgenvoll betrachtete die Nonne die Schülerin. „Weißt du was, ich gehe jetzt in die Kapelle und werde für dich beten, nein, ich werde Raketen von Gebeten zum Himmel abfeuern, damit es dir bald besser geht. Heute

Abend kannst du um 20 Uhr ins Klavierzimmer kommen, damit wir weiter darüber reden."
Helene war ganz aufgeregt: ‚Mater Felicitas nimmt mich ernst. Sie versteht mich.'
Am Abend klopfte Helene ans Klavierzimmer. „Herein", tönte es von drinnen. Mater Felicitas las einen Brief zu Ende und schloss ihre Lesemappe, als Helene eintrat. Ihre sanften Augen sahen sie voller Wärme an.
„Zuerst einmal will ich dir sagen, dass du mir alles anvertrauen kannst. Es wird niemand von mir etwas erfahren, wenn du es nicht willst."
Helene strahlte ihre Lieblingslehrerin an: „Danke."
„Ich habe darüber nachgedacht. Du kannst nicht immer vor deinem Problem davonlaufen. Du musst dich ihm stellen. Nur so kannst du es überwinden. Sonst wirst du richtig krank. Ich schenke dir eine Spruchkarte zur Erinnerung:
Es gibt kein Entrinnen. Es gibt nur ein Hindurch.
Du hast deine Mutter verloren, das ist schlimm genug. Du darfst nicht auch noch deinen Vater verlieren. Du verstehst es noch nicht, aber dein Vater liebt diese andere Frau. Und du bist sein Kind. Dich liebt er auch. Wenn du die Frau ablehnst, kann es sein, dass er dich ablehnt und nicht mehr gut für dich sorgt. Das bedeutet, du musst die neue Frau nicht lieben als Mutter, aber du musst es schaffen, sie zu akzeptieren als deines Vaters Frau. Du hast vollkommen recht, dass dies zu früh ist, dass er sie heiraten will. Wenn du möchtest, werde ich mit ihm darüber reden als deine Anwältin. Möchtest du das?"
Helene nickte.

„Dann werde ich ihn zu einem Gespräch bitten, bevor du die neue Frau triffst."
An diesem Abend hatte Helene keine Albträume, sondern schlief ruhig und gelassen. Sie war nicht mehr allein mit ihrem Problem. Sie hatte eine Verbündete. Ihre Lieblingsnonne setzte sich für sie ein.

***

Endlich war Karneval. Wer hatte das einfallsreichste Kostüm? Die Schülerinnen saßen in der Turnhalle und starrten auf die Bühne, wo sich der Vorhang bald öffnen würde zur Prämierung des interessantesten Kostüms. Helenes Vater hatte wie jedes Jahr einen Siegerkuchen gespendet. Die Siegerin konnte nach der Preisverleihung ihre Freundinnen zum Schlemmen einladen. Langsam zog sich der Vorhang auf und zehn Mädchen erhielten tosenden Applaus.
Von dem Freundes-Kleeblatt war nur Eva auf der Bühne. Helene hatte sich nicht verkleidet, weil der Tod ihrer Mutter sich erst vor einigen Wochen ereignet hatte. Und Hannahs Vater hatte sie nur ausgelacht, als seine Tochter sich schönen Stoff zum Nähen kaufen wollte. Jetzt sah Hannah mit gierigen Augen auf Eva, die es geschafft hatte, von ihrem Vater Geld für gelben Taft zu erhalten. Sie sah entzückend aus, wie eine echte Chinesin. Doch sie gewann die Torte nicht. Schade. Das Fledermauskostüm von einer Mittelstufenschülerin wurde der Sieger. Helene bemerkte Hannahs Frust. ‚Sie fühlt sich als Pech-Marie', dachte sie.

Samstagabend durften die Internatsschülerinnen zwei Stunden tanzen und nach Kölschen Karnevalsliedern schunkeln. Helene aber hielt sich fern und ging früh zu Bett. Dann betete sie: „Herr, gib mir Kraft, wieder fröhlich zu werden." Am nächsten Tag spielten die Internatsschülerinnen für die Eltern das Stück ‚Struwwelpeter'. Helene hatte vor dem Tod ihrer Mutter zugesagt, den Hans-Guck-in-die-Luft zu spielen. Mater Felicitas riet ihr zu: „Du solltest mitspielen. Das lenkt dich ab von deinem Kummer. Deine Mutti guckt dir aus dem Himmel zu." Und wirklich, während des Stücks schlüpfte Helene ganz in die Rolle und fühlte sich als Hans-Guck-in-die-Luft. Beim Applaus war sie auch ein bisschen stolz. Sie bemerkte nicht den finsteren Blick von Hannah. Helene war ein echter Hans-Guck-in-die-Luft, diese Rolle war ihr auf den Leib geschrieben.
Leider fehlte Helenes Vater bei den Zuschauern.

***

Helene war früh wach. Sie genoss die Wärme des Bettes und gab sich ganz ihren Tagträumen hin: Sie lief über weite Blumenwiesen, die von den glitzernden Strahlen der Sonne erwärmt wurden. In ihrer Hand spürte sie den zarten Druck ihres Wegbegleiters, eines blonden Jungen in ihrem Alter. Sie lachte ihn fröhlich an. An der Wegbiegung trafen sie singende Paare, die bunte Blumenkränze im Haar trugen, die nach Sommerwiese dufteten. Sie trugen lange farbenfrohe Gewänder und vereinigten sich zu einem großen Kreis. Dann tanzten sie gemeinsam.

Plötzlich wurde sie aus ihrem Traum gerissen.
„Gelobt sei Jesus Christus."
„In Ewigkeit, Amen", antwortete Helene mechanisch.
Es war Mater Theodoras sonore Stimme, die sie in die Wirklichkeit zurückholte. „Aufstehen. Heute ist Aschermittwoch, da ist die Fröhlichkeit vorbei. Kinder, zieht euch schnell an, wir müssen zum Aschermittwochsgottesdienst."
Helene öffnete ihren Kleiderschrank. Die Internatskleidung, nachtblauer Faltenrock, nachtblauer Pullover, nachtblaue Kniestrümpfe, schwarze Schuhe und weiße Bluse, reservierte sie für Sonntag. Schnell zog sie ihr anthrazitfarbenes Strickkleid an und schlüpfte in die schwarzen Schuhe. Nur nicht auffallen!
Dunkle Gewitterwolken schwebten drohend über den hohen Mauern der Klosterschule. Die Schülerinnen blickten ängstlich zum Himmel und rannten über den Pausenplatz zur Kirche, denn jeder sollte das Aschenkreuz bekommen.
„Mensch, bedenke, dass du zu Staub wirst", sprach der Priester.
Helene erblickte Hannahs Gesicht. Es sah aus, als wenn sie bei diesem Gedanken erschauerte. Hannah war die klösterliche Zucht und Ordnung zuwider. Sie flüsterte Helene zu: „Ich hasse Mater Mathilde. Unzählige Male habe ich ihr meine Meinung ins Gesicht geschleudert. Doch sie verstand mich nie. Nie. Mater Mathilde hat immer nur den Kopf geschüttelt: ‚Niemand besitzt so einen ungeheuerlichen Kritizismus wie du.'"
Am liebsten hätten sich beide Mädchen kein Aschenkreuz geholt. Helene las in Hannahs Gesicht, dass es ihr genauso ging. Aber damit wären sie aufgefallen. Der Priester strich ihnen mit

Asche ein dickes schwarzes Kreuz auf die Stirn. Aber dass der Tag so schwarz werden würde, hätte niemand in seinen schlimmsten Albträumen gedacht. Auch Helene nicht.
Beim Mittagessen fehlte Hannah. Beunruhigt guckte Helene auf ihren leeren Platz. Beim Hinausgehen flüsterte ihr Lieselotte aus der Obersekunda zu: „Es ist etwas Schreckliches passiert. Ich erzähle euch alles gleich im Dorf-Café."
Eva fragte: „Wo ist denn Hannah?"
Helene zuckte die Schultern. „Komm mit, Lieselotte will uns aufklären."
Beunruhigt liefen die beiden Freundinnen zum Dorf-Café. Lieselotte erwartete sie schon und schoss gleich los: „Nach der großen Pause gab es unerwartete Aufregung bei uns in der Obersekunda. Die zickige Blondine Lilly schrie: ‚Mein vergoldeter Montblanc-Füller ist weg. Ein teures Geschenk meines Großvaters! Den hat jemand geklaut!' Mater Mathilde, unsere Klassenlehrerin, hat ihre Faust gegen den Himmel erhoben: ‚In meiner Klasse darf es keinen Dieb geben. Wir sind eine Klosterschule, da müssen die Schülerinnen besonders fromm und heilig sein. Vorbilder für andere. Wenn es doch jemand von euch war, der soll sich jetzt freiwillig melden.' Sie hat von einem zum anderen geschaut. Doch alle haben betreten vor sich hingeschaut. Niemand hat sich gemeldet. Mater Mathilde hat nur noch wie ein wütendes Pferd geschnaubt: ‚Das wird hier und jetzt geklärt. So, dann geht ihr nun alle erneut in die Kapelle mit Schwester Irmentraut und betet für den Missetäter den schmerzhaften Rosenkranz. Lilly, du holst Fräulein Irene. Sie soll mir helfen, die Ranzen und Plätze zu durchsuchen.' Als wir in der Kirche das erste ‚Ge-

grüßet seist du Maria' gebetet hatten, stand Hannah mit kalkweißem Gesicht auf und sagte zu Schwester Irmentraut: ‚Ich muss auf Toilette.' Seitdem wurde sie nicht mehr gesehen."
„Oh jemine!", rief Helene. Ihre Augen waren kugelrund vor Entsetzen. Sie ahnte Schlimmes.
Lieselotte berichtete weiter: „Kurze Zeit später wurde die Kirchentür aufgerissen und Mater Mathilde stand wie der Erzengel Lucifer da und hielt den Füller in der Hand. ‚Wo ist Hannah? Wisst ihr, wo ich ihn gefunden habe? Tief unten in *Hannahs* Tasche. Wo ist sie?' ‚Auf, auf, auf Toilette', hat Schwester Irmentraut gestottert. ‚Wer das glaubt, wird selig!', hat Mater Mathilde geantwortet und war wie der Blitz verschwunden. Die Schülerinnen haben weitergebetet, aber dieses Mal für Hannah."
Nach dieser Schilderung von Lieselotte sahen sich Eva und Helene beunruhigt an.
„Ich habe keinen Hunger auf Teilchen."
„Ich auch nicht."
„Lass uns zurückgehen und Hannah suchen. Komm."
Sie liefen zurück und stürzten auf Hannahs Zimmer. Das Bett war abgezogen. Der Schrank war leer. Das Bücherregal war leer. Nur der Geruch von Schweiß war noch nicht verflogen. Die beiden Freundinnen setzten sich aufs Bett, verkrallten ihre Hände ineinander und weinten.
Als die Klosterglocke dreimal dumpf schlug und zum täglichen Silentium einlud, löste sie bei den Freundinnen ein Gefühl von Ohnmacht aus. Sie ahnten, dass heute eine Hoffnung zu Grabe getragen und die Weichen für ein Leben gestellt worden waren.

Auf dem Weg zur Frau

„Wo fahren wir hin?", wagte Helene endlich zu fragen. Ihr Vater hatte sie mit seinem nachtblauen Mercedes aus dem Internat geholt. Sie bemerkte nur, dass dies nicht der gewohnte Weg nach Hause war, denn er fuhr auf die Autobahn. Dort war reger Betrieb, sodass der Vater seinen Blick nicht von der Straße nehmen konnte. Deshalb musste er seine Tochter nicht ansehen, was ihm sehr recht war. „Wir fahren an die Lahn. Dort habe ich für uns einen Wohnwagen gekauft. Die Landschaft ist sehr schön da. Das wird dir gefallen. Im Sommer können wir jeden Tag im Fluss schwimmen."

„Aber es ist noch kein Sommer."

„Nein, das stimmt. Aber Frühling. Ehrlich gesagt, ich will dir meine neue Frau vorstellen und dich ihr. Ich habe nun zwei Monate gewartet, weil Mater Felicitas mich überzeugt hat, dass du Zeit brauchst, um dich an den Gedanken zu gewöhnen. Mater Felicitas meinte außerdem, dass es besser für dich sei, wenn du meine Frau an einem neutralen Ort kennenlernst und nicht zu Hause, wo der Schatten von Mutti über uns schwebt."

„Oh jemine", entfuhr es Helene.

„Es wäre sehr wichtig für mich, dass du sie akzeptierst. Ich werde dich nicht unnötig quälen."

Helene verschlug es die Sprache. Sie zuckte nur die Achseln. Tränen schossen ihr in die Augen.

Ihr Vater verließ die Autobahn. Nun fuhren sie über windige, einsame Landstraßen. Der Vater nahm ihre Hand und drückte sie. „Du wirst sehen, sie ist eine ganz patente Frau."

„Müssen wir denn diese Nacht alle zusammen in einem Wohnwagen schlafen?", brach es schließlich aus Helene heraus.
„Nein. Es ist zwar ein großer Wohnwagen, den man in der Mitte mit einem Vorhang teilen kann. Vielleicht macht es dir nichts aus. Wenn doch, fahren wir beide heute nach Bonn zurück. Aber vielleicht gefällt dir Anja ja."
Vor ihrem inneren Auge sah Helene Mater Felicitas' ermutigendes Lächeln. Sie fuhren auf einen riesigen Campingplatz. Vor einem großen schneeweißen Wohnwagen, direkt am Wasser, hielten sie an. Als sie ausstiegen, pfiff ihnen ein eisiger Wind um die Nase. Die zarten Bäume mit den ersten grünen Blättern zitterten. ‚Kein lieblicher Frühling, sondern ein rauer', dachte Helene. Auch ihre Hände zitterten.
Schon öffnete sich die Tür und ... ‚Doris Day' lächelte ihnen entgegen. Helene staunte und registrierte in ihrem Geist: ‚Deshalb haben wir im Kino alle Doris Day-Filme gesehen. Mutti ging so gerne ins Kino. Vati nicht. Aber in einen Film mit dieser Schauspielerin war er immer dabei.'
‚Doris Day' mit ihrem hellblonden Dutt und ihren himmelblauen Augen, gekleidet in weißen langen Hosen und einem hellblauen Pullover, kam auf sie zu, lächelte, reichte ihr die Hand und sagte: „Nenn mich Anja."
„Nenn mich Helene", erwiderte sie ernst, ohne einen Hauch von einem Lächeln.
„Oh, es duftet so gut nach einer Tasse Kaffee, ich habe Hunger und Durst", lenkte der Vater ab. So bestiegen sie den Wohnwagen. Die neue Frau half dem Vater aus dem Mantel und hängte ihn in den Schrank.

'Er ist schon hier zu Hause', dachte Helene bitter.
Dann setzten sie sich um den gemütlich gedeckten Tisch. Auf dem Tisch standen ein Erdbeerkuchen mit Schlagsahne und eine kleine Vase mit Maiglöckchen, die ihren Duft verströmten. Dieser Duft würde sie ein Leben lang verfolgen. Das wusste Helene jetzt schon.
Noch etwas anderes würde sich noch öfter wiederholen: Der Vater aß mit Behagen. Das Mädchen und die Frau tranken stumm ihren Kaffee und bekamen keinen Bissen hinunter. Da fraß der charmante Vater alles auf. Mit großem Appetit.

***

Ein traumatisches Bild aus ihrer Kindheit drängte sich in Helenes Bewusstsein und sie schluchzte bitterlich:
Sie sah sie vor sich ihre Gerda. Sie war ihre erste Freundin. Mit ihr spielte sie täglich. Sie hatte immer Zeit für Helene. Ihr erzählte sie all ihre Kümmernisse und Freuden. Gerda ließ sich nur von Helene füttern, streicheln und sogar mit einem Strick um den Hals herumführen. Wenn sie Helene entdeckte, folgte sie ihr auf Schritt und Tritt. Diese ungewöhnliche Freundin.
Als Helenes Vater aus dem Krieg kam, gab es viel aufzuräumen und aufzubauen in Deutschland. Als ausgebildeter Kaufmann erkannte er die Gunst der Stunde, kratzte alles Geld zusammen und kaufte sich, gemeinsam mit einem Freund, einen Lastwagen. Wenn Helene von ihrem Schlafzimmer in der Mozartstraße, wo sie eine kleine Wohnung gemietet hatten, in die Endenicherstraße blickte, da stand im schmalen Hof der Gaststätte ihr Holzkocher. Ihr erster Lastwagen hatte auf der Ladefläche einen Kamin und

wurde mit Holzverbrennung angetrieben. Helenes Vater besaß Charme, kaufmännisches Talent, Fleiß und eine Frau, die für ihn schuftete. Bald verdiente er so viel, dass er seinen Freund auszahlen konnte und sogar einen zweiten Lastwagen kaufen konnte. Damit hatte er nun ein Parkproblem und eine neue Vision: Er wollte eine Spedition aufbauen. Dazu brauchte er ein Grundstück und ... eine Bewachung. Vielleicht ein Hund? – In der Nachkriegszeit gab es nicht viel zu essen, deswegen ging Helenes Mutter ‚hamstern' im Vorgebirge. Der Vater sagte zu ihr: „Wir müssen unseren Besitz schützen. Sieh dich um, ob ein Bauer einen Hund verkauft." Als sie von ihrer Hamstertour wiederkam, berichtete sie: „Einen Hund gab es nicht. Aber was hältst du von Gänsen?" „Gänse? Jaa?" „Sie sind bissig und haben gute Ohren und melden jeden Räuber mit lautem Geschnatter. Ihre Eier können wir essen, mit ihren Federn können wir unsere Bettbezüge füllen und wir brauchen keine Angst zu haben zu verhungern." Helenes Vater war einverstanden. „Ich kümmere mich um ein Grundstück und ein Holzhaus für uns, reserviere du die Gänse bei deinem Bauern."

So kam es, dass die Familie auf den Lievelingsweg zog, der damals am Rande der Stadt lag. Mit ihnen vier Gänse: Gerda, Trude, Ulla und Veronika. Die jüngste und kleinste davon war Gerda. Helene durfte sie als Erste mit Möhren füttern. Ab da lief sie hinter ihr her, wenn sie Helene sah. Sie hörte ihr „Gang-gang-gang" noch heute. Da Helene keine Geschwister hatte, war Gerda ihr Ein und Alles. Nach der Einschulung in die Karlschule las Helene ihr ihre ersten Sätze vor und schmetterte ihre ersten Lieder. Als Helenes Lehrerin hörte, dass sie Gänse besaßen, las sie mit der Klasse die Geschichte von Nils Holgersson. Von da an träumte Helene davon, mit ihrer Gerda in die Lüfte zu gehen. In ihren Träumen war sie Nils Holgersson.

Die Gänse versahen ihren Wachdienst zuverlässig. Außer den Fahrern von bald 6 Lastwagen betrat kein Fremder mehr das Grundstück. Sonst zischten die Gänse und versuchten ihn zu beißen. Alles ging gut, hätten sie nicht am 24. Dezember einen Aushilfsbriefträger gehabt. Ahnungslos öffnete er das Tor zum Grundstück. Im selben Moment, als er sich erneut aufs Fahrrad setzen wollte, stürzte die Gänseschar auf ihn los. Trude erwischte ihn und biss ihn ins Bein. Er stürzte und blutete. Aber Gerda lag unglücklicherweise unter seinem Fahrrad. Als Helenes Mutter das Rad wegnahm, stand Gerda nicht auf. Sie blieb reglos liegen. Helenes Mutter sah die entsetzten Augen der Tochter und sagte: „Sprich ihr gut zu. Wahrscheinlich hat sie nur einen Schock. Ich kümmere mich um den Briefträger und behandle seine Fleischwunde." Gerda blutete nicht. Sie sah unverletzt aus. Aber ihre Augen waren ganz starr. Helene streichelte ihren Kopf, ihren Hals und fühlte ihre Wärme und weinte. „Es wird alles wieder gut. Heile, heile Gänschen", sang sie ihr vor. Als ihre Mutter wieder zu ihnen kam, befahl sie: „Hans, unser Fahrer wird sie in den Gänsestall tragen, da kann sie sich erholen. Sie braucht jetzt Ruhe. Wenn dein Vater von seiner Autofahrt wiederkommt, soll er sich um Gerda kümmern. Du gehst wie versprochen zur Oma in die Adolfstraße und bringst ihr unsere Weihnachtsgeschenke. Wenn du wiederkommst, war vielleicht das Christkind für uns da."
Als Helene nach Hause zurückkehrte, strömte ihr ein herrlicher Duft entgegen. Ihre Mutter war eine gute Köchin. Aber Helene rannte zuerst zum Gänsestall. Sie sah keine Gerda und lief ins Haus. „Ist Gerda hier?", fragte sie ihren Vater. „Ja ... aber das Christkind war da." Er führte Helene ins Weihnachtszimmer. Da stand er, ihr wunderschöner Weihnachtsbaum, voll mit Nüssen

und Äpfeln. Unter ihm die Krippe und neben ihm ein weißer Puppenwagen. Helene sprang vor Freude hoch in die Luft. „Den habe ich mir so gewünscht! Da kann ich Gerda mit herumfahren." „Lass uns essen", meinte ihr gut gelaunter Vater. „Mutti, bring uns jetzt den köstlichen Weihnachtsbraten." Mutti trug die Kasserolle auf den Tisch. Sie sagte kein Wort. Es duftete köstlich. Helene lief das Wasser im Munde zusammen. Dann nahm sie den Deckel ab. Der Braten war ein Hühnerbraten. Er sah aus wie die Hühner bei Max und Moritz, nur viel größer, und er hatte nur ein Bein auf seinem Rücken. Als die Familie ihr Tischgebet gesprochen hatte, sagte Helene: „Wo ist Gerda? Ich will zu ihr." „Sie ist bei dir", sagte ihr Vater und guckte auf den Braten. Da fing es bei Helene an zu dämmern. Sie schaute fassungslos von einem zum andern. „Das ist Gerda? Ein Braten?" Hilflos sah sie ihre Mutter an. Diese sagte unter Tränen: „Sie hatte ein Bein gebrochen und Vati meinte, es sei besser so." Helene musste nach Luft schnappen. Ihre Brust drohte zu zerspringen. Ein richtiger Asthmaanfall überfiel sie. „Sieh mal, ich musste im Krieg mein eigenes Pferd schlachten, weil wir sonst verhungert wären", erklärte ihr Vater mit brüchiger Stimme. „Du aber hast noch drei andere Gänse. Komm, gib mir deinen Teller, du darfst auch die Keule haben." Entsetzt sah Helene ihn an und zog ihren Teller vor ihren Bauch. „Dumme Liese! Das Fleisch ist eine Kostbarkeit. Mutti, reich mir dann deinen Teller." Die Mutter sagte mit tränennassem Gesicht: „Ich esse davon keinen Bissen." „Ihr dummen Gänse! Dann esse ich die Gans alleine." Was er mit großem Appetit tat.

Das war der Augenblick, als Helene anfing, ihren Vater zu hassen.

Beim jetzigen Anblick ihres fressenden Vaters im Wohnwagen wurde ihr wieder speiübel. Sie konnte sich wieder übergeben. Am liebsten hätte sie ihm die ganze Erdbeertorte ins Gesicht geworfen. Doch sie wusste, dass dies unklug war. Dann würde er sie schlagen wie früher ihre Mutter. Deshalb sah sie verbittert vor sich und schwieg.

Nein, Helene wollte nicht im Wohnwagen übernachten. Nicht bei ihm. Nicht bei der neuen Frau. Sie wollte nach Bonn in ihr altes Zimmer. Ihr Vater fügte sich schließlich und brachte sie nach Hause.

Am Sonntagmorgen beim Frühstück fragte er allerdings: „Kannst du mit der Bahn alleine ins Internat zurückfahren? Dann kann ich Anja noch etwas Gesellschaft an der Lahn leisten."

„Okay, wenn ich nicht mitfahren muss. Ich wollte sowieso zu Hannah gehen, um zu erfahren, wie es ihr ergangen ist nach dem Rausschmiss aus der Schule."

Der Vater strahlte und war nach einer halben Stunde schon unterwegs.

‚Verliebter Trottel', dachte Helene bitter.

***

Helene trug Hannahs Brief immer bei sich. Darin stand:

„Liebe Eva, liebe Helene,

diesen Brief schreibe ich heimlich und gebe ihn Maria, der Externen, die in unserer Straße wohnt, mit. Ihr wisst schon, dass ich ‚geflogen' bin.

Es war ein Albtraum. Jetzt der Reihe nach: Ich wollte Lilly nur einen Denkzettel geben. Sie hatte mich so gequält. Lilly hat mich täglich aufgezogen, mich verspottet, weil ich altmodische Kleider trug,

weil ich von meinen Geschwistern abgeschabte Schuhe und den alten Ranzen geerbt hatte. Lilly gab immer mit ihren neuen Sachen an und machte mich nach. Alle Mitschülerinnen lachten über mich. All dies konnte ich nicht mehr ertragen. Da habe ich mich gerächt und ihren Füller versteckt. Unglücklicherweise in meinem Ranzen. Bescheuert. Das war ein folgenschwerer Fehler.
Als Mater Mathilde so ein Theater darum machte, war mir klar, dass ich Ärger bekommen würde. Aber dass der Ärger sich so auswachsen würde, hätte ich nie gedacht.
Aus der Kirche lief ich auf mein Zimmer, warf mich aufs Bett, vergrub mein Gesicht im Kopfkissen und schrie meine Angst da hinein. Bald wurde meine Tür aufgerissen und Mater Mathilde stand wie ein Racheengel da und hielt den Füller in der Hand.
„Weißt du, wo ich ihn gefunden habe? In deinem Ranzen. Stell dich bitte, wenn ich mit dir spreche." Ich öffnete meinen Mund und wollte erklären, mich verteidigen.
„Schweig still. Ich will nichts wissen. Die Fakten sprechen für sich", donnerte Mater Mathilde. Ihre Augen funkelten feurig vor Zorn.
Sie zeigte kein Mitleid mit mir Verheulten: „Jetzt werde ich die ewige Nörglerin endlich los", dachte sie sicherlich.
Sie hörte sich nicht an, warum ich es getan hatte. Das interessierte sie nicht. „Den Füller wollte ich gar nicht behalten, sondern Lilly nur ärgern!" Mater Mathilde durchbohrte mich mit ihren harten, stahlblauen Augen und schrie: „Halt deinen Mund! Du Verbrecherin! Du fliegst! Dich können wir hier nicht gebrauchen! Ich werde deinen Vater sofort anrufen. Er braucht sein schwer verdientes Geld nicht mehr für dich hinauszuwerfen. Du kannst schon einmal packen."
Als mein Vater erschien und merkte, dass er Mater Mathilde nicht umstimmen konnte, verbarg der väterliche Glatzkopf sein Gesicht

in seinen Händen und stöhnte: „Diese Schande! Von der Schule zu fliegen! Dabei dachte ich, du seiest die Intelligenteste in unserer Familie. Nein, du bist die Dümmste. Die Unverschämteste. Ein Abschaum." Plötzlich sprang er auf. „Warte, wenn du nach Hause kommst."
Dort hat er mich natürlich verprügelt. Mich so windelweich gehauen, sodass ich mich tagelang nur schwer bewegen konnte.
Ach, ihr fehlt mir so! Erzählt den Freundinnen, dass ich keine Diebin bin. Dass ich nur blöd bin.
Eure tieftraurige
Hannah"

***

Schweren Herzens begab sich Helene nun in die benachbarte Straße. Der Weg war voller Pfützen, denn es hatte geregnet. Aus Hannahs dunkelgrauem Elternhaus drang kein Laut.
‚Bei so vielen Kindern sehr ungewöhnlich', durchfuhr es Helene. Fast hätte sie es nicht gewagt, auf die Klingel zu drücken. Doch ihre Sorge trieb sie an. Ein kratziger Ton war zu hören.
Der Vater, ein glatzköpfiger Fünfzigjähriger mit verbissenen Mundwinkeln, öffnete.
„Was willst du denn hier?"
„Ich muss Hannah sprechen."
„Hannah ist nicht zu sprechen. Sie muss arbeiten." Er wollte die Tür schließen, doch schnell steckte Helene ihren Fuß dazwischen. „Ich, ich, ich habe einen Auftrag von Mater Oberin. Es geht ums Internatszeugnis", log sie schließlich.

„Und der wäre?“
„Diese Nachricht darf ich nur persönlich überbringen.“
Sie merkte, wie er überlegte.
Da seine jüngste Tochter Renate in die Quinta der Klosterschule ging, wollte er es mit Mater Oberin nicht verderben. Schließlich sagte er: „Nach dem Spüldienst darf Hannah kurz zu dir kommen.“ Dann schloss er die Tür ab. Sie hörte das blecherne Drehgeräusch des Schlüssels.
Zufrieden ging Helene nach Hause. Dann kochte sie schwarzen Tee, den Seelentröster der Internatsschülerinnen.
Als Hannah schließlich schellte, öffnete sie voller Freude die Haustür. Doch sie erstarrte. Da war kein lachendes Mädchen mit lustig wippendem Pferdeschwanz wie sie es gewohnt war. Da stand ein Mädchen mit dunklen Ringen unter den Augen, mit erloschenem Blick. Die Freundinnen umarmten sich. Beide weinten.
„Komm herein. Dass es dir nicht gut geht, sehe ich ja. Dein Brief ist angekommen. Wie ist es dir ergangen? Auf welcher Schule bist du nun?“
Hannah schluchzte heftig. „Auf keiner Schule. Aus der Traum vom Abitur. Ich bin in Bonn, am Römerplatz in einer Lehre. Mein Vater bezahlt keinen Pfennig mehr für mich. Noch nicht mal für die Straßenbahn. Ich muss hin und zurück laufen. Er hat mich grün und blau geschlagen, als ich von der Schule geflogen bin.“
„Welcher Teufel hat dich geritten, gerade Lillys Füller zu klauen? Du weißt doch, wie gemein und hinterhältig sie ist.“
„Ich konnte nicht anders. Sie hat mich bis aufs Blut gepeinigt.“

„Doch du warst im Unrecht."
„Ja, ich weiß. Und jetzt kann ich nichts mehr gutmachen."
„Aber Mater Mathilde ist ein Drachen von Lehrerin. Ich hab uns Tee gekocht. Komm, wir gehen in unser Versteck hinter der großen Garage und trinken ihn da. Da findet uns keiner."
Sie setzten sich auf alte Umzugskästen und tranken ihren Tee.
Dann sangen sie ganz leise aus Protest, wie sie es immer getan hatten „Unter Erlen steht ne Mühle" und andere Volkslieder. Dabei beruhigten sich ihre Gemüter. Hannahs glockenhelle Stimme war um einiges tiefer geworden.
Plötzlich sprang Hannah auf. „Ich muss nach Hause, sonst kriege ich noch mehr Ärger. Grüße Eva von mir. Sag ihr, ich lasse mich nicht unterkriegen. Jetzt, da ich selbst keine Professorin werden kann, will ich wenigstens einen Professor heiraten. Ich gebe meine Lebensträume nicht auf." Dabei umspielte ihren Mund das alte spitzbübische Lächeln.
„Denk erst einmal an das Naheliegende. Hier, ich schenke dir mein Taschengeld, damit du dir bei Regen eine Straßenbahnfahrt leisten kannst", sagte Helene.

***

Helenes Vater wollte auf keinen Fall das Trauerjahr um seine tote Frau abwarten. „Endlich bin ich frei!", jubelte er. „Warum soll ich warten? Nein, ich will so schnell wie möglich Anja heiraten. Aber meine Tochter Helene will ich nicht dabeihaben. Das ist mir peinlich. Was mache ich nur mit ihr?"

Plötzlich klingelte das Telefon. Mater Felicitas bestellte ihn zu einem Gespräch in die Klosterschule. Mit einem mulmigen Gefühl im Magen fuhr er zu ihr. Sie führte ihn in eins der Klavierzimmer.

Sie kam sofort zur Sache und sagte: „Ihre Tochter hat mich ins Vertrauen gezogen. Sie wollen wieder heiraten. Und das schon bald. Es steht mir nicht zu, Sie zu kritisieren. Aber ich bin praktisch die Anwältin Ihres Kindes. Helene wird diese schnelle Heirat nicht verkraften. Deshalb bitte ich Sie, warten Sie wenigstens bis zu den Sommerferien mit der Heirat. Und lassen Sie Helene nicht zugucken. Ich rate Ihnen: Schicken Sie Helene die ganzen Ferien nach England. Dann haben Sie Ihre Freiheit und Helene verbessert ihr Englisch und tut so etwas für ihr Abitur."

Helenes Vater atmete auf und lächelte die Nonne mit all seinem Charme an. „Das ist eine gute Idee. Nach den Sommerferien soll sie dann wieder jedes Wochenende aus dem Internat nach Hause kommen. Dann können sich Stiefmutter und Stieftochter langsam aneinander gewöhnen. Es ist nämlich etwas schwierig mit den beiden."

Mater Felicitas entließ ihn mit einem kräftigen Händedruck. Er sagte: „Glauben Sie mir, ich will kein schlechter Vater sein. Ich bezahle gerne den Sprachurlaub für meine Tochter."

Dann unterrichtete Mater Felicitas Helene über dieses Gespräch und sagte zu ihr: „Ich rate dir, nimm dieses Angebot deines Vaters an. Du kannst ihn nicht aufhalten auf seinem Weg. Er wird auf jeden Fall die neue Frau heiraten. Aber er liebt dich auch. Deshalb sag kein böses Wort über die Heirat. Vergifte nicht seinen guten Willen, ein guter Vater zu sein."

„Das will er nur sein, weil er ein schlechtes Gewissen wegen meiner Mutter hat." Helene war zerrissen zwischen der Wut auf ihren Vater, aber auch der Neugier auf Großbritannien. Schließlich fügte sie sich. Wie sie es immer tat.

***

Die nächtliche Überfahrt mit dem Schiff von Ostende nach Dover war nicht ohne Tücken. Zwar bekam sie schnell Kontakt zu anderen Jugendlichen, die auch Sprachferien in England machen wollten, doch das Meer bäumte sich auf und schaukelte das Schiff hin und her. Ihr war nur schlecht. Schließlich erbrach sie sich über der Reling. So hatte sie sich ihre erste selbstständige Reise nicht vorgestellt. Sie war nur froh, dass sie nicht die Einzige war.

Als sie dann auf die Kreidefelsen von Dover blickte, hüpfte ihr Herz vor freudiger Erwartung. Es folgte eine Zugfahrt bis nach London. Wenn sie aus dem Fenster guckte, glaubte sie, in einem anderen Jahrhundert zu sein: Häuser wie aus einem Bilderbuch rasten an ihr vorbei, aus rotem Backstein mit mehreren runden weißen Schornsteinen und mit kleinen, blühenden Vorgärten. In London musste Helene umsteigen, um wieder in den Süden zu fahren. In Petersfield sollte sie von ihrer Ferienmutter abgeholt werden, um mit ihr weiter bis in das Dorf Greatham zu fahren.

Mit klopfendem Herzen stieg die Klosterschülerin aus. Sie erblickte sofort die alte Dame mit den grauen Ringellocken, die sie freundlich anlächelte. „You are Helene, I suppose." Helene suchte nach englischen Worten, doch sie brachte nur

„Yes“ heraus und nickte. „I am Mrs. Mansbridge“, stellte die Dame sich vor. Sie führte sie zu einem alten, hellblauen Auto. An diesem war der Lack verblichen. An manchen Stellen fehlte er sogar. ‚Genau wie bei ihr‘, durchfuhr es Helene. Sie betrachtete Mrs. Mansbridge von der Seite. Diese trug weiße Perlenohrringe mit einer weißen Perlenkette zu dem schlichten hellblauen Kleid mit dunkelblauem Gürtel. Das Ungewöhnliche war das Gesicht. Rosa Schminke war dick aufgetragen, die Wangen waren pfirsichrot, die Lider vergissmeinnichtblau und der Mund kirschrot geschminkt. Helene kam aus dem Staunen nicht heraus. Sie fuhren bis zu einem alten Haus mit Reetdach. „Manor Cottage“ stand da. Sofort war Helene von dem Charme dieses Hauses verzaubert. Vier langhaarige braunweiße Sheltie-Hunde sprangen ihnen freudig bellend entgegen. Sie umringten die alte Dame und beruhigten sich erst, als diese jeden betätschelt hatte. Helene konnte sich nicht sattsehen an dem Blumenmeer im kleinen Vorgarten. Innen kam ihr das Haus wie eine größere Puppenstube vor. Der Livingroom bestand aus einem marmornen Kamin mit richtiger Feuerstelle und verblichenen geblümten Sesseln, einem kleinen Geschirrschrank und einem kleinen hölzernen Tisch. Auf dem Kaminsims stand eine verschnörkelte weiße Porzellankanne mit aufgemalten rosa Wildrosen. Dort wartete duftender Tee auf sie. Seit dem ersten Schluck liebte Helene den feinen Geschmack des Englischen Tees. Ihr Blick fiel durch das geräumige Fenster, das aus kleinen Scheiben bestand, in den schmalen Obstgarten. Wie schon auf der Zugfahrt fühlte sie sich ins 18. Jahrhundert versetzt. Sie suchte nach Worten, um etwas Nettes zu sagen.

Doch ihre englischen Wörter waren wie weggefegt. Sie errötete. Beschämt nahm sie sich vor, am Abend Sätze aufzuschreiben, die sie sagen konnte. Doch die gütigen Augen der alten Dame beruhigten sie. „Never mind", sagte diese. Helene wusste sofort, dass sie sich hier wohlfühlen würde. Sie war in einer anderen Welt. Sie verschwendete keinen Gedanken mehr an Deutschland, an die Hochzeit ihres Vaters mit der bösen Stiefmutter.
Am Abend erfuhr sie, dass dieses Puppenhaus „Manor Cottage" noch zwei andere Personen beherbergte: einen älteren Herrn, wohl der Mann von Mrs. Mansfield, und eine deutsche Schülerin, Heidelore aus Süddeutschland. Die beiden Mädchen schliefen im Ehebett. „Warum wir und nicht das Ehepaar?", fragte Helene. „Soviel ich verstanden habe, ist er nicht der Ehemann, sondern der Tanzpartner von Frau Mansbridge. Ihre ganze Leidenschaft sind die Bälle in London. Sie sind ein Turniertanzpaar. Hahaha", lachte Heidelore.
Für die beiden Mädchen begann eine wunderbare Zeit. Frau Mansbridge zeigte ihnen romantische alte Orte wie Winchester, Southhampton, Petersfield und Canterbury. Außerdem führte sie die Mädchen bei ihren Bekannten ein. So wurden sie zu Horse-Shows, einem Polospiel und sogar zu einer Otterjagd eingeladen. Helenes Englisch verbesserte sich täglich. Außerdem konnten die beiden Mädchen sich bei der Wörtersuche nun gegenseitig helfen.
Doch eines Morgens entdeckte Helene etwas Schreckliches: Blut in ihrem Bett. Nicht nur ein paar Tropfen, sondern ein winziger Blutsee. Die Hitze stieg in ihren Körper. Sie fühlte ihre Schamesröte. Schnell machte sie ihr Bett, damit es

keinem auffiel. Heute schmeckte ihr der geliebte Englische Morning-Tea nicht. Sie musste immer wieder an die Blutflecken in ihrem Bett denken. Am Abend schlüpfte sie schnell hinein, drehte ihren Rücken zu Heidelore und tat so, als wenn sie schliefe. Doch sie konnte nicht einschlafen. Ihr Atem begann zu rasseln. Sie musste sich aufsetzen. Sie bekam keine Luft mehr. Sie zog die Luft ein, aber sie schien nicht anzukommen. In ihren Lungen pfiff es. Helene hatte Angst zu ersticken. Ein Lichtschein fiel auf Heidelore. Diese schlief wie ein Steinklotz.

In ihrer Not stand Helene auf und klopfte an Mrs. Mansbridges Tür. Diese erkannte die Atemnot sofort und führte Helene in den Garten. Da normalisierte sich schließlich Helenes Atem. Dann gestand Helene Mrs. Mansbridge endlich ihre Schande: Den Blutsee in ihrem Bett. „I'm so sorry, I am so sorry", weinte sie.

Mrs. Mansbridge sagte: „Sicher hast du deine Periode."

„Komisch, die hatte ich noch in Deutschland."

„Dreh dich einmal um. Sonderbar ...", staunte die alte Dame, dein Nachthemd hat keine Blutflecken. Ich bring dir eine Decke, bleib einmal hier draußen. Meine Hunde beschützen dich. Ich werde mir den Schaden angucken."

Helene schluchzte. Die Hunde bemerkten ihre Traurigkeit und leckten ihr die nackten Füße.

Als Mrs. Mansbridge nach einer langen Weile wiederkam, sagte sie: „Du kannst wieder in dein Bett steigen, ich habe das Leinentuch gewechselt. Aber du warst gar nicht die Missetäterin, sondern Heidelore. Sie hatte plötzlich ihre Periode bekommen, sich erschreckt und schnell die Laken gewech-

selt. Unerhört, dass sie dir die Schuld in die Schuhe schieben wollte. Sie wird uns deshalb am Sonntag verlassen."
Als Helene zurück in ihr Zimmer kam, schluchzte Heidelore. Ohne ein Wort zu wechseln, schliefen die Mädchen rückenabgewandt ein.
Als Helene am Morgen wach wurde, war der Platz neben ihr leer. Sogleich kam ihr der vorige Tag wieder in den Sinn. ‚Ungeheuerlich', dachte sie, ‚noch nie in meinem Leben hat mir jemand so schaden wollen wie Heidelore. Im Internat gab es Streit und Zank, man zerfetzte sich, aber man vernichtete sich nicht. Ich werde nie mehr mit ihr sprechen. Sie ist für mich gestorben. Gut, dass sie uns bald verlässt.' Die Wut breitete sich immer mehr in ihr aus. Das Frühstück im Garten verlief in eisigem Schweigen. Nur die Hunde strichen um Helenes Beine und ließen sich von ihr streicheln.
Gut, dass an diesem Tag als Programmpunkt eine Horse-Show vorgesehen war, da brauchte man nicht miteinander sprechen. Sie waren mit Mrs. Mansbridges Neffen und Frau und deren Kindern Veronika und Peter verabredet. Veronika führte ihr Pony vor. Mit ihren 8 Jahren war sie schon eine geschickte Reiterin. Wie Helene sie beneidete! Sie kümmerte sich nur um Veronika und ihr Pferd und ließ Heidelore links liegen.
Am Abend im Bett brach Heidelore in Tränen aus. „Entschuldigung! Ich kann verstehen, dass du nichts mehr mit mir zu tun haben willst. Es tut mir so leid. Ich habe mich so geschämt und wusste nicht, was ich tun sollte. Das war eine Reflexhaltung. Ohne zu überlegen. Ich wollte dir nicht schaden. Ja, ich war gemein zu dir. Ich verstehe mich selbst nicht. Ich habe es nicht gewollt, ich habe es nur getan."

Helenes innerer Eisberg schmolz dahin. Spontan nahm sie Heidelore in ihren Arm. „Lass es uns vergessen. Neu anfangen." In dieser Nacht erzählte Helene Heidelore ihren ganzen Kummer mit ihren zwei Müttern. Den Tod ihrer Mutter und die Heirat ihres Vaters. Da nahm Heidelore sie in den Arm.
Am Morgen bettelten beide Mädchen bei Mrs. Mansbridge, dass Heidelore noch bleiben durfte. „Ich habe nun eine Schwester", sagte Helene.
Das war der Anfang einer lebenslangen Freundschaft.
Als Helene dann nach Deutschland zurückkehrte, hatte sie eine Stiefmutter.

***

Helene trug einen Schlüssel um den Hals. Nein, sie war kein Schlüsselkind. Eher das Gegenteil. Zu behütet. Zu unselbstständig. Weggeschlossen mit einem größeren Schlüssel. Abgeschoben ins Internat. Ihr Halsschlüssel war ein Winzling, konnte also nicht der Hausschlüssel des Mädcheninternats sein, in dem sie lebte. Ihr Schlüssel, nicht größer als ein Daumen, baumelte am Silberkettchen neben ihrem Silberkreuz. Wenn beide gegeneinanderstießen, klirrten sie und erinnerten sie an ihren verschlossenen Schatz.
Eines Abends hörte Mutter Felicitas ein unterdrücktes Schluchzen aus den Zimmern der Oberstufenschülerinnen. Sie folgte dem Geräusch und stand vor Helenes Zimmer. Sie öffnete die Tür und fragte leise: „Kann ich dir helfen?"
„Mir kann niemand helfen", schluchzte es aus dem Kissen.
„Kannst du mir sagen, was dich bedrückt?"

Die Kissen raschelten, so heftig schüttelte Helene ihren Kopf.
„Hat dein Kummer mit dem Internat zu tun?"
„Nein", ertönte es leise.
„Mit der Schule oder mit deinen Lehrerinnen?"
„Nein."
„Dann hat dein Kummer mit deinem Elternhaus zu tun."
„Ich, ich, ich kann nicht darüber sprechen", schluchzte Helene.
Mutter Felicitas strich Helene beruhigend über den Kopf, denn sie wusste, wie sehr Helene unter dem plötzlichen Tod ihrer Mutter litt. „Ich kann verstehen, wenn du mir nicht dein Herz ausschütten kannst. Aber du musst deine Sorgen loswerden, sonst schnüren sie dich ein und du hast keine Kraft zum Lernen. So kurz vor dem Abitur! Ich habe eine Idee. Du brauchst ein Tagebuch, wo du alle deine Gedanken hineinschreiben kannst. Das lasse ich dir besorgen. Wasch dein Gesicht und mach dich zur Nacht fertig."
„Das will ich nicht, dann kann doch jeder meine Gedanken lesen", protestierte Helene unter Tränen.
„Nein, es gibt Tagebücher, die man mit einem Schlüssel abschließen kann. So eins bekommst du."
„Oh, danke", flüsterte Helene. Ihre Tränen versiegten und sie fiel bald in einen erschöpften Schlaf.
Mutter Felicitas hielt ihr Wort. Als Helene am nächsten Tag nach der Schule ihr Zimmer betrat, leuchtete ihr ein tintenblaues, quadratisches Buch entgegen, das auf ihrem kleinen Schreibtisch lag.
An einer Seite war es mit einem blauen Lederband zusammengehalten, das mit einem silbernen Schloss, in dem ein

silbernes Schlüsselchen stak, aufgeschlossen werden konnte. Sie schnüffelte daran. Es roch nach Leder. Von nun an der Geruch von Freiheit für sie. Sie öffnete das Buch und blickte voller Erwartung auf die leeren Seiten. Dann holte sie ihren Füller aus dem Federmäppchen und steckte ihn erst einmal in den Mund. Sie dachte nach. ‚Ich werde Briefe an Ma schreiben', überlegte sie, ‚doch zuerst will ich kontrollieren, ob ich das Tagebuch wirklich abschließen kann.' Sie probierte es aus. Zuverlässig drehte sich der Schlüssel im Schloss und erfüllte seine Aufgabe. Nun schlug sie ihr Tagebuch auf und malte auf die erste Seite ein großes Herz. Auf die zweite Seite schrieb sie Datum und Überschrift. Dann versank sie ins Schreiben und hörte gar nicht mehr auf.

Plötzlich donnerte es an ihre Zimmertür. Eva, ihre Freundin stürzte herein. „Wo bleibst du? Schwester Dominika schickt mich. Das Mittagessen ist schon fast vorbei."

„Ich komme sofort." Helene schloss ihr Tagebuch sogfältig ab und hängte ihren Schlüssel zum Silberkreuz um den Hals. „Liebes Tagebuch, du bist meine neue Mutter, die immer Zeit für mich hat ... und mich nicht dauernd kritisiert", sprach sie und küsste es. Dann stürmte sie befriedigt in den Speisesaal.

Die nächsten Tage und Wochen ging es ihr richtig gut. Sie schrieb sich alles von der Seele, sogar ihre geheimsten Gedanken. Doch dann kam, was kommen musste: Eines Tages wollte sie ihr Tagebuch nehmen und wieder hineinschreiben, doch, o Schreck, sie fand ihren Schlüssel nicht. Sie suchte in ihrem Zimmer, in ihrer Klasse, in der Kirche, im Speisesaal. Sie ging alle Wege ab, die sie gegangen war. Ihr schlug das Herz bis zum Halse. „Oh, wenn jemand

mein Tagebuch liest. Wie peinlich", jammerte sie. „Nein, nein, das darf nicht sein!" Sie fragte ihre Freundin Eva: „Hast du vielleicht meine Halskette mit meinem Schlüsselchen und meinem Kreuz gefunden? Ich habe schon alles abgesucht, aber ich finde es nicht."
„Nein, leider nicht. Aber vielleicht hast du dein Tagebuch am Wochenende mit nach Hause genommen?"
Helene fiel es wie Schuppen von den Augen. „Richtig. Das hatte ich ganz vergessen. Da habe ich meinen Albtraum aufgeschrieben."
„Siehst du, dann hast du das Tagebuch wieder mit ins Internat gebracht und die Kette mit Kreuz und Schlüssel zu Hause vergessen."
„Ja, das kann sein, denn ich war mit meinem Vater im Schwimmbad. Da musste ich die Kette ausziehen. Schade, dann kann ich erst am Wochenende zu Hause weiterschreiben."
Als sie am nächsten Wochenende nach Hause kam, durchsuchte sie zuerst ihr Zimmer. Doch sie fand ihre Kette mit dem Schlüssel nicht. Schließlich fragte sie ihre Stiefmutter. Die sagte: „Dein Tagebuch interessiert mich nicht."
„Aber mich", erklärte ihr Vater, „ich habe deine Kette mit Schlüssel und Kreuz gefunden."
Sie riss ihm alle drei aus der Hand und schloss ihr Tagebuch auf. Da entdeckte sie, dass Seiten herausgerissen worden waren. Sie schluckte: „Wer war das denn?"
„Na, ich. Meinst du, ich lasse zu, dass du solche Sachen über unsere Familie schreibst? Wenn das jemand liest, ist mein guter Ruf hin."
„Hast du mein Tagebuch etwa gee-lee-sen?"

„Was denkst du denn, meinst du, ich lasse mir so eine Gelegenheit entgehen? Jetzt weiß ich wenigstens, was du von mir denkst und was du von unserer Familie weitererzählst." Seine Augen funkelten böse.
„Ich erzähle nichts über meine schreckliche Familie herum. Dafür schäme ich mich viel zu sehr über dich und deine neue Frau und wie du meine Mutter gequält hast! Du hast mir nicht nur mein Zuhause vergällt, jetzt lässt du mir selbst meine Privatsphäre nicht mehr."
„Du bist noch nicht volljährig. Solange du deine Füße unter meinen Tisch setzt, bin ich für dich verantwortlich und habe das Bestimmungsrecht über dich!"
„Du, du bist einfach ein gemeiner Kerl! Mein Tagebuch zu lesen! Das ist ein Vertrauensbruch. Und dann auch noch Seiten herauszureißen. Wie ich dich hasse! Das vergesse ich dir nie! Nie!"
Helene riss ihr Tagebuch und ihre Kette mit Schlüssel an sich, holte ihren Mantel und ihre Tasche und stürzte aus dem Haus und rief: „Du kannst heute Abend mit deiner Tussi alleine essen. Ich kann dich nicht mehr sehen! Ich fahre ins Internat zurück."
Es gab Erlebnisse in Helenes Leben, die sie nie vergaß. Dies war so ein Schlüsselerlebnis.

***

Liebe Mater Felicitas,
ja, ich habe meine leibliche Mutter verloren, ja, ich habe eine Stiefmutter bekommen, die ich verachte, hasse und bekämpfe. Und doch habe ich Gottes Hand über mir gespürt, weil ich Sie gefunden habe.

Sie sind eine Lehrerin und geistige Mutter, wie ich sie mir immer gewünscht habe. Ihnen kann ich meine geheimsten Gedanken anvertrauen. Sie verachten mich nicht. Wenn Ihnen meine Gedanken nicht gefallen, verurteilen sie mich nicht, sondern gehen in die Kapelle und beschwören Gott, dass ich meine Haltung ändere.
Sie sind nicht meine Richterin und mein Rache-Engel, wie es Mater Mathilde bei Hannah war.
Sie haben Gottvertrauen. Das macht Sie stark. Und es macht mich stark. Ich fühle mich nicht allein in dieser Welt. Ich habe einen Schutz-Engel an meiner Seite, der seine Fäden spinnt.
Sie glauben an mich und meine Kraft und meine Begabungen. Ja, das Angenommen-Sein von einem Menschen ist eine Quelle der Kraft. Ich fühle mich von Ihnen, meiner Mathe-Lehrerin, angenommen, vom ersten Augenblick an.
Wenn ich ganz traurig bin, brauche ich nur in Ihre Augen zu blicken, die ganz ruhig und schön und warm sind, in denen die meinen stundenlang ruhen können ... und ich werde ein anderer Mensch.
Und Ihr Glaube an das Gebet lässt auch mich beten.
Wo immer ich sein werde in der Welt, ich werde beten können. Sie haben es mir vorgelebt. Und wann immer mir etwas gelungen ist, werde ich ihr Lächeln vor meinem geistigen Auge sehen. Sie lächeln mich nicht an, Sie lächeln in sich hinein, als wollten Sie sagen: „Das habe ich immer schon gewusst."
Dieses Lächeln ist das größte Geschenk an mich.
Ich danke Ihnen von ganzem Herzen dafür.
Ich möchte einmal eine Lehrerin werden wie Sie, die den Kindern Mut macht, an ihre Fähigkeiten zu glauben.
Ihre dankbare Schülerin
Helene

***

Es war in dem Jahr, als auch Marilyn Monroe nach dem idealen Mann suchte. 1962.

„Jetzt ist der Traum vom Abitur ausgeträumt. Aber ich werde meinen Weg trotzdem machen. Ich werde einen Professor heiraten. Dann erreiche ich Bildung und Anerkennung. Allen werde ich es zeigen."

Die Freundinnen Helene und Hannah saßen auf Umzugskisten vor der letzten Lastwagengarage von Helenes Vater. Dort, wo sie vom Wohnhaus aus nicht gesehen werden konnten. Helene nahm ihre weinende Freundin in den Arm: „Sie bestrafen dich zu hart. Ja, es war falsch und unrecht, dass du Lilly ihren teuren Montblanc-Füller geklaut hast. Aber dass du das nicht wiedergutmachen konntest, sondern aus unserer Schule geflogen bist, das verstehe ich nicht."

Hannah schluchzte laut: „Keiner fragt, warum ich es getan habe, wie Lilly mich gequält hat, sich lustig über mich gemacht hat. Ich werde nun als Verbrecherin behandelt und Lilly, diese aufgeblasene Hochnäsige mit all dem Reichtum ihres Rechtsanwaltvaters, trägt die Nase ganz oben. Hier werden richtige Klassenunterschiede gemacht. Was bedeutet schon ein Realschullehrer mit 9 Kindern?!" Vor lauter Ärger stieß sie mit dem Fuß einen Umzugskarton um. Der dumpfe Aufprall verstärkte ihre düstere Stimmung.

„Diese Hexe Mater Mathilde konnte dich noch nie leiden. Du warst ihr viel zu offen und kritisiertest zu laut die Zustände in unserem Internat. Jetzt machen viele Jungen Abitur. Wir Mäd-

chen sollen heiraten, nur die allerbesten und gescheitesten dürfen wie die Jungen Abitur machen. So eine Ungerechtigkeit!" Helene wiegte ihre Freundin in ihrem Arm. Die zupfte sich ein Haar aus.
„Du weißt, mein Vater hat mich auf kein anderes Gymnasium angemeldet, sondern ich muss nun in eine Lehre zu einem Rechtsanwalt gehen. So bin ich gezwungen, eine gute Partie zu machen und zu heiraten."
Helene lachte und wickelte ihren Pferdeschwanz um ihren Finger. „Hübsch genug bist du ja. Wenn ich sehe, wie die Jungen deinem wippenden Pferdeschwanz und deinem tänzelnden Hüftschwung nachgucken ... Was hältst du davon, wenn wir am Sonntag zum Rheinhotel Dresen zum Tanztee fahren?"
Hannah richtete sich auf: „Wir beide allein? Das schickt sich doch für ein Mädchen nicht."
„Leider nicht. Die lassen uns erst gar nicht rein. Mein Vater will mit seiner Tussi tanzen und mich auf dem Heiratsmarkt anbieten. Ich habe ihm zwar abgesagt, doch mit dir zusammen könnte das ganz lustig sein. Hättest du Lust dazu?"
Hannah legte ihre hübsche Stirn in Falten, dann schmunzelte sie und meinte: „Wer weiß, vielleicht treffe ich ja dort meinen Prinzen, der mich erlöst!"
So verabredeten die beiden, dass Helenes Vater Hannahs Vater um Erlaubnis fragen sollte. So geschah es. Am Sonntag holte Helenes Vater Hannah ab und sie fuhren zu viert im nachtblauen Mercedes nach Godesberg ins Rheinhotel Dresen.
Helenes Vater suchte einen Tisch in der Mitte aus, von wo sie die Musikkapelle gut sehen konnten und auch die Mädchen

und seine neue Frau von allen Gästen gut gesehen wurden. ‚Sehen und gesehen werden. Der Angeber! Er ist der Hahn im Korb!', dachte Helene erbost. Den ersten Tanz eröffnete er mit Helenes Stiefmutter Anja. Wie er das genoss, dass alle Blicke sie verfolgten. „Sie sind wirklich ein schönes Paar." Helene biss sich auf die Lippen. ‚Doris Day' mit der hellblonden Hochfrisur, dem schulterweiten Ausschnitt und dem engen schwarzen geschlitzten Rock zog das Interesse aller Männer auf sich. Ihr charmanter Vater hatte seine Filmikone geheiratet. Vor ihrem inneren Auge sah Helene den gebeugten Rücken ihrer verstorbenen Mutter vor sich. Ihr Herz krampfte sich zusammen. Ihre Mutter hatte nach dem Krieg keine Zeit zum Tanzen. Die musste Steine klopfen.
Bei der nächsten Tanzfolge stürzte ein langer Kerl an ihren Tisch und forderte Hannah auf. Da erbarmte sich der Vater und tanzte mit seiner Tochter. Helenes Beine fühlten sich wie Blei an. Wie sie ihren Vater hasste! Glücklicherweise forderte sie bei der nächsten Tanzfolge ein tollpatschiger, aber lieber Junge mit braunen Rehaugen auf. „Autsch!" Leider traten sie sich immer gegenseitig auf die Füße. Hannah hingegen schien ein Naturtalent zu sein. Sie bewegte sich rhythmisch und sah elegant aus. Es stellte sich heraus, dass der Lange der Sohn von ihrer Stiefmutters Freundin Marion war, die zufällig auch mit ihrem Sohn im Rheinhotel zum Tanztee erschien. Ob das stimmte? Der Lange hieß Fritz und hatte sich wie vom Blitz getroffen in Hannah verliebt. Das war unübersehbar. Hannah strahlte. Ihr tat der Erfolg gut.
Bei der Rückfahrt erklärte Helenes Vater: „In der Klosterschule lernst du zwar Latein, aber nicht Tanzen. Ich melde

dich samstags in der Tanzschule der Elly Herbst an. Die soll dir den Schliff der Bewegungen, die Tanzschritte und Benimmregeln beibringen und dich auf das Leben in der Welt vorbereiten."

‚Immerhin hat er doch Vatergefühle. Er macht sich Gedanken um mich. Oder will er mich nur loswerden?', dachte Helene erstaunt.

***

Leider sahen sich Hannah und Helene in der nächsten Zeit nicht mehr so oft. Helene verbrachte die Woche im Internat der Klosterschule, am Wochenende hatte sie Tanzstunde und sonntags fuhr sie mit Vater und Stiefmutter an die Lahn zum Campen. Hannah hatte wenig Freizeit wegen ihres neuen Berufslebens und in ihrer Freizeit musste sie ihrer Mutter im 11-köpfigen Haushalt helfen. Aber Helene erfuhr von Anjas Freundin, dass Fritz sich sehr um Hannah bemühte. Das beruhigte sie. ‚Liebe kann Berge versetzen', dachte sie, ‚Fritz gibt Hannah Halt und Selbstvertrauen.'

Eine Menge Zeit verstrich. Als die Freundinnen sich endlich wiedersahen, verkündete Hannah eine große Neuigkeit: „Nach meiner Lehre habe ich mich auf eine Aupair-Stelle in die französische Schweiz beworben. Da kann ich richtig Französisch lernen."

Helene sah sie ungläubig an. „Und was ist mit Fritz?"

„Auf diesen Langweiler will ich keine Rücksicht nehmen. Stell dir vor, der will sich beim Militär ausbilden lassen. Du weißt doch: Ich will einen Professor heiraten."

Helene schüttelte den Kopf. „Meinst du nicht, dass du dich in eine Idee verrennst?"

Dann hörten die beiden Freundinnen wieder lange nichts voneinander.

Eines Tages läutete das Telefon. Helene nahm den Hörer ab. „Hallo, hier ist Hannah. Stell dir vor, ich bin in Genf bei einer netten Familie. Ich muss drei kleine Kinder hüten. Und das Tollste, ich habe es geschafft: Stell dir vor, ein Freund der Familie, Bernard, hat sich in mich verliebt. Und rate mal, was der von Beruf ist?"

Helene wurde es ganz heiß. „Etwa Professor?"

„Ja, Professor für Geschichte."

Helene musste sich hinsetzen. „Du bist ja auch eine Schönheit. Wie alt ist er denn?"

„Ich habe ihn noch nicht gefragt, aber er scheint im gleichen Alter wie meine Gasteltern zu sein. Etwa 10-15 Jahre älter als wir. Ein Mann zum Anlehnen", tönte die hohe, sich überschlagende Stimme aus dem Telefonhörer.

Helene erwiderte: „Ich wünsche dir Glück. Halt mich auf dem Laufenden."

***

Zurück im Internat, erzählte Helene die Neuigkeit ihrer Freundin Eva. „Du siehst, man muss nur an seinen Prinzen glauben." Doch Eva machte ein zweifelndes Gesicht.

Beim nächsten Telefongespräch ertönte eine glückliche, überdrehte Hannah durchs Telefon. Ihre Stimme überschlug sich fast: „Jetzt bin ich schon bei Bernard eingezogen."

Helene warf ein: „Und deine Betreuungskinder?"
„Am Abend und in der Nacht werde ich nicht gebraucht. Dann lebe ich bei ihm. Gerade habe ich seine Gardinen gewaschen und blitzsauber aufgehängt. Ich mache mich nützlich", frohlockte Hannah, „wir sind ein Herz und eine Seele."
Als Helene Eva die Neuigkeiten erzählte, meinte diese: „Sie ist etwas früh eingezogen. Ein Mann sollte um eine Frau kämpfen. Sind die Franzosen nicht konservativer als wir Deutsche?"
„Aber er ist doch Schweizer", versuchte Helene Hannah zu verteidigen.
Beim nächsten Telefongespräch sagte Helene: „Bei mir gibt es auch Neuigkeiten. Setz dich hin. Mein Vater spinnt. Früher wollte er unbedingt, dass ich Abitur mache, jetzt will er mich unbedingt verheiraten. Das fing mit dem Tanztee an, dann der Tanzkurs, und nun spendiert er mir ein Wochenende in Paris. Halt dich fest, da kommst du nicht drauf mit wem: Mit Hans."
„Der bei euch die Kaufmannslehre gemacht hat?"
„Ja, sein Vater ist auch Spediteur. Der spendiert seinem Sohn auch das Wochenende."
„Das hört sich ja nach einer geschäftlichen Vereinbarung an. Zwei kleine Speditionen zusammen ergibt einen Großbetrieb. Wie stehst du dazu?"
„Es wurden zwei Einzelzimmer gebucht. Und von Paris habe ich schon immer geträumt. Und vielleicht verliebe ich mich ja da in Hans, wer weiß?"
„Dann probier es aus. Lass dich aber nicht kaufen. Du bist eine gute Partie."

„Nicht mehr. Schließlich hat mein Vater eine neue Familie. Und wie geht es dir?"
„Sehr gut. Bernard und ich, wir sind so verliebt. Bernard will mir die Sterne vom Himmel holen.
„Pass auf dich auf!"
„Du auch."

***

Helene fuhr also mit Hans nach Paris. Sie waren von dieser Stadt verzaubert. Hand in Hand besichtigten sie Notre Dame, Sacré-Coeur, Sainte Chapelle, Saint Germain. Dann platzte Hans heraus: „Man merkt, dass du eine Klosterschülerin bist. Du interessierst dich nur für Kirchen."
„Das ist nicht wahr. Ich bin verzaubert von der Atmosphäre, dem Eiffelturm, dem Arc de Triomphe, den Cafés, den Geschäften. Morgen sollten wir Versailles besichtigen."
Am Abend wurde es dann spannend. Die Eltern hatten ihnen zwei Einzelzimmer nebeneinander gebucht. Todmüde vom Besichtigen kehrten sie in ihr kleines Hotel zurück. Vor ihren Zimmern küsste Hans Helene lange. Als er dann seine Zunge in ihren Mund drückte, wehrte sie sich. Sie schob ihn weg. „Entschuldige, ich bin todmüde!", keuchte sie und schlüpfte schnell in ihr Zimmer und schloss die Tür ab. Dort ließ sie sich erschöpft auf ihr Bett fallen. Mit offenen Augen starrte sie an die Decke. ‚Ist das die Liebe?', fragte sie sich. ‚Warum bin ich dann nicht glücklich?' Die ganze Nacht wälzte sie sich hin und her. Zerrissen und enttäuscht. „Wenn das Liebe ist, gehe ich lieber ins Kloster!" Zu diesem Entschluss kam sie am

frühen Morgen. Dann schlief sie erschöpft ein. Jetzt fühlte sie sich stark, um dem neuen Tag und Hans entgegenzutreten.
Beim Frühstück unterhielten sich Helene und Hans wieder wie alte Kameraden. Kein Wort vom Vorabend. Sie fuhren nach Versailles, dem prächtigen Schloss des Sonnengottes, Ludwig, des Vierzehnten, wo in der Vergangenheit herrliche Bälle stattgefunden hatten ... und wo der deutsche Kaiser ausgerufen worden war. Helene dachte an ihren Abschlussball bei Elly Herbst. ‚Ob Werner mich fragen wird, seine Tanzpartnerin zu sein?', kam ihr plötzlich in den Sinn. Mit Erstaunen bemerkte sie, dass sie sich auf die nächste Tanzstunde freute.
Als sie am Abend auf der Avenue des Champs-Élysées ein kühles, aber viel zu teures Bier tranken, nahm Helene die Hand von Hans und sagte tapfer: „Hans, du bist der beste Freund, den ich habe. Aber bitte sei nicht traurig. Ich fühle, dass ich dich nicht liebe. Lass uns nicht unglücklich miteinander werden. Lass uns für immer Freunde sein." Sie drückte seine Hand ganz fest. Er drückte zurück. Aber er sagte kein einziges Wort.
Als sie von ihrem Liebeswochenende nach Bonn zurückkamen, wurden sie von acht neugierigen Elternaugen empfangen. Beide sprachen sie kein Wort.
Erst später erfuhren die Eltern, dass es keine Hochzeit geben würde. Sie fanden sich damit ab.
Nach ein paar Tagen rief Hannah an: „Na, wann feiert ihr Hochzeit?"
„Gar nicht." Helene erzählte ihr alles.
„Immerhin hat dein Vater sich für dich eingesetzt. Anders als meiner."

„Na, du brauchst ihn auch nicht mehr. Du stehst ja kurz vor der Hochzeit. Du hast deinen Prinzen gefunden."
„Du hast recht", beteuerte Hannah. Doch ihre Stimme klang merkwürdig rau. Als Helene sie nach ein paar Wochen wieder anrief, ging niemand ans Telefon. Helene dachte, sie hätte sich verwählt, und versuchte es noch einmal. Kein Erfolg. Sie versuchte es zu einer anderen Zeit. Nichts.
Schließlich hatte sie Bernard am Telefon. Als sie sich nach Hannah erkundigte, sagte er nur: „Sie ist nach Deutschland zurückgekehrt."
„Pourquoi? Warum?"
Sie hörte nur das Klicken in der Leitung.
Schließlich schellte Helene beim nächsten Wochenendbesuch am Nachbarhaus. Hannahs Vater wollte sie nicht hereinlassen, da kam Hannahs Mutter und nahm Helene mit in ihre dunkle Küche im Keller. Sie brach in Tränen aus und stieß schluchzend hervor: „Hannah ... liegt in der Uniklinik ... im Schlafkoma."
„Was ist passiert?"
„Hannah hat entdeckt, dass Bernard schon verheiratet ist und eine kleine Tochter hat. In Genf ist nur seine Zweitwohnung."
Helene schlug die Hand vor den Mund und beide Frauen sahen sich entsetzt an. Eine Träne nach der anderen tropfte auf den hölzernen Küchentisch.

***

Eine Kreuzung wurde für Helenes Vater zur Kehrtwende in seinem Leben.
Als ihrem Vater die beabsichtigte Verkupplung von Helene mit Hans nicht gelungen war, selbst eine Parisreise nicht zum erhofften Erfolg geführt hatte, dachte Helenes Vater intensiv darüber nach, wer sein Speditionsgeschäft übernehmen könnte. Helene hielt er für ungeeignet. Nicht nur, dass sie seiner Ansicht nach zu schüchtern und zurückhaltend war, er hatte sie auch anders ausbilden lassen. Sie sollte den Traum erfüllen, den er sich in seinem Leben nicht verwirklichen konnte: Abitur machen und studieren. Nun wurde ihm immer bewusster: Er brauchte einen Nachfolger fürs Geschäft und dieser sollte sein eigen Fleisch und Blut sein und natürlich ein Junge. Seine neue Frau Anja sollte nun seinen Herzenswunsch erfüllen.
Doch sein Traum von *Er kam, sah und siegte* erfüllte sich nicht. Anja erlitt eine Fehlgeburt nach der anderen. Sie konnte es kaum noch aushalten. Helene bedauerte sie insgeheim. Die Frauenärztin verschrieb Anja Hormone und Liegekuren. Ein Leidensweg!
Und endlich, endlich konnte sie ihr Kind 9 Monate in ihrem Körper behalten. Heinrich war stolz und Anja ebenso. Und dann kam der Tag der Geburt.
Als Heinrich eines Mittags von seinen „Goldjungen", mit denen er sich jeden Morgen gegen 11 Uhr traf, um einerseits Geschäftsideen auszutauschen und andererseits Skat zu spielen und Bier zu trinken, zurückkam, sagte Anja: „Unser Kind hat sich gerührt. Ich habe eine gewaltige Wehe gespürt. Ich glaube, es will auf die Welt kommen." So half Heinrich Anja

ins Auto und nahm den schon vorher bereitgestellten Koffer mit. Er freute sich auf seinen Thronfolger. Sein Atem pfiff vor Aufregung. Um ins Elisabethkrankenhaus zu kommen, wo die Geburt stattfinden sollte, musste er nach der Kreuzung Bornheimerstraße/Hochstadenring die Viktoriabrücke überqueren. Sie hatten Glück, die Ampel leuchtete grün, sodass er durchhetzen konnte. Als sie im Krankenhaus ankamen, bemerkte die aufnehmende Schwester an seiner Stotterei, wie aufgeregt Heinrich war. Heinrich atmete schnell und kurz. „Das ist die erste Geburt Ihrer Frau? Das kann noch dauern. Fahren Sie in Ruhe nach Hause. Wir rufen Sie an, wenn das Kind da ist."

Heinrich, der so hart sein konnte, schossen die Tränen in die Augen. Auf der Rückfahrt wischte er sich immer wieder einen Tränenschleier weg. Als er von der Viktoriabrücke auf die Straßenkreuzung zufuhr, drückte er das Gaspedal runter, als er sah, dass die Ampel auf Gelb glitt. Plötzlich erfasste sein rechter Kotflügel etwas Schweres, Plumpes. Sofort trat Heinrich auf die Bremse. Das Auto stoppte sofort und Heinrich sprang hinaus. Ein kleines Mädchen mit vor Entsetzen starrem Blick lag vor dem Auto. Das Wagenrad hatte seine Kindergartentasche zerquetscht und Wasser lief heraus. Sofort stürzte eine junge Frau auf das Kind zu und schimpfte: „Wie oft habe ich dir gesagt, dass du an meiner Hand bleiben sollst. Schon wieder hast du dich losgerissen!"

Sie hatte mit einer Freundin gequatscht, die entsetzt das Geschehen verfolgte. Heinrich hörte das Kind leise jammern: „Mama, Mama." Als Heinrich sah, dass die Kleine nicht auf-

stehen konnte, rief er Passanten zu: „Schnell, laufen Sie ins Geschäft und lassen Sie Rettungswagen und Polizei anrufen." Dann eilte er wieder zur Kleinen. Die Mutter hatte endlich auch gemerkt, dass die Kleine so abwesend guckte, und hielt ihr weinend die Hand. Heinrich griff in die Tasche und gab der Mutter mit der einen Hand sein Taschentuch, mit der anderen holte er ein Bonbon heraus, das er immer bei sich trug, und steckte es sich in den Mund.
Es dauerte eine Ewigkeit, bis der Rettungswagen kam. Der Polizei sagte Heinrich, dass das Kind plötzlich auf die Straße gelaufen sei und er sofort gebremst habe. Die Freundin der Mutter bestätigte dies. Nachdem die Polizei alles aufgeschrieben hatte, bat Heinrich, schnellstmöglich weiterfahren zu dürfen, denn er müsse nach Hause, da er dort den Anruf aus dem Krankenhaus nicht verpassen dürfe, wann sein Kind auf die Welt komme. Voller Verständnis ließen die Polizisten ihn weiterfahren.
Zu Hause legte er sich erschöpft neben das Telefon und schlief ein. Plötzlich schrillte das Telefon. Die Stimme der freundlichen Schwester ertönte: „Herzlichen Glückwunsch. Sie sind Vater eines gesunden Mädchens geworden. Mutter und Kind sind wohlauf." Enttäuscht ließ er den Hörer fallen. „Ein Unglück kommt selten allein", stöhnte er. „Kein Stammhalter! Niemand, der mein Geschäft übernehmen kann!" Trotzdem brachte er Anja rote Rosen ins Krankenhaus. Sie schluchzte: „Als ich hörte, dass es ein Mädchen ist, rief ich voller Enttäuschung: Tun sie es weg! Ich will es nicht sehen!" Da erzählte Heinrich ihr von seinem Unfall und seine große Angst um das Kindergartenkind.

Leider behielten seine Vorahnungen recht. Die Ärzte kämpften vergeblich um das Leben der Dreijährigen. Sie starb an inneren Verletzungen.
Heinrich trauerte mit der zerstörten Mutter. Bei der Gerichtsverhandlung wurde er freigesprochen. „Das eine Mädchen erblickt das Licht der Welt, das andere verlässt diese Welt und beide Male bin ich der Verursacher“, flüsterte Heinrich erschüttert.
„Komm, Anja, jetzt lass uns dankbar und froh sein, dass wir ein Kind haben und dass es gesund auf der Welt ist“, sagte er mit fester Stimme, „auch wenn es ein Mädchen ist.“

***

Als Helene am Wochenende nach Hause kam, sagte ihre Stiefmutter zu ihr: „Du brauchst zu deinem Abschlussball ein Ballkleid. Ich besitze ein teures graues Seidenkostüm mit Nerzkragen. Das sieht ganz festlich aus. Soll ich dir dies leihen?“
Helenes Augen funkelten. „Mein werter Vater wird ja nicht nur seine Geliebte ausstaffieren, sondern auch seiner großen Tochter ein Kleid spendieren. Das ist er meiner Mutter schuldig“, antwortete Helene und guckte ihre Stiefmutter mit herausforderndem Blick an. Die Stiefmutter biss sich auf die Lippen und errötete. „Ich wollte ja nur behilflich sein.“
Helene sah ihre Stiefmutter genauer an: hellblonde Haare perfekt frisiert zu einer Hochfrisur, schwarze Pumps, enger schwarzer Rock mit weißem Pullover mit großzügigem Ausschnitt, in dem eine weiße Perlenkette sich um den Hals schmiegte. Zugegeben, eine Frau, die von Mode etwas verstand.

Helene fiel ihr Problem ein: „Wie beeindrucke ich meinen Tanzfreund, obwohl ich Klosterschülerin bin?" Ihre Mater Felicitas konnte jedenfalls ihr Problem nicht lösen. Ihr keinen Rat geben. Von Mode und Männern verstand sie nichts. Aber ihre Stiefmutter war Expertin. Schließlich hatte sie ihren Vater um den Finger gewickelt.

Deshalb sagte sie: „Wenn du willst, kannst du ja mitkommen und mich beim Kauf meines Kleides beraten."

Die Stiefmutter wollte. So kam es, dass beide einen vergnügten Nachmittag hatten. Helenes Vater staunte beim Abendessen. Er kannte die verfeindeten Frauen nicht wieder. Die beiden sprudelten lachend ihre Erlebnisse heraus. „Wir haben ein Kleid gefunden, dass genau zu Helenes brünetten Typ passt."

„Anja, hat es entdeckt. Ich hatte dieses Kleid gar nicht gesehen."

„Es ist wie für Helene gemacht. Nach dem Essen ist Modenschau", erklärte Anja lachend.

Der Vater kam aus dem Staunen nicht heraus: Vor ihm stand nicht seine nichtssagende, langweilig gekleidete Klosterschülerin, sondern ein blühendes Mädchen mit vor Aufregung roten Bäckchen in einem klatschmohnfarbenen schlichten Chiffonkleid. Erstaunt und wohlwollend beobachtete der Vater wie Anja seiner Tochter sogar Nachhilfeunterricht im Schminken gab.

Das war der Wendepunkt in der Beziehung von Stiefmutter und Stieftochter. Anja spielte von nun an eine andere Rolle in Helenes Leben. Anja begann, eine Freundin zu werden. Ob dies so bleiben würde?

***

*Liebe Mater Felicitas,
mich plagen in letzter Zeit Zukunftsgedanken:
Was mache ich nach dem Abitur?
Ich möchte nicht etwas lernen, was ich nicht will. Hannahs Vater hat einfach über Hannah bestimmt: Nach ihrem Vergehen, bei dem ich finde, dass viel zu streng bestraft wurde, hat er sie gegen ihren Willen in eine Lehre gesteckt. Rechtspflegerin. Glatter Hohn. Hannah hätte eine Lehrerin und Fürsprecherin wie Sie gebraucht, die ihr Vergehen nicht gutgeheißen hätte, aber die Gründe erforscht hätte, wieso Hannah so gehandelt hat. Hannah hätte ihr Handeln selbst wiedergutmachen können. Schade, dass Sie keinen Unterricht bei ihr hatten. Sie hätte so sehr eine Fürsprecherin gebraucht!
Können Sie nicht mit meinem Vater sprechen? Glücklicherweise hört er auf Ihren Rat.
Auf keinen Fall will ich nach dem Abitur im Hause meines Vaters wohnen. Mit meiner Stiefmutter verstehe ich mich zwar jetzt besser. Das kann sich aber schnell wieder ändern, falls wir uns täglich sehen. Ich will auch nicht, dass mein Vater noch einmal versucht, mich zu verheiraten.
Ich will auch nicht verheiratet werden, wie mein Vater es schon einmal mit Hans und mir versucht hat.
Nein, ich will eine Lehrerin werden wie Sie es sind, die den Kindern eine Stütze ist. Am liebsten würde ich Französisch studieren. Bitte überzeugen Sie meinen Vater!
Ihre Sie bewundernde Schülerin
Helene*

***

Helenes Abschlussball wurde ein voller Erfolg. Einmal für den Familienfrieden. Von nun an gingen Stiefmutter und Stieftochter öfters gemeinsam shoppen. Der Vater stöhnte zwar über die zusätzlichen Kosten, doch das war ihm der plötzliche häusliche Friede wert.

Zum zweiten: Ihr Tanzpartner Werner verliebte sich Hals über Kopf in Helene und sie sich in ihn. So wurde die Stiefmutter zur wichtigen Beraterin. Sie lud Werner sogar mehrmals zum Kaffee ein. Helene war im siebten Himmel. Das Leben in dieser Welt konnte so schön sein! Doch eines Abends verkündete Werner ihr: „Meine kleine Maus, bei deiner Abiturfeier werde ich nicht da sein. Ist es nicht fantastisch: Ich habe eine Stelle als Grafiker in Zürich angenommen."

Ihr Herz hämmerte: „Das, das ist doch in der Schweiz. Ist dies das Ende unserer Beziehung?", presste sie dann leise heraus.

„Natürlich nicht. Wir können uns wundervolle Liebesbriefe schreiben."

„Dazu werde ich wenig Zeit haben. Ich muss Tag und Nacht lernen, um das Abitur zu bestehen."

Er küsste sie. „Du brauchst nicht traurig zu sein, wenn du es nicht bestehst. Die meisten Mädchen haben nur Einjähriges. Ich werde dich immer lieben, auch ohne Abitur."

„Danke, das nimmt mir den Leistungsdruck. Du bist so lieb."

„Wenn du keine Zeit zum Schreiben hast, kannst du telefonieren. Dein Vater bezahlt es ja."

Am Abend nach der Abiturprüfung rief Helene ihren Freund überglücklich an. „Stell dir vor, ich habe bestanden. Juchhu!

Mein Vater ist total stolz. Deshalb schenkt er mir einen Plattenspieler und ... stell dir vor, die Fahrkarten nach Zürich und ein Wochenende im Hotel. Im Sommer werde ich dann mit dem Studium in Aachen anfangen. Ist das nicht toll?"
Werners Stimme war ganz heiser: „Dann haben wir uns viel zu erzählen und zu besprechen. Meine süße kleine Maus, ich freue mich, wenn du kommst."
„Ich mich auch."

***

Die Zugfahrt ging ihr nicht schnell genug. Sie konnte es gar nicht erwarten, ihren Freund zu treffen. Ihre Gedanken jagten durcheinander: ‚Endlich selbstständig! Endlich frei! Dem Klosterleben entronnen. Dem Familienleben mit Stiefmutter und Vater entronnen.'
Um sich abzulenken, schrieb sie Eva, ihrer Freundin, ein paar Zeilen.
Liebe Eva,
ich habe das Abitur geschafft. Und stell dir vor, mein Vater ist so stolz, dass er mir mein Studium finanzieren will. Er schlug mir vor, nach Aachen oder Münster oder Essen zu gehen. Wegen dir, meine liebe Freundin, habe ich Aachen als Studienplatz gewählt. Was meinst du? Dann können wir uns unsere Zeit selbst einteilen. Niemand bestimmt über uns. Wir werden gemeinsam Vorlesungen besuchen, oder auch mal ins Kino gehen. Dann können wir nächtelang diskutieren, wie wir das Leben unserer Schulkinder verbessern können. Das wird schön!
Deine Freundin Helene

***

Endlich kam der Zug an. Werner holte sie vom Bahnhof ab, umarmte sie und hörte nicht auf, sie zu küssen. Dann fuhr er sie in seinem neuen mausgrauen Ford zuerst ins Hotel, dann zu seiner kleinen Wohnung. Ihr Herz hüpfte vor Freude, als er ihr an der Tür die Augen verband und sagte „Einen klitzekleinen Augenblick!" und in der Wohnung verschwand. Dann fühlte sie, wie seine starken Arme sie über die Schwelle trugen. Als er ihr die Augenbinde abnahm, blickte sie staunend in ein Lichterherz aus Kerzen ...

„Den Sinn fürs Dekorative hast du ja. Der geborene Grafiker!" Sie blickte staunend um sich: Das Wohnzimmer war getaucht in Schwarz und Weiß, schwarzweiße Fliesen, schwarzweiße Möbel, weiße Tapeten und zum Überfluss eine schwarzweiße Tapete im Wohnzimmer."

‚Ein Schachbrett!', dachte sie.

Er hatte Schnittchen und Sekt vorbereitet. Sie schmusten miteinander. Zwischendurch erzählte er von seiner Arbeit, seinen Aufträgen und wie zufrieden der Chef mit ihm war. Sie kam überhaupt nicht zu Wort. Sie wollte ihm von ihrer Abiturprüfung erzählen, welche Ängste sie ausgestanden und wie sie sich gefreut hatte. Als sie die Sektflasche zu Ende getrunken hatten, hatte Werner Mut bekommen und sagte schließlich und sah ihr dabei tief in die Augen: „Mein Mausilein, jetzt können wir heiraten. Ich verdiene genug, um dich und unsere Kinder zu ernähren. Willst du meine Frau werden?"

Beglückt hauchte sie: „Ja ..."

Er umarmte sie leidenschaftlich: „Oh, du machst mich so glücklich! Ich kann es nicht erwarten. Was hältst du davon, wenn unsere Hochzeit schon im Juni stattfindet? Dann kannst du hinterher sofort bei mir einziehen."
„Mein Vater hat mich doch zum Sommersemester an der PH in Aachen angemeldet und mir auch schon ein Studentenzimmer gemietet. Lass uns später heiraten, in den Semesterferien. Das wird herrlich, wenn ich in den Semesterferien hier bei dir einziehen werde."
„Mausi, du verstehst mich falsch: Mein Chef schätzt meine Arbeit. Die Probezeit ist vorbei. Ich bin fest angestellt. Ich verdiene so viel, dass ich dich und unsere Kinder ernähren kann. Ich kann es kaum erwarten. Ich liebe dich so. Du brauchst nicht zu studieren. Du hast doch jetzt mich erobert."
Helene rang mit ihrem Atem. „Aber ich will doch Lehrerin werden. Das habe ich mir so gewünscht!"
Darauf ging er nicht ein. Er stand auf. „Ich habe dir eine Schallplatte gekauft, sie ist ganz neu. Es gibt da eine neue Musikgruppe, die Beatles, die haben einen neuen Sound entdeckt. Guck mal das Cover an. Haben sie nicht witzige Frisuren? Man nennt sie die Pilzköpfe."
Helene las das Handgeschriebene auf dem Cover: Für meine Mausi von ihrem Mäuserich. Er legte ‚All you need is love' von den Beatles auf. Dann holte er sich eine Flasche Bier aus dem Eisschrank. Als er sie dann küsste, schmeckte Helene das Bier auf ihrer Zunge und der Biergeruch umfing sie ... Das erinnerte sie an etwas.
Plötzlich sah sie die blauen Lippen ihrer toten Mutter vor sich.

Und ... sie war mit einem Schlag stocknüchtern.
„Habe ich dich richtig verstanden, du willst, dass ich gar nicht studiere? Ich will doch Volksschullehrerin werden!"
„Nein, Mausi, das brauchst du nicht. Was sollen die anderen Männer von mir denken? Ich sorge doch von nun an für dich. Meine Frau hat es nicht nötig, berufstätig zu sein. Mausi, ich bin doch dein starker Mäuserich und wir werden viele reizende Mäusekinder bekommen. Im Vertrauen, deine Stiefmutter ist ganz meiner Meinung."
„Du hast dich mit *ihr* beraten? Diese Schlange!"
„Ja, sie hat gesagt, dass sie nicht arbeiten darf, weil dein Vater das nicht will. Es gibt ein Gesetz, dass der Ehemann es erlauben muss, wenn die Ehefrau berufstätig ist."
Helene spürte, wie ihre Beine und Hände anfingen zu zittern. Sie biss die Zähne zusammen. „Ich habe mir beim Tode meiner Mutter geschworen, dass ich nie so abhängig werde wie sie. Jetzt sehe ich es ganz klar: Deshalb hat mein Vater mir dieses Wochenende bezahlt. Mein Vater will mich endlich loswerden. Und meine Stiefmutter will nicht, dass es mir besser geht als ihr. Und du ... du willst mich besitzen." Sie knirschte mit den Zähnen, dann besann sie sich: „Ihr denkt, mit Speck fängt man Mäuse. Dein Liebesgesäusel ist der Speck. Deine Wohnung ist die Mausefalle, in der ich eingesperrt werden soll. Nein, danke!"
Sie nahm ihre Tasche und den Mantel, floh in ihr Hotel und schloss sich in ihr Zimmer ein. Angezogen warf sie sich auf ihr Bett und weinte bitterlich.
Am nächsten Morgen kam Werner mit einem wunderschönen Strauß von weißen Rosen ins Hotel. Der Portier sah ihn

erstaunt an. Dann sagte er bedauernd: „Oh, die junge Dame ist ganz früh abgereist."
Seit jenem Tag litt Helene an einer Allergie ...
einer Mäuseallergie.

***

Kladderadatsch, da flog das Matheheft aus dem Fenster. Helene sah ihren Hausaufgaben-Schüler entgeistert an. Ihre Ohren hörten die Kladde unten auf dem Rasen aufschlagen. Pauls Mund umspielte ein triumphales Lächeln. Helene sagte bissig: „Du störrischer Esel. Das hättest du in unserer Klosterschule machen sollen. Die Strafe wäre beschämend gewesen."
Schlagartig war Helene klar, dass die Wahl ihrer Studentenbude in Aachen doch kein Schnäppchen war: 70 DM im Monat mit der Auflage, die Hausaufgaben von Paul zu betreuen. Mit so einem Verweigerer hatte sie nicht gerechnet.
Pauls Augen blitzten: „Ich habe keine Lust, Hausaufgaben zu machen."
„Und ich habe keine Lust, mit einem Faulpelz zu arbeiten. Ich werde deiner Oma sagen, dass ich ausziehe."
Helene stürzte aus ihrem Zimmer und klopfte bei Pauls Großmutter an. Aus dem Raum drang das Tuckern einer Nähmaschine. Sie drückte die Klinke herunter. Ihre Stimme überschlug sich: „Es hat keinen Sinn, Ihr Enkel will nicht arbeiten. Ich gebe auf und ziehe wieder aus."
„Das können Sie mir nicht antun! Da beide Eltern in der Arztpraxis arbeiten, bleibt die Hausaufgabenbetreuung dann an

mir hängen. Das ist zu viel für mich alte Frau", jammerte sie kläglich.
Helene dachte fieberhaft nach: ‚Das Zimmer liegt so verkehrsgünstig. Am Bahnhof. Aber lieber gehe ich meilenweit zu Fuß, als mich über diesen verwöhnten Frechdachs zu ärgern. Um das helle Zimmer mit den beiden gemütlichen Sesseln und dem bodenlangen Schrankspiegel tut es mir leid. Doch da fällt mir etwas ein: Eine Handarbeits-Oma könnte ich gebrauchen.'
Laut sagte sie: „Falls Sie mir helfen wollen, kann ich mir die Sache noch einmal überlegen."
„Wie genau?"
„Sie sind eine Näherin, wie ich sehe. Ich kann nicht nähen und müsste es erst lernen. Zu meinem Lehrerstudium gehört das Fach Nadelarbeit. Würden Sie mir dabei helfen? Meine erste Aufgabe in diesem Fach ist es, eine Schürze zu nähen."
„Das ist kein Problem. Die nähe ich für Sie sehr gerne, wenn Sie dafür bleiben."
„Gut, eine Hand wäscht die andere. Dann bleibe ich."
„Paul, du holst sofort dein Heft aus dem Garten, dann verraten wir heute Abend auch nichts deinen Eltern", donnerte die Oma und lachte Helene verschmitzt an.
So mühte sich Helene weiter mit Paul ab und Pauls Oma half Helene bei der Nadelarbeit.

***

Dann kam der Tag von Helenes allerersten Probe-Unterrichtsstunde mit Schülern vor 15 Studenten. Zu diesem Anlass strickte die Oma ihr sogar einen Strickbären.

Obwohl sie diesen weißen Bären als Vorführbeispiel und zusätzlich Anschauungsmaterial aus Millimeterpapier angefertigt hatte, lief die Stunde schleppend. Die Kinder guckten uninteressiert herum. Einige zum Fenster, andere zu den Studenten. Helene stockte der Atem. ‚Mir fehlt das Herzblut zum Stricken. Ich kann die Schüler nicht begeistern. Meine Kommilitonen gucken auch schon ganz besorgt', dachte sie unglücklich.

Plötzlich schrie Peter: „Es schneit! Es schneit!"

Wie von der Tarantel gestochen sprangen die Kinder von ihren Plätzen auf und stürzten an die Fenster. Sie schrien wild durcheinander.

Helene merkte, wie ihr heiß wurde. Sie guckte ihre Dozentin hilfesuchend an, doch deren Gesicht war wie versteinert. Helene jammerte: „Bitte, seid nett und setzt euch wieder." Doch ihre dünne Stimme löste sich auf im Geschrei der Kinder.

Schließlich beendete die Klassenlehrerin das Trauerspiel und läutete mit einer Glocke. Alle Kinder setzten sich schlagartig und sahen ihre Klassenlehrerin aufmerksam an.

Da sagte die Dozentin: „Ich breche diese Unterrichtsstunde nun ab. Ich danke Ihnen, dass wir in Ihre Klasse kommen durften. Alle Studenten kommen bitte mit ins Besprechungszimmer".

Helene fühlte die mitfühlenden Blicke ihrer Kommilitonen. Dann polterte die Dozentin los: „So eine Unterrichtsstunde habe ich ja noch nicht gesehen. Sie sind ja völlig ungeeignet für den Lehrerberuf. Wenn Sie sich nicht durchsetzen können, sind Sie fehl am Platz. Außerdem, wie verkrampft Sie die Stricknadeln gehalten haben!"

Dieses Urteil traf Helene wie ein Keulenhieb. Ihr traten Tränen in die Augen. Sie strengte sich an, nicht öffentlich über ihren Misserfolg zu weinen. Erst als sie in ihrem gemütlichen Studentenzimmer ankam, brach sie in Tränen aus. Ihre engste Studienfreundin Eva hatte sie nach Hause begleitet.
„Die Dozentin war gemein. Sie hätte dir helfen können. Wie kann man nach einer allerersten Unterrichtsstunde so ein Urteil fällen!“
„Sie hat doch recht! Ich werde nie eine gute Lehrerin!“, schluchzte Helene.
„Sie ist eine Hexe, die dir das einreden will. Ich habe eine Idee. Hast du ein Vorleseverzeichnis?“
„Was willst du denn damit?“
Eva blätterte und suchte das Foto von der Nadelarbeitsdozentin.
„Gib mir eine Schere.“
Helene verstand überhaupt nichts aber gab sie ihr.
Eva schnitt das Foto aus. „Jetzt brauche ich nur noch zwei Stecknadeln.“
„Besitze ich nicht.“
Schon klopfte Eva am Nähzimmer bei der Handarbeitsoma an und holte sich zwei. Dann heftete sie das Foto auf Helenes Pinnwand.
„Meinst du, ich will diese Ziege jeden Tag sehen!“, heulte Helene auf.
Eva machte ein geheimnisvolles Gesicht: „Abrakadabra, dreimal schwarzer Kater.“ Sie fuchtelte mit der Stecknadel in der Luft herum und dann stach sie viele Male auf das Foto. „Dafür, dass du so herzlos warst, sollst du bestraft werden!“

Jetzt musste Helene lachen. Eva gab ihr die Stecknadel und Helene stach wie wild auf das Foto ein. Wie gut ihr das tat!
„Das war eine gute Idee!", lachte Helene. „Meine Wut und meine Traurigkeit sind weg!"
Ganz wohl war Helene nach dieser Aktion zwar nicht ... In der Nacht plagten sie Albträume: Sie sah, wie ihre Dozentin die Treppe der PH runterlief, sich plötzlich ans Herz fasste, stürzte und leblos liegen blieb. Schweißgebadet wachte Helene auf. Sie fühlte sich schuldig, dass sie die Dozentin verwünscht hatte.
„Damit spaßt man nicht!", murmelte sie.

***

Helene glaubte daran, dass böse Wünsche in Erfüllung gehen. Sie guckte ins Vorleseverzeichnis und sah, dass ihre Dozentin am selben Tag eine Vorlesung hielt. Sie musste unbedingt dahin. Aber wie immer kam sie etwas später. Es krampfte sich ihr Herz zusammen, als ihr Studentinnen in Scharen aus dem Hörsaal entgegenkamen. Sie musterte ihre Gesichter.
‚Die sehen aber gar nicht traurig aus', dachte sie, ‚war die Dozentin denn so unbeliebt?'
Da entdeckte sie Eva unter den Herausströmenden, die ihr zuwinkte. Sie strahlte: „Ich glaube an die Macht der Magie! Unsere bösen Wünsche haben geholfen. Das geschieht der Nadelarbeitsdozentin recht. Keiner kümmert sich jetzt mehr um sie."
„Aber das könnt ihr doch nicht tun. Ihr müsst ihr helfen."

„Ich verstehe dich nicht. Gerade du müsstest dich freuen. Jetzt kannst du in einem anderen Unterrichtsfach eine neue Lehrprobe halten und eine bessere Note bekommen."
„Aber nicht um diesen Preis." Helene blickte in den Hörsaal und sie staunte: Er war bis auf drei Reihen leer und vorne stand der Rektor mit ... der Nadelarbeitsdozentin.
„Ein Glück, sie ist ja gar nicht gestürzt!"
„Doch, in symbolischer Weise. Die Herzlose ist von ihrem Thron gestürzt worden. Weißt du was? Der Rektor hat uns eine neue Studienverordnung vorgelesen. Danach ist Nadelarbeit kein Pflichtfach mehr für unsere Ausbildung."
„Juchhu! Dann brauche ich Paul, den Faulpelz, nicht mehr bei den Hausaufgaben zu betreuen!", jubelte Helene.
Im ersten Moment. Im zweiten Moment wurde sie nachdenklich. ‚Obwohl ... vielleicht lerne ich durch ihn, wie ich eine gute Lehrerin werde ... und eine Oma tut mir auch gut.'

***

Helene spürte die Glut des Sommers in ihren Füßen. Der Asphalt kochte. Die vier Freunde Eva, Helene, Richard und Helmut liefen barfuß im Park. Sie fühlten sich wie die Hippies in Amerika. Frei von Konventionen und Modediktatur. Deshalb trug Heinrich ein geblümtes T-Shirt und Richard ein blaues Knitterhemd mit meerblauen Turnschuhen und die Mädchen hatten lange bunte Patchwork-Röcke an und rote Rosen im Haar. Helene hatte als Erste ihre Sandalen in die Luft geworfen und dabei vor Lebensfreude laut gekreischt. Als sie nun in ein Ausflugslokal einkehrten, erlebten sie eine Über-

raschung. Die Wirtin holte ihren Mann und dieser sagte: „Wir bedienen hier keine Zigeuner. Verlassen Sie sofort unser Lokal!“
Es half ihnen nicht zu sagen: „Wir sind doch Studenten.“
Frau Wirtin zischte: „Ihr müsst erst mal richtig arbeiten.“
An diese Szene musste Helene in ihrer Münsteraner Kellerwohnung nun denken, als sie Leos schlampige meerblaue Turnschuhe in das Schuhbänkchen einordnete. ‚Die gleichen Schuhe wie Richard! Ich verliebe mich scheinbar immer in den gleichen Typ Mann. Dabei bin ich extra von Aachen nach Münster umgezogen, weil ich diesem Einfluss entrinnen und kein Zigeunerleben führen wollte‘, dachte sie. ‚Doch wo ist Leo nur? Ohne seine meerblauen Sportschuhe? Vielleicht auf einer Geschäftsreise. Aber ohne Bescheid zu sagen? Vielleicht ist ihm etwas passiert?‘
Als ihre Mitbewohnerin Renate aus der Dusche kam, rief sie: „Bad ist frei!“
Helene wickelte sich in ihr Badetuch und schüttelte sich. „Nein, danke. Wir waren zu faul, den Kohleofen anzufeuern. Ich friere. Ich mache nur Katzenwäsche.“
„Beeil dich. Wir müssen in die Vorlesung, sonst bekommen wir unseren Schein nicht.“
„Ja, der ist wichtig. Aber ich mache mir so Sorgen um Leo. Heute ist der dritte Tag, dass er verschwunden ist. Er kann doch irgendwo einsam in einer Ecke liegen, ohnmächtig sein und braucht Hilfe. Ob ich die Polizei benachrichtigen soll?“
„Das kannst du später machen.“
„Oder er ist überfallen und ausgeraubt worden. Oder er blutet ...“

„Komm mit in die Vorlesung, sonst fahre ich allein."
Da nahm auch Helene ihr Fahrrad und beide Mädchen radelten eilig am Aasee entlang zu ihrer PH.
Als sie am Nachmittag zurückkehrten, empfing sie ein lautes Schnarchen.
„Gott sei Dank. Er lebt!", rief Helene und stürzte zur Couch. Ihr Herz schlug wild. Doch im nächsten Moment rümpfte sie ihre Nase. Auf der Couch lag Leo eingerollt wie ein Rollmops. So stank er auch. Nicht nur eine Alkoholfahne wehte den Studentinnen entgegen, sondern auch eine Qualmwolke ... Und etwas undefinierbar Süßliches. Roch sie nicht auch einen Hauch von Urin? Angeekelt kniff sich Helene die Nase zu. Renate stürzte zum Fenster und lüftete die Einraum-Kellerwohnung. Regentropfen klatschten auf die Gartenfliesen.
„Typisch Münster: Entweder bimmeln die Glocken oder es regnet Bindfäden."
„Wieso bist du nicht in Aachen geblieben?"
„Ich wollte kein Zigeunerleben führen und nicht versumpfen. Nur leider bin ich hier in Münster vom Regen in die Traufe gekommen. Ich habe das Gefühl, dass ich mit Leo gar nicht mehr arbeite und nur noch Party mache."
Renate winkte mit dem Zeigefinger: „Aber *du* hast deinen sogenannten Cousin hierhin mitgebracht. Ich bin unschuldig an dieser Situation."
„Ja, ich war so verliebt in ihn, weil er mich nicht auslachte, als ich mich verstrickt hatte. Du erinnerst dich daran, als ich – wie die anderen Studentinnen – in den Vorlesungen strickte. Mein Vater und meine Stiefmutter prusteten vor Lachen und kriegten sich nicht wieder ein, als ich meiner Halbschwester

zum einjährigen Geburtstag statt dem versprochenen Pullover eine Strickhose aus den Einzelteilen des Gestrickten zusammennähte. Leo, mein Stiefcousin, nahm mich vor allen Familienmitgliedern in den Arm und tröstete mich. Da verliebte ich mich in ihn und seine tiefblauen Augen. Den Rest kennst du. Er folgte mir hierhin."

„Wieso Stiefcousin?"

„Na, er ist der Sohn der Schwester meiner Stiefmutter."

Nun schlug Leo die Augen auf und räkelte sich. Er richtete sich langsam auf und erblickte die beiden Studentinnen. Er grinste: „Na, da seid ihr ja endlich. Ich habe lange auf euch gewartet."

Helene funkelte ihn an: „Wir haben ja wohl länger auf dich gewartet. Wo warst du?"

„Ach ich? Als waschechter Hamburger war ich mit einem Seemannskumpel unterwegs."

„Drei Tage lang?", fragte Renate.

„Na, ein richtiger Seemann braucht zu einem Seemannswiedersehen richtig viel Zeit!", tönte Leo.

„Ja, Münster ist ja auch eine Hafenstadt, wo man einen Seemann nach dem anderen trifft", bemerkte Helene. „Außerdem riechst du süßlich. Steht dein Seemann auf, auf Maiglöckchen-Parfüm?"

Leo wurde rot. Vor Scham oder Ärger?

„Nein, ich habe Maiglöckchen ge... ge... gepflückt!"

„Ah ja, mitten im Winter."

„Nein, nicht im Wald, sondern bei einem Züchter im Gewächshaus."

„Wo ist das Gewächshaus? Diese Maiglöckchen will ich sehen!"

„Nicht in Münster. Ehrlich gesagt, es waren auch keine richtigen Maiglöckchen."
„Aber eben hast du gesagt, du warst mit deinem Seemann in Münster. Du hättest wenigstens anrufen können. Ich habe mir Sorgen gemacht."
„Das kann ich bestätigen", mischte sich Renate nun ein. „Ich habe sie nur mit Mühe davon abhalten können, die Polizei zu verständigen."
Wie von einer Tarantel gestochen sprang Leo auf. „Bist du denn des Wahnsinns?! Die Polizei?!" Sein Gesicht leuchtete puterrot.
„Nein, aber ein liebendes Herz macht sich Sorgen. Hast du denn etwas zu verbergen?"
„Nein, hinterher war ich noch bei einem Kunden."
Helene spürte, wie die Wut in ihr hochstieg. „Also, ich fasse zusammen: *Du warst drei Tage lang in Münster mit einem Seemann auf einer Maiglöckchenfarm zu einem Kunden unterwegs?!"*
Renate prustete hinter vorgehaltener Hand los.
Helene betrachtete Leo genau. Sie bemerkte ein unruhiges Flackern in seinen Augen. Das Leuchten in seinen Augen, das sie so geliebt hatte, war verschwunden. Von Tiefe nichts zu sehen. Die ganze Erscheinung schmutzig und verkommen! Seine fleischigen Lippen verzerrten sich zu einem schiefen Lächeln.
„Weißt du was? Zwei Menschen, die sich verstricken, das ist zu viel, die haben keine gemeinsame Zukunft. Gib uns unseren Wohnungsschlüssel zurück. Er liegt von nun an nicht mehr unter der Fußmatte. Ich will nie mehr wissen, wo du warst."
„Ist das ein Rauswurf?"

„Nenn es wie du willst."
Helene beachtete ihn nicht weiter und umarmte Renate. „Mit dir habe ich mich gut vertragen. Danke. Aber wir können hier nicht arbeiten. Die Kellerwohnung war gut zum Feiern, weil die Hausbesitzer woanders wohnen. Zum Arbeiten ist es in dieser Kellerwohnung zu dunkel, zu feucht und zu kalt." Dann tuschelten beide Mädchen miteinander und lachten.
Leos Augen funkelten böse. „Ich lasse mich nicht rauswerfen. Du wirst mich nicht los. Ich werde jeden Tag hier sein."
„Das ist eine gute Idee. Aber ohne uns. Du kannst das Zimmer ja für dich und deinen Seemann oder deine Seenixe mieten. Wir werden hier jedenfalls ausziehen und ins Katholische Studentenwohnheim einziehen, wo man keinen Herrenbesuch haben darf. Ich muss unbedingt fürs Examen büffeln."
„Du solltest ins Kloster eintreten." Er knallte den Schlüssel auf den Tisch und verließ schnaubend den Raum.
„Ich bin eben ganz einfach gestrickt und mag keine komplizierten Strickmuster, wie du weißt", rief sie und warf ihm seine meerblauen Sportschuhe hinterher.

***

Helene stand an der Bushaltestelle und fror. Nicht überall. Nein, nur an den Oberschenkeln. Genau auf dem unbedeckten Stück zwischen Seidenstrümpfen und Hüftgürtel. In jedem Winter war ihr Oberschenkel gefroren. Blau gefroren. Voller Neid dachte sie an das grinsende Gesicht ihrer Stief-

mutter, die ihr beim letzten Besuch im Haus des Vaters stolz die Neuheit des Jahres 1966 gezeigt hatte: Eine Strumpfhose aus Nylon. Helene staunte: „Strümpfe und Unterhose in einem Stück! Genial!"
Damals verwöhnte ihr Vater damit seine Frau, nicht seine Tochter. Dabei musste die Stiefmutter nicht wie die Tochter an kalten Bushaltestellen frieren, sondern fuhr im eigenen Mercedes. Wozu brauchte sie diese Neuheit? Sie bekam keine blauen Kältestreifen.
Wo blieb nur ihr Bus? Gerade heute zu ihrer Englischprüfung. Sie guckte besorgt in die Richtung, aus der er kommen musste. Kein bisschen verzauberte sie heute der Anblick des Prinzipalmarktes. Die mittelalterlichen Fassaden, die jetzt in der Weihnachtszeit mit Tausenden von Glühbirnen erstrahlten, erwärmten heute nicht ihr Herz. Im Gegenteil, die Lambertikirche mit den schaurigen, dunklen Käfigen an ihrem Turm, wo einst Menschen bestraft wurden durch Zurschaustellen und Verhungern, machte ihr heute Angst. Ob sie auch bestraft wurde? Hätte sie einen Bus früher nehmen müssen, um nicht zu spät zu ihrer Prüfung zu kommen? Womöglich würde sie gar nicht mehr geprüft?
Ihre Hände fingen an zu schwitzen. Doch da bog ihr Bus um die Ecke. Gott sei Dank! Ein Pflasterstein flog ihr vom Herzen. Pünktlich kam sie in der PH an. Doch der Prüfungsraum wurde noch von ihrer Vorgängerin besetzt. Erleichtert ließ sie sich auf den Stuhl im Flur fallen.
Da spürte sie sie: Sie lief weich und sacht von ihrem Knie zur Abschlussnaht. Eine Laufmasche! Auch das noch! Dabei wollte Helene würdig aussehen wie eine angehende Lehrerin

in ihrem blauen Bleylekleid mit weißem Bubikragen und weißen Manschettenstulpen.
„Vielleicht sitze ich ja bei der Prüfung vor einem Schreibtisch, sodass der Prüfer die Laufmasche nicht sieht", beruhigte sie ihre aufgeregten Nerven.
Die Tür des Prüfungszimmers öffnete sich und ihre Freundin Renate stürzte mit puterrotem Gesicht heraus. „Der Kerl ist unmenschlich und kalt. Ich bin durchgefallen", raunte sie Helene noch zu.
„Das kann ja heiter werden." Helene biss die Zähne zusammen und bemühte sich, mit festem Schritt den Raum des Schreckens zu betreten. Dort saßen drei Personen: Herr Brodesser, ihr Englischdozent, eine unbekannte Zweitprüferin und die Sekretärin. Leider saßen sie so, dass Herr Brodesser genau auf ihre Beine gucken konnte.
‚Nicht daran denken!', befahl sich Helene.
Zuerst lief alles ganz gut. Herr Brodesser fragte Helene: „Wie führen Sie den Anfangsunterricht in Englisch durch?"
„Der Anfangsunterricht soll handlungsorientiert sein. Im Anfangsunterricht spielt die Anschauung eine dominante Rolle."
„Können Sie mir ein Beispiel nennen?"
„Erinnern Sie sich an meine Vorführstunde vor den Studenten?" Helene dachte insgeheim noch mit Horror an die große Zahl der kritischen Zuschauer. Laut sagte sie: „Die Kinder sollten neue Vokabeln kennenlernen. Ich führte sie ein und befestigte sie spielerisch an einem selbst gebastelten, tischhohen Papphaus und zwei Schablonen von Peter Pim und Billy Ball. Die Schüler ließen die Pappfiguren ins Haus gehen, aus dem Fenster gucken, ums Haus gehen, aufs Dach steigen. Ich sprach

ihnen die englischen Sätze vor und die Schüler wiederholten sie beim Tun." Helene verschwieg natürlich, dass nicht sie, sondern ein Freund das Haus gebaut hatte.
Glücklich und erleichtert, dass sie ihre Prüfer von ihrer Sachkenntnis überzeugen konnte, schlug sie die Beine übereinander.
Doch, oh je! Sie spürte sie wieder: Die Laufmasche. Dieses Mal lief sie wie der Blitz bis zu ihren Schuhen. Helene schoss die Röte ins Gesicht.
Herr Brodesser schien das Schauspiel mit Interesse zu verfolgen. Helene wollte in den Boden versinken. Nach einer Ewigkeit sagte er: „Was würden Sie tun, wenn Ihnen das vor der Klasse passiert?"
Sie sah ihn verstört an und zuckte die Schultern.
„Na, überlegen Sie mal! Ich gebe Ihnen das Stichwort: Anschauung!", meinte der Prüfer und wies mit dem Blick auf sein riesiges Wörterbuch.
„Ach so. Ich könnte das Wort für Laufmasche im Wörterbuch suchen."
„Dann tun sie es bitte jetzt. Was heißt Laufmasche?"
Helene schlug nach und sagte: „A run oder a ladder. Ich würde den Kindern sagen: Das Wort für Laufmasche werdet ihr nun nie mehr vergessen."
„Danke, das wollte ich hören. Das ist situationsgebundener, anschaulicher Unterricht. Viel Glück bei den anderen Prüfungen."
‚Schwein gehabt', dachte sie.
Glücklich rief Helene am Abend zu Hause an. Ihre Stiefmutter war am Telefon. „Wo ist Vati?"

„Der ist nicht da. Er spielt mit den Goldjungen Skat."
„Kannst du ihm sagen, dass ich meine Englischprüfung bestanden habe?"
„Herzlichen Glückwunsch, da wird er sich freuen."
Helene nagte an ihrer Lippe. „Kannst du ihm auch sagen, dass ich mir eine Belohnung von ihm wünsche?"
„Was denn?"
Gut, dass ihre Stiefmutter nicht sehen konnte, dass Helene errötete. Mit fester Stimme sagte sie: „Ich wünsche mir so eine moderne Seidenstrumpfhose, wie du sie hast, denn ich friere so sehr im Winter an den Bushaltestellen."
„Ich werde deinen Vater fragen, ob er dir diese Strumpfhose für drinnen kauft, denn sie ist wunderschön und passt gut unter dein neues Minikleid. Doch sie ist zu dünn an kalten Wintertagen. Du kannst schnell Laufmaschen bekommen, dann siehst du ungepflegt aus. Da ist eine wollene Strumpfhose wärmer und fester. Ich werde deinen Vater bitten, dass er dir zusätzlich eine wollene Strumpfhose für draußen kaufen soll."
„Danke, das wäre wunderbar!"
Helene schmiss den Telefonhörer schwungvoll auf die Gabel und sagte zu ihrer Freundin: „Manchmal ist es für ein junges Mädchen doch gut, eine modebewusste Stiefmutter zu haben!"

***

„Verflixt! Ich vermisse mein Einmeterlineal. Wer von euch Blagen hat es weggenommen?" Realschullehrer Fels sah seine 7 erwachsenen Kinder, die sich um den Abendbrottisch

im Esszimmer des Erdgeschosses versammelt hatten, wütend an. „Wie oft habe ich euch erklärt, dass niemand etwas in meinem Werkzeugkeller verloren hat! Ich werde ihn wieder abschließen!"
„So wie unser Wohnzimmer, wo du alle Möbel mit Schutzhüllen überzogen hast und das nur geöffnet wird, wenn du es willst. Was bin ich froh, wenn ich hier ausziehe!", meckerte Hannah.
„Solange du deine Füße unter meinen Tisch stellst, machst du das, was ich will." Mit eisigem Blick wies er seine aufmüpfige Tochter zurecht. „Ja, ja, genauso wie du Mama in die Küche im Keller verbannt hast! Ein Leben im Keller!", wagte sie zu sagen. Sofort spürte sie seine fleischigen Finger in ihrem Gesicht. Nun verstummte auch sie.
Der Vater trommelte mit den Fäusten auf den Tisch. „Nun, ich höre? Wer hat mein Lineal?" Betretenes Schweigen. Aber am nächsten Tag lag das Lineal vor der verschlossenen Tür.
„So ein Despot ist mein Vater!", erklärte einige Tage später Hannah ihrer Freundin Helene. „Ich hasse ihn. Meine arme Mutter. Sie ist immer der Sündenbock. Dass sie es mit ihm aushält, verstehe ich nicht."
Helene umarmte ihre Freundin. „Sie wird doch ihre Kinder nicht im Stich lassen. Aber wenn ihr alle aus dem Haus seid, dann ... beginnt für sie das richtige Leben."
An dieses Gespräch sollte sie sich später erinnern. Lange hatten sie sich nicht gesehen. Helene studierte in Münster und kam zu Weihnachten wieder nach Bonn. Das Erste, was sie tat, sie ging zu Hannahs Mutter. Diese hatte tiefe Ringe unter den Augen. Aber sie lächelte. „Hannah geht es wieder gut." So verabredeten

sich die beiden Mädchen. Als sie sich trafen, forschte Helene in Hannahs Gesicht. ‚Man sieht ihr nicht an, dass der Liebeskummer sie fast verrückt gemacht hat. Ein Glück.'
Hannah sagte grinsend: „Stell dir vor, ich habe eine Stelle in München angenommen. Mein neuer Freund, Erich, arbeitet dort als Rechtsanwalt."
‚Immerhin hat sie ihre Wünsche heruntergeschraubt. Kein Professor mehr', durchfuhr es Helene. Laut sagte sie: „Das freut mich für dich."
Von nun an trafen sich die Freundinnen noch weniger. Die eine lebte in Münster, die andere in München. Aber im folgenden Jahr trafen sie sich wieder zur Weihnachtsmette. In klirrender Kälte stapften sie von der Kölnstraße zum Markt. Der prächtige Weihnachtsbaum, aus mehreren Fichten zusammengefügt, erwärmte wie jedes Jahr ihr Herz. Die Freundinnen ließen sich von den mitreißenden Gesängen und der weihnachtlichen Stimmung betören. Sie waren glücklich.
Gut, dass sie nicht wussten, dass das neue Jahr sie in neue Verzweiflung bringen würde.
Am Neujahrstag kam Hannah laut schreiend zu Helene. „Meine Mutter ... meine Mutter!", stammelte sie.
Helene bemühte sich zu verstehen, was passiert war.
Unter Schluchzen brachte Hannah schließlich hervor: „Mein Vater ... mein Vater schrie wie üblich: ‚Ich vermisse schon wieder was. Wer von euch hat den Strick, an dem ich im Werkzeugraum das Fahrrad aufgehängt hatte, gestohlen? Da ist so wenig Platz, deshalb muss das Fahrrad in der Luft hängen.' Wie üblich meldete sich niemand. Wie üblich guckte jeder unbeteiligt vor sich hin. Plötzlich hielt der Vater inne.

‚Wo ist eigentlich eure Mutter? Gretel, komm hierher, sofort!', brüllte er. Nichts rührte sich. ‚Hannah, hol sofort deine Mutter', schrie er dann. Doch ich kam nicht mehr zurück. Man hörte nur meinen fürchterlichen Aufschrei. Alle stürzten die Treppe herunter. ‚Da hast du dein Seil, du Ungeheuer', sagte mein Bruder Alfons trocken. ‚Dein Seil hast du vermisst. Nicht deine Frau.'
Alle Augen starrten entsetzt an den Haken an der Küchentür. Dort hing unsere Mutter an dem vermissten Seil.
Jede Hilfe kam zu spät."

***

Als Helene ihrer Stiefmutter fassungslos erzählte, dass Hannahs Mutter sich erhängt hatte, schlug diese mit der Faust auf den Tisch und schrie: „Diese Scheiß-Männerwelt! Wir Frauen sind abhängig von ihren Launen! Deshalb wollte ich immer einen Sohn anstatt einer Tochter gebären."
Helene protestierte: „Du kannst dich doch wirklich nicht beschweren. Du sitzt doch im gepolsterten Nest."
„Aber ich bin darauf nicht angewiesen. Ich habe einen Beruf, ich bin Krankenschwester und kann jederzeit auf eigenen Füßen stehen."
„Nur könntest du dir nicht den Luxus leisten, den dir mein Vater bietet: Jede Ferien in Urlaub, im Winter zum Skifahren und im Sommer an die See. Wie oft geht ihr im Restaurant essen. Und immer das Beste und Feinste!"
Jetzt konnte Anja sich nicht mehr beherrschen. „Meinst du, das tägliche Leben mit deinem Vater wäre immer ein Ver-

gnügen? Ich muss ihn den ganzen Tag bedienen. Von wegen Gleichberechtigung."
„Warum hast du dich noch nicht getrennt?"
„Du wirst es nicht glauben: Am Anfang hatte ich sogar meine Koffer gepackt und saß schon im Zug nach Köln. Und heute habe ich ein Kind, das versorgt sein muss."
Helene setzte sich vor Erstaunen hin. „Wieso weiß ich nichts von deinem Auszug?"
„Na, dein Hass schlug mir knallhart entgegen, da wollte ich dich nicht über unseren Streit informieren. Und dein Vater war in seinem Stolz verletzt und wollte nicht, dass du etwas davon erfährst."
„Um was ging es?"
„Na, ich kann es dir sagen. Du hast mitbekommen, dass dein Vater daran glaubte, dass er das Recht habe, seine Frau zu schlagen. Das war der Grund, warum deine Mutter einverstanden war, dass du ins Internat kamst. Sie wollte dich schützen. Mich hat er ein einziges Mal angerührt. Da habe ich meine Koffer gepackt und bin ausgezogen."
„Wieso weiß ich davon nichts?"
„Du lebtest doch im Internat. Es war ja auch nur für kurze Zeit, denn er fing mich im Kölner Hauptbahnhof ab. Er bat verzweifelt, dass ich zu ihm zurückkäme, und schwor mir, mich nie mehr zu schlagen, was er bis heute eingehalten hat. Er wird es nicht mehr wagen, denn er weiß, dass ich dann nie mehr zurückkomme. Du siehst, es lohnt sich, sich als Frau sofort zu wehren. Und sag das später auch deiner kleinen Halbschwester, falls ich es nicht mehr kann."

Helene sagte nachdenklich: „Und ich dachte, dass du es schuld bist, dass er Mutti geschlagen hat."

***

Helene schwebte wie auf Wolken. Sie drehte sich im Kreise. Sie tanzte. Ein Walzertraum.
Eine dunkle, verführerische Stimme drang an ihr Ohr: „Habe ich dich nicht schon einmal gesehen? Sind wir uns nicht schon einmal begegnet?"
Liebesgeflüster? Aus der Traum. Jäh war sie in der Wirklichkeit. Wie oft hatte sie diese Sätze schon von einem Tänzer gehört! Wie langweilig! „Spielt die Kapelle nicht wunderbar? Was hast du für märchenhaft blaue Augen!" Bla, Bla, Bla! Hätte ihr Tänzer doch nur den Mund gehalten!
Sie befand sich beim Tanztee eines Münsteraner Studentenheims. Ihre Freundin Elke arbeitete bei der Katholischen Studentengemeinde und hatte sie und ihre Kommilitoninnen Marianne und Carolin in dieses Studentenheim für Männer mitgenommen. So waren sie ein lustiger Mädchentisch. Es wurde gescherzt und gelacht. Wie unter jungen Studentinnen üblich, wurde natürlich auch beobachtet.
„Dieser Student mit seiner Tolle à la Elvis sieht gut aus. Hoffentlich fordert er mich auf", flüsterte Carolin Helene zu.
1966 mussten die Mädchen noch darauf warten, dass sie aufgefordert wurden. Es war verpönt, selbst aufzufordern.
Carolins Wunsch ging in Erfüllung. ‚Elvis' forderte sie auf. Als sie sich mit hochrotem Kopf wieder hinsetzte, flüsterte sie Helene ins Ohr: „Ist er nicht süß?"

Helene hasste schmachtende Elvis-Locken. Ihre Begeisterung hielt sich in Grenzen. Glücklicherweise waren die Geschmäcker verschieden. Marianne tanzte mit einem Studenten, den sie aus der Religionsvorlesung kannten. Steif wie ein Brett tanzte er und strahlte sie an. Sie guckte starr an ihm vorbei.

„Er heißt Egon und tanzt furchtbar hölzern", flüsterte sie später Helene zu.

Helenes Tänzer sah klasse aus mit seinem gewellten blonden Haar, doch er redete bescheuert. „Ich bin müde und möchte mich hinsetzen", behauptete Helene, als die Musik zum nächsten Tanz aufspielte. Missmutig brachte der Blonde sie zum Platz und forderte sofort ein neues Mädchen auf.

‚Sicherlich erzählt er ihr dasselbe wie mir. Er sieht nicht so aus, als wenn er ein größeres Repertoire hätte. Ich bin froh, dass ich ihn los bin', dachte Helene. Sie nippte an ihrem Bier und ließ ihre Blicke schweifen.

Am Tresen stand eine Dreiergruppe von Studenten, die zu ihrem Mädchentisch guckte und sich offensichtlich über diese Studentinnen unterhielt. Ein Schwarzhaariger mit feinen, klassischen Gesichtszügen löste sich aus der Gruppe, kam auf Helene zu und forderte sie zu einem Rock 'n' Roll auf. Sie tanzten wunderbar zusammen, hatten keine Zeit, sich etwas zu erzählen. Doch auch beim nächsten Tanz, einem ruhigen, sprach er keinen Ton.

„Du, dein letzter Tänzer hat eine Freundin zu Hause. Ich habe sie schon gesehen, wenn sie ihn besucht hat", informierte Carolin sie.

„Jetzt verstehe ich seine Schweigsamkeit."

Als sie wieder zusammen tanzten, ergriff Helene die Initiative und fragte ihn über seinen Freund aus, der noch immer an der Bar stand. „Warum tanzt dein Freund nicht? Kann er nicht tanzen?"
„Ich glaube schon, doch er ist ziemlich schüchtern. Aber er ist ein toller Kumpel. Ich teile mit ihm mein Zimmer im Studentenheim."
Neugierig betrachtete Helene seinen Kumpel. Auch er besaß volles schwarzes Haar, seine Nase war etwas breiter als bei ihrem Tänzer, doch die dunkle Brille ließ ihn interessant und intelligent erscheinen.
‚Das ist ein Mann zum Heiraten', durchfuhr es sie, ‚ich liebe schüchterne und intelligente Männer. Doch seine olivgrüne Jacke finde ich hässlich.'
Ihre Blicke trafen sich. Sie lächelte ihn an. ‚Vielleicht ermutigt ihn das zu tanzen', dachte sie hoffnungsvoll. Tatsächlich. Er kam auf sie zu und forderte sie auf. Wiener Walzer. Schwungvoll wirbelte er sie herum. Da staunte sie: Das war der beste Walzer ihres Lebens. Dieser Student war nicht nur ein guter, sogar ein ausgezeichneter Tänzer. Keiner hatte an diesem Abend so gut getanzt. Seine Führung war ganz sicher. Atemlos klatschten sie der Kapelle zu.
‚Hoffentlich kommt jetzt nicht wieder das übliche Geschwätz', wünschte sie sich insgeheim.
„Bist du aus Münster?"
„Nein, Rheinländerin."
„Ich bin ein echter Westfale und heiße Clemens. Ich komme aus Lipperode."

Von diesem Ort hatte Helene noch nie etwas gehört. ‚Also deshalb das lange Zaudern. Das ist die andere Mentalität', dachte sie.

„Ich komme aus Bonn, unserer Bundeshauptstadt."

„Lipperode ist ein Dorf bei Lippstadt. Das Besondere an unserem Dorf ist die zerfallene Burg. Das war einst die Stammburg der Fürsten zu Lippe." Er erzählte ihr ausführlich die Geschichte seines Heimatortes. Fasziniert hörte sie zu. Da begann der nächste Tanz und sie gingen wieder auf die Tanzfläche. Sie bewegten sich rhythmisch zur Musik. In der Tanzpause erzählte sie ihm die Geschichte der Villa Schaumburg in Bonn, dem jetzigen Bundeskanzlersitz. „Die Villa hat dem Fürsten zu Schaumburg-Lippe gehört, der als alter Mann Viktoria, die Schwester des Kaisers Wilhelm II., geheiratet hat. Als der Fürst im Ersten Weltkrieg fiel, brachte sie sein Vermögen mit einem jungen Geliebten, einem russischen Grafen, durch, den sie später heiratete." Helene und ihr Student erzählten und tanzten und tanzten und erzählten. Als der letzte Tanz gespielt wurde, war Helene traurig, dass der Tanztee vorbei war.

„Wann sehen wir uns wieder?", fragte ihr Tänzer mutig.

„Vielleicht morgen um 13 Uhr in der Mensa. Da können wir unsere Unterhaltung fortsetzen", antwortete Helene erfreut.

„Einverstanden."

Auf dem Heimweg tauschten die Studentinnen wie üblich ihre Tanzerlebnisse aus. Marianne war beglückt. Ihr hölzerner Tänzer wurde von dem dritten aus der Freundesgruppe, einem Rotblonden mit schütterem Haar, abgelöst. „Der war viel netter", verkündete sie.

Helene blieb still, ganz beeindruckt von ihrem Tanzgeflüster der besonderen Art.

Auf dem Weg zur Selbstverwirklichung?

„Omi im Kompotthut! Wie schrecklich! Und das an meiner Hochzeit mit Clemens“, seufzte Helene. Sie betrachtete ihr Hochzeitsfoto. „Aber einer alten Frau muss man dies verzeihen.“ Die anderen sind sonntäglich herausgeputzt: Alle Männer in schwarzen Anzügen und Krawatte. Doch sie sehen nicht ganz glücklich aus. Nur der Bräutigam Clemens, Helenes Walzerkönig, strahlt. Dem wird das Strahlen noch vergehen.

„Wie würdig er aussieht mit seiner Silberfliege, seinem Myrtensträußchen und dem weißen Taschentuch in seiner Jackentasche“, murmelte sie. „Auch die Frauen sind herausgeputzt. Alle tragen hohe Absätze und festliche Kleider, meist schwarz und knielang. Nur ich, die Braut, trage mein weißes Hochzeitskleid in Bodenlänge. Und Eva fällt in ihrer Schönheit auf: Ihr Kleid ist zwar weißgrundig mit schwarzen, langstieligen Blumen, aber sie sorgt für Aufsehen, weil sie eins der ersten Minikleider trägt. Die Männerblicke verfolgen sie. Auch Hannah fällt auf. Sie trägt ein vergissmeinnichtblaues Kleid mit einer weißen Schiene am rechten Bein, denn sie hat sich im Skiurlaub in ihren Skilehrer verliebt und ist gestürzt. Meine Freundin Dorothea steckt in einem viel zu großen, veilchenblauen Abendkleid, als wenn sie es ausgeliehen hätte. Zwei Frauen tragen einen weißen Tellerhut. Wie vornehm! Die beiden Kindergartenkinder stecken in weißen Kleidchen. Das Blumenstreukind ist im kurzen Röckchen, und meine Halbschwester im langen Kleid als Kerzen-Stemmerin ... wie eine Minibraut.“

Helene war ganz zufrieden. In ihrem schlichten, bodenlangen Jersey-Kleid mit Spitzenjäckchen und dem weißen Schleier, der mit weißen Maiglöckchen befestigt war, gefiel sie sich heute noch. Ihre Stiefmutter Anja hatte sie wie immer gut beraten. Von Mode verstand diese Frau etwas. Sie selbst trug auf dem Bild auch Weiß, die Farbe der Freude. Doch kein Kleid, sondern einen dünnen weißen Wollmantel. So bezeugte sie auch äußerlich, dass sie ein Mitglied der Hochzeitsfamilie war. Was für eine Familie!
Helene staunte, was sie heute noch alles ablesen konnte an diesem Foto. Dann grinste sie: Aber was man nicht sehen konnte, war, dass die Würde des Bräutigams am seidenen Fädchen hing.
Was hatte der arme Kerl gelitten! Er gestand ihr am Abend: „Hast du dich nicht gewundert, dass ich so lange gebraucht habe, bis ich zur Feier zurückgekommen bin?“
„Und wie. Als du mich nach der Hochzeitszeremonie zur ‚Waldau‘, dem Waldlokal, gebracht hattest, sagtest du, ich solle mich um die Gäste kümmern, ohne mir zu sagen, was du machen wolltest. Und dann fuhrst du mit dem Auto weg. Jeder zweite Gast fragte mich: ‚Wo ist denn der Bräutigam?‘ Ich habe immer nur mit den Schultern gezuckt. Im Magen fühlte ich ein seltsames Grummeln.“
Clemens fasste sich an den Kopf. „Ich bin nach Hause gefahren und war verzweifelt. Ich dachte: ‚Was mache ich nur? Meine ganze Würde ist hin!‘“
„Wieso? Ich verstehe nur Bahnhof. Du sahst doch würdig aus. Guck auf das Foto!“
„Aber nur solange ich kniete oder stand.“

„Wie bitte?"
„Jedenfalls überlegte ich mir, zu Hause meinen braunen Anzug anzuziehen. Doch das konnte ich meiner Mutter und meinem Opa nicht antun, die hätten sich geschämt. Ein Bräutigam im braunen Anzug! Sie hätten gefragt: Wo ist denn dein schwarzer Anzug? Der Bräutigam muss der Würdigste sein. Deshalb wollte ich schon bei den Nachbarn klingeln und um Hilfe bitten."
„Heraus mit der Sprache: Was ist denn passiert?"
Clemens bekam einen puterroten Kopf. „In der Kirche war noch alles in Ordnung. Aber als ich voller Schwung ins Auto stieg, hörte ich plötzlich ein Rrrrratsch. Mir blieb das Herz stehen. Ich betastete meinen Allerwertesten und fühlte den langen Riss. Du glaubst nicht, wie schlecht es mir da wurde."
„Du Armer! Aber warum hast du denn nichts gesagt? Einer der Frauen hätte das Malheur doch beseitigen können."
„Damit man noch nach 50 Jahren vom Bräutigam mit der gerissenen Hose spricht? Nein danke."
„Damals bist du im schwarzen Anzug wiedergekommen, nicht im braunen. Niemand hat etwas gemerkt. Selbst ich nicht. Wie hast du das Problem gelöst? Hast du dir einen schwarzen Anzug ausgeliehen? Bei wem?"
„Nein, ich habe in unserer Wohnung die Nähmaschine gesucht und ... glücklicherweise gefunden. Dann habe ich die erste Naht meines Lebens genäht. Niemand hat etwas von meinem Missgeschick gemerkt und meinen Höllenqualen. So konnte ich beruhigt zum Fest zurückkommen."
Helene lächelte ihren Ehemann an. „Und dort hast du getanzt wie ein Gott."

„Ja, Liebes, Kleider machen eben Leute." Clemens gab ihr einen feuchten Kuss.

***

Das war ein Gewusel und Gerenne, wie in einem Ameisenhaufen. Als die Schulglocke schrill läutete, formierten sich die Schüler in Reihen. Sie zählte acht Schülerreihen. ‚Eine kleine Schule, diese Dorfschule im Vorgebirge', dachte Helene. Sie ging zielstrebig zu den Reihen der Großen. Da tönte eine brummige Stimme in ihr Ohr: „Hast du die Glocke nicht gehört? Bitte stell dich endlich in die Reihe!"
„Aber ...", wollte sie entgegnen, doch da schob schon ein fester Arm sie in die Reihe der Großen.
Beleidigt drehte sie sich um und blickte in das Gesicht eines schwarzhaarigen Mannes, einem Abbild von Charles Aznavour, das sie verärgert anguckte.
„Aber ich bin doch die neue Lehrerin!", rief sie empört und blitzte ihn wütend an.
„Sie sind ja selbst noch ein Kind!", brummte er.
Mit so einem Empfang hatte sie nicht gerechnet. Das hatte sie davon, dass sie so kindlich aussah. Schon im Internat hatte man ihr den Spitznamen ‚Baby' gegeben.
„Wo finde ich den Schulleiter?", fragte sie nun mit eisiger Stimme.
„Erster Stock rechts." Sie meinte, ein spitzbübisches Lächeln bei ihm zu entdecken.
‚Mit dir will ich nichts zu tun haben', grollte sie innerlich. ‚Dich werde ich nie um Hilfe bitten', schwor sie sich.

Zaghaft klopfte sie an die Tür des Schulleiters. Der sah aus wie ein ungepflegter Seebär mit wirren, fettigen schwarzen Haaren. Mit seinem stechenden Blick musterte er sie von oben bis unten. „Eigentlich hatte ich mir vom Schulamt einen Lehrer gewünscht und keine Lehrerin. Oder wenigstens eine erfahrene Lehrerin und keine Anfängerin.“ Nach einem tiefen Seufzer ergänzte er gönnerhaft: „Immerhin besser als gar nichts. Die Lehrerin aus dem 7./8. Schuljahr ist langfristig erkrankt. Sie müssen sofort diese Klasse übernehmen. So brauche ich die Schüler nicht mehr auf alle Klassen zu verteilen.“
Helenes Augen weiteten sie sich.
„Gucken Sie nicht so entsetzt. Sie kommen mitten im Schuljahr.“
Helene holte tief Luft: „Das ist ja nicht meine Schuld. Schließlich habe ich wegen der Kurzschuljahre die Prüfung früher gemacht. Mir wäre eines der ersten Schuljahre lieber als die Abschlussklasse.“
„Na, da müssen Sie jetzt durch. Wenn das neue Schuljahr beginnt, kann ich Ihnen dann ein erstes Schuljahr geben.“
Er ging zum Schrank und holte 3 Bücher. „Hier haben Sie Lesebuch, Rechenbuch und Heimatkundebuch der Abschlussklasse. Heute dauert der Unterricht 4 Stunden. Danach ist für die Lehrer Konferenz im Lehrerzimmer. So, und nun bringe ich Sie in Ihre neue Klasse.“
Als sie vor der Klassentür standen, flüsterte er ihr ins Ohr: „Leider sind einige Rüpel in der Klasse. Ich bin im Nebenraum. Wenn einer sich schlecht benimmt, sagen Sie mir Bescheid. Den lege ich über die Bank und züchtige ihn mit dem Stock.“

Helene dachte, sie hört nicht richtig. Ihr Herz pochte laut und stark.
Der Schulleiter führte sie in die Klasse. Beim Eintritt sprangen die Schüler auf.
Helenes Hände schwitzten. Sie guckte in 52 neugierige Augen.
„Hier ist eure neue Klassenlehrerin", donnerte der Schulleiter. „Behandelt sie besser als eure alte Lehrerin, sonst bekommt ihr es mit mir zu tun. Wie ihr wisst, steht im Schulleiterzimmer mein Stock", bellte er. Dann war er verschwunden.
Helene zwang sich zu einem freundlichen Lächeln und sagte mit fester Stimme: „Setzt euch bitte." Als alle saßen und es ruhig war, sagte sie: „Ich bin nun eure Klassenlehrerin und freue mich auf die gemeinsame Zeit des Lernens mit euch. Ihr seid jetzt meine Schulkinder, die ich fördern und beschützen will. Ich bin Löwin und werde löwenhaft für jeden von euch kämpfen, damit ihr gute Abschlusszeugnisse bekommt. Ja, ich will euch in die spannende Welt des Lernens begleiten. Um euch besser kennenzulernen, rufe ich jeden von euch nach meiner Schülerliste auf. Bitte erzählt mir eure Wünsche, eure Vorlieben und Interessen und eure Hobbys, damit ich euren Unterricht lebendig und spannend gestalten kann. Aber erzählt mir auch, was ihr nicht mögt."
Die Kinder wünschten sich mehr Sport, mehr Ausflüge, mehr Kunst und Musik. Sie mochten nicht, dass der Schulleiter die Jungen manchmal schlug und die Mädchen an den Haaren zog.
„Ihr könnt sicher sein, dass ich gegen diese Erziehungsmethode bin. Die Prügelstrafe ist abgeschafft. Solange ich eure

Klassenlehrerin bin, wird euch niemand anrühren. Auch nicht der Schulleiter. Dafür sorge ich."

Nun sah sie in vertrauensvolle Augen ihrer Schülerinnen und Schüler.

In der großen Pause lernte sie das Lehrerkollegium kennen. Außer den beiden Schwarzhaarigen gab es nur ältliche, grauhaarige Frauen, die sie aber als freundlich, emsig und zuverlässig kennenlernen sollte. Doch niemand informierte sie, wo sie im Lernstoff anschließen konnte. Das Kollegium war nur glücklich, die lästigen Schüler abgeben zu können. Das wiederum weckte Helenes Beschützerinstinkt. So ließ sie sich nach der Pause von den Kindern zeigen, wo sie in den Schulbüchern zuletzt gearbeitet hatten. Dann entschloss sie sich, mit den Kindern im Lesebuch zu lesen. Es wurde ein Lesemarathon. So bekam Helene sofort einen Überblick über gute und schlechte Leser. Da lernte Helene sofort zu differenzieren: Nach Können und Lust durften die guten Leser lange Abschnitte lesen und die schwachen Leser nur einige Sätze. Sie quälte niemanden. Aber sie bedankte sich bei jedem, auch bei Heinrich, dem Stotterer. Ihn wollte sie am nächsten Morgen in die erste Reihe vor sich setzen.

Bei der Auswahl der Texte befand sich ein Auszug aus dem „Leben der Anne Frank". Als Helene merkte, wie groß das Interesse für das Schicksal der Anne Frank war, fragte sie die Kinder: „Wer von euch hat Lust, das ganze Buch zu lesen?"

Alle Finger schnellten hoch, sogar der von Heinrich.

„Ich werde sehen, wie ich das realisieren kann."

Das war der Anfang einer großen Leselust, die sie bei den Kindern wecken konnte. Am Ende des ersten Tages war sie glücklich, denn sie sah in zufriedene Gesichter.
Jahre später, als Frau im mittleren Alter, war Helene entsetzt, als ein junger Mann in der Bonner Straßenbahn aufstand und ihr den Sitzplatz anbot.
‚Sehe ich denn schon so alt aus?', durchfuhr es sie.
Doch ihre dunklen, unglücklichen Augen leuchteten hell und klar wie Sterne, als er ihr eröffnete: „Erkennen Sie mich denn nicht mehr? Ich bin doch der Heinrich aus Ihrer ersten Klasse. Sie waren die Lehrerin, die mit uns das Buch der Anne Frank gelesen hat."
Da wusste sie, dass sie den richtigen Beruf gewählt hatte.

***

Helene lutschte das Salz von ihren Lippen. Sie drehte ihr Gesicht in den Wind und spürte sein Streicheln auf ihrer Haut. Eine leichte Brise. Herrlich!
Auf einem Plattbodenschiff auf dem Ijsselmeer in Holland schaute sie bewundernd zu Wilhelm, ihrem ‚Richard Löwenherz, dem Ritter ohne Furcht und Tadel', auf. Da saß er am Ruder einer behäbigen Chalk, einem dieser flachbodigen, großen Segelboote, braun gebrannt, mit wachen Falkenaugen, schwarzen, flatternden Haaren, und schmetterte die Kommandos. Forsch, sicher, charismatisch.
„Achtung, Halse!", rief er mit seiner donnernden Stimme. Wilhelm war ein Freund von Clemens, ihrem Ehemann. Wilhelm verzichtete sogar auf das Privileg der Kapitänskoje und

überließ sie Clemens und Helene. Die anderen 25 Studenten schliefen nachts in ihren Schlafsäcken auf dem ganzen Boot verteilt, sogar vor dem Kühlschrank. Wilhelm war der Käpt'n mit dem nötigen Segelschein und entsprechender Erfahrung. Unangenehme Arbeiten erledigte er als Erster, sofort und konsequent. Ein Vorbild für die Crew.
Lagen sie abends im ‚Päckchen', das heißt längsseits der anderen Boote, und mussten über viele Decks steigen, um an Land zu kommen, dann genoss Helene den Blick aufs Binnenmeer genauso wie die gemütliche Enge der kleinen holländischen Häfen.
Bewundernd beobachtete sie Wilhelm, egal ob im Lokal vor seinem Genever oder an Deck, wenn er alte Seemanns- und Studentenlieder auf der Gitarre begleitete. Er war der Mittelpunkt der Crew, alle saßen um ihn herum, lehnten sich aneinander und summten oder sangen mit. Romantik pur ... Mit einer Sagengestalt: ‚Richard Löwenherz' in ihrer Mitte.
Ärgerlich nur, dass er die Frauen an Bord nur kochen, Fender setzen und die Vorsegel hissen ließ – aber niemals ans Ruder. Und Helene wollte doch das Segeln mit allem Drum und Dran lernen, genau wie die Männer. Clemens entschuldigte das mit der Größe und Behäbigkeit dieser Plattbodenschiffe und vermutete, dass es auf kleineren Segelbooten gewiss anders sei. So drängelte Helene, damit sie gemeinsam auf kleineren Booten segelten.

***

Pfingstferien! Wilhelm mietete für sie ein kleines Elfmeterboot. Zu fünft oder sechst war auch dieses Segelboot mit sechs Schlafkojen erschwinglich. Sie überredeten also ihre Freunde Rosie und deren derzeitigen Freund Emil anzuheuern. Am vierten Tag wollten diese mit der Fähre vom Festland kommend auf der westfriesischen Insel Terschelling eintreffen. Helene freute sich auf sie.

Bisher war das Wetter ideal gewesen, die Windstärke gerade richtig, um im Wattenmeer zu segeln. Leichte Wellen kräuselten die Oberfläche. Helene fühlte die frische Brise angenehm belebend auf ihrer Haut. Sie ließ ihren Blick weit über das Meer gleiten, das sich leicht wie ein wallender Mantel bewegte. Wenn die Sonne blinzelte, konnte Helene am Ufer entlang einen sanften Blätterreigen erkennen. Das Meer duftete nach Hering. Tief atmete sie durch, um die gesunde Meeresluft in sich aufzunehmen. Sie spürte, wie der Arm ihres Mannes sich um sie legte: „Dort drüben kommen schon unsere Freunde." Sie winkten einander zu. Emil und Rosie wollten den letzten Tag ihres Segelturns mit ihnen verbringen, um das Segeln kennenzulernen.

„Na, ganz ruhig ist das Meer aber nicht", bemerkte Rosie ängstlich zur Begrüßung.

„Wie wollt ihr denn segeln, wenn es zu ruhig ist?", amüsierte sich Helene. „Wir brauchen Wind."

Wilhelm reichte Rosie die Hand zum Einsteigen ins Boot und meinte abfällig: „Keine Sorge, für Anfänger ist das genau das richtige Wetter. Schönwettersegeln."

„Huch, das ist aber wackelig", rief Rosie aus.

Alle fünf lachten.

„Ein Boot ist manchmal wie ein kleiner Wackelpudding", sagte Helene. „Aber man gewöhnt sich dran."
Wegen des Besuchs war das Deck tipptopp geschrubbt, die Kajüte aufgeräumt, die Schlafsäcke in den Kojen glatt gezogen.
Bevor sie ablegten, tranken sie wie immer ihren sogenannten „Ableger", dieses Mal den Sekt, den Emil und Rosie mitgebracht hatten.
„Prost! Auf eine wunderschöne Segeltour!" Lachend stießen sie an. Dann nahmen sie leichte Fahrt auf. Helene durfte ans Ruder, Clemens bediente das Vorsegel.
Sie fühlte die frische Brise angenehm belebend auf ihrer Haut, drehte stolz ihr Gesicht in den Wind, streckte ihre Zunge heraus und genoss den Salzgeschmack. Das Meer duftete noch stärker. Helene lief in Erwartung der Abendmahlzeit in Lemmer das Wasser im Munde zusammen. Tief sog sie die gesunde Luft ein. Nach jeder Wende lächelte Clemens Rosie stolz an und machte auf Wilhelm aufmerksam, der genüsslich Pfeife rauchte und tief versunken ins sprudelnde Wasser starrte.
Helene wurde es kühler. Fröstelnd schaute sie hoch und entdeckte in der Ferne dunkle Wolken. Der Wind frischte auf, der Bug schnitt stärker durch die größeren Wellen.
„Clemens, übernimm du das Ruder. Ich mach uns einen warmen Tee!"
Helene verschwand unter Deck. Als sie aus der Kajüte kam, hatte sie Mühe, ihr Tablett zu balancieren, so schwankte das Boot mittlerweile. Wie aus dem Nichts steckten sie plötzlich in einer Nebelwand.

„Seht ihr noch Land? Oder eine Boje? Die Fahrrinne?“ Alarmiert blickten sich die Freunde um. Wilhelm war noch in der Tiefe seiner Gedankenwelt versunken.
„Was machen wir jetzt? In welche Richtung müssen wir segeln?“
Das Klatschen der Brecher und die Schaumkronen bewiesen das Ansteigen der Windstärke.
Rosie klammerte sich kreidebleich an die Reling.
„Käpt‘n, wohin?“, erkundigte sich Clemens.
Wilhelms Blick flackerte. „Ich weiß nicht. Ich habe keine Ahnung, wo wir sind.“ Dann schlug er sich an die Stirn. „Ich muss die Karten befragen. Helene, du übernimmst das Vorsegel!“
Er stieg in die Kajüte und kehrte stolz zurück. „Hier habe ich die Karten!“
Die Crew traute ihren Augen nicht. „Wa... wa... was willst du denn mit den Tarotkarten?!“
„Die sagen uns unser Schicksal voraus. Dann wissen wir, was zu tun ist. Ihr werdet sehen.“
War der übergeschnappt oder wollte der sie auf den Arm nehmen? Der war nicht wiederzuerkennen, vertiefte sich tatsächlich in sein Schicksal. Die Crew schaute sich fassungslos an. Orientierungslos wurden sie vom Wind gebeutelt, die Wellen peitschten über die Reling.
Helene dachte: ‚Spinnt der? Ist das mein Richard Löwenherz, der die Gefahr nicht sehen will?‘
Helene schrie unwillkürlich: „Oweiwei!“ Sie spürte, wie in ihr etwas in 1000 Stücke zerbrach. „Ade Richard Löwenherz!“ Sie sah ihre beiden Kinder schon als Vollwaisen.

„Jetzt werd nur nicht hysterisch“, ermahnte sie sich. „Noch hat uns kein Wal verschlungen.“
Mit einem Mal überschlug sich Clemens‘ Stimme: „Wilhelm, du übernimmst das Ruder. Sofort! Benutz mal deinen Verstand! Wir brauchen Seekarten, keine Tarotkarten!“
Widerwillig und beleidigt gab Wilhelm nach.
Hektisch rutschte Clemens nach unten und reichte die Schwimmwesten herauf, die jeder wortlos anzog. Dann stöberte er durch die Ablagen: „Das gibt es doch nicht. Jedes gecharterte Boot muss Seekarten an Bord haben ... Juchhu! Ich habe sie!“, rief er plötzlich triumphierend.
Gottlob blinzelte ein Sonnenstrahl aus den Wolken. Jetzt gab Clemens die Kommandos, denn mithilfe seiner Uhr, dem Sonnenstand und der Seekarte sowie der Strömungskarte konnte er ungefähr ihre Position bestimmen.
„Da, ... eine Boje!“ Helene wurde es ganz heiß.
Rosies Augen glänzten feucht.
Alle atmeten auf.
„Schau, das muss die hier sein“, zeigte Clemens auf der Karte. „Wir haben die Fahrrinne gefunden.“ Bald fanden sie auch die nächste und die übernächste Boje.
Während sie noch hin und her kreuzten, schien es Helene, als habe sich der Nebel wirklich etwas gelichtet.
Clemens kniff die Augen zusammen. „Da, der dunkle Streifen, was ist das?“ Er griff nach dem Fernrohr.
Sie kreuzten darauf zu. „Bäume. Land in Sicht! Gerettet!“, schrien sie im Chor.
Doch Wilhelm moserte nur und sagte verächtlich: „Terschelling ist das aber nicht.“

„Na und? Egal! Ich will nur an Land."
Im Wasser sah Helene grüne Schlingpflanzen wie Schlangen schillern. Mit weichen Knien sprang sie ans Ufer, sank in den Sand und streichelte verzückt den rauen Boden. Dann blickte sie aufs Meer. Die letzten Dunststreifen verflüchtigten sich.
Nun meldete sich auf einmal Wilhelm wieder, und zwar voller Begeisterung: „Seht, das Wetter wird besser. Kommt, wir haben das Boot noch für fünf Stunden gemietet. Die müssen wir ausnutzen! Wir segeln weiter."
In Helene gingen alle Warnleuchten an. „Neiiin, der Träumer will wieder zurück!" Entgeistert fragte Helene ihren Mann: „Willst du auch wieder zurück? Ohne mich. Mein Bedarf am Segeln ist für heute gedeckt. Wir haben zwei Kinder, die auf uns warten. Ich setze keinen Fuß mehr auf das Boot. Clemens, gib mir meinen Rucksack, ich fahre heim zu unseren Kindern."
Clemens schüttelte den Kopf: „Ich komme nicht mit, ich kann doch Wilhelm nicht allein segeln lassen. Wir müssen das Boot wenigstens zum Vermieter zurückbringen. Wir treffen uns dann zu Hause."
Rosie und Emil schlossen sich Helene an. Ihre Lust am Segeln war ihnen auch vergangen. Das war deren erste und letzte Segeltour.
Im folgenden Sommer machten Clemens und Helene ihren eigenen Segelschein, sodass sie sich selbst ein Boot mieten konnten.
Immer wenn sie später in ihrem Leben eine Entscheidung treffen mussten, war ihr geflügeltes Wort: „Entscheide dich, aber bitte ... *ohne* Tarotkarten!"

***

Liebe Helene,
lange haben wir nichts mehr voneinander gehört, wir zwei frisch gebackenen Lehrerinnen.
Macht Dir das Lehrersein Freude? Mir sehr. Von mir kann ich Dir nur Positives berichten.
Vom ersten Schultag an liebten mich die Kinder und ich sie.
Auch zu deren Eltern habe ich ein gutes Verhältnis. Ich werde als Frau genauso geachtet wie mein Kollege als Mann. Ich fühle mich als emanzipierte Frau.
Wirtschaftlich bin ich nicht mehr von zu Hause abhängig. Und ein Mann entscheidet auch nicht über mich wie unsere Väter über unsere Mütter.
Du wirst es nicht glauben: Ich habe daran gedacht, meine Freiheit total auszukosten, und habe mich zum Auslandsschuldienst beworben. Ich möchte die Welt kennenlernen. Nicht nur von außen als Tourist, sondern von innen als Bürger. Ich habe mich nach Frankreich beworben. Und stell Dir vor: Man hat mir gesagt, dass es ganz viele Bewerbungen gibt und ich kaum eine Chance habe.
Und was flattert mir heute auf den Tisch?
Die GENEHMIGUNG.
Sensationell!
Ich könnte die ganze Welt umarmen!!!
Da ich weiß, dass Du Dich mit mir freuen wirst, musste ich Dir das sofort mitteilen.

Ich umarme Dich.
Deine glückliche Eva

***

„Neieieiein! Meine! Meine!“ Dieser Aufschrei tönte immer noch in ihrem Ohr. Helene blickte auf ihren fünfjährigen Sohn Andreas. Seine Augen waren vor Entsetzen geweitet. Dann kullerte langsam eine Träne, dann noch eine seine Wangen hinunter. Ihre dreijährige Tochter Barbara klammerte sich an sie und versteckte ihren Kopf zwischen ihren Hosenbeinen.
‚Ich habe sie überfordert. Ich hätte die Kinder doch nicht mitnehmen sollen. Ich, als Lehrerin, habe nur an den Lernzuwachs gedacht und ihre Gefühle übersehen.‘ „Was bist du nur für eine Rabenmutter!“, schimpfte sie mit sich selbst.
Alle drei standen auf der Rückseite ihres kleinen, vierzimmerigen Wohnhauses, und zwar in gebührendem Abstand. Eine Staubwolke umhüllte das Haus, denn in ihrem Garten, oder was davon übrig war, stand ein Bagger mit einem langen Schaufelarm. Gerade hatte er mit seinen Raubfingern in das Dach des Hauses gegriffen und die Rückwand aufgerissen. Man sah unten in die Küche und oben in das Kinderzimmer. Und da baumelte sie hin und her. „Meine, meine … meine Lampe!“, schluchzte der Sohn lauthals.
Helene verspürte einen Stich in der Magengegend. Diese Lampe stammte noch aus ihrem Mädchenzimmer. Auch sie liebte diese Lampe, die mit ihren geflochtenen Holzstäben aussah wie ein umgestülpter Papierkorb. Sie verströmte so ein gemütliches schummriges Licht! Gerade richtig zum Einschlafen.
„Sei nicht traurig. Wenn unser Haus fertig umgebaut ist, darfst du dir eine neue Lampe für dein Zimmer kaufen.“

„Ich will aber die alte haben!“, jammerte ihr Sohn.
Da griff der Bagger wieder ins Haus und riss noch mehr Mauerwerk weg und erwischte dabei auch die Kinderzimmerlampe und zerriss sie in Stücke.
Hilflos blickte Helene auf den kleinen Mann. Aus Solidarität stimmte nun ihre dreijährige Tochter ins Heulkonzert mit ein.
Schnell schnappte Helene sich die plärrende Tochter und zog ihren schreienden Sohn mit tomatenrotem Kopf hinter sich her. „Wisst ihr was, ich lade euch zum Eisessen ein“, versuchte sie, die Schreihälse abzulenken. Doch vergebens.
„Kein Eis, meine Lampe will ich wiederhaben!“, brüllte ihr Sohn. Er blieb stehen und stampfte mit den Füßen. Da blieb Helene nichts anderes übrig, als in ihre Kellerzimmerwohnung zwei Straßen weiter zurückzukehren. Sie legte die Kinder in die Betten des Studios, damit sie sich ausweinen konnten. Sich selbst schloss sie in der Toilette ein, damit sie das Geplärre nicht mehr hören musste. Sie war genervt.
Die nächsten Tage verliefen ruhig. Helene hatte daraus gelernt und nahm die Kinder nicht mehr mit zur Baustelle, solange die Trümmer nicht weggeräumt waren.
Doch dann wurden neue Zimmer angebaut. Das zeigte Helene ihnen. „Guckt mal, ihr bekommt ein großes Spielzimmer. Dahin könnt ihr eure Freunde einladen und so richtig toben.“ Helene sah ihren Gesichtern an, dass sie sich freuten. So gingen sie täglich in ihren Garten und verstauten ihre Fahrräder und Sandsachen im Gartenhaus.
‚Gott sei Dank. Das Schockerlebnis mit der Lampe scheinen sie überwunden zu haben. Die Freude auf das neue, große

Haus überwiegt', dachte Helene, ,unser Leben normalisiert sich wieder.'

Während ihre Kinder ihren jährlichen Kindergartenausflug machten, sagte sie zu ihrem Mann: „Die Kinder sind weg. Das ist eine gute Gelegenheit, das Gartenhaus aufzuräumen, ohne das Gekreische der geliebten Schreihälse."

Dort machte sie eine seltsame Entdeckung. Sie traute ihren Augen nicht. In der hintersten Ecke des Gartenhauses stand tatsächlich ein Papierkorb aus geflochtenem Holz! Er sah aus wie ein Zwilling der zerstörten Kinderzimmerlampe.

Als ihre Sprösslinge am Abend erschöpft, aber glücklich nach Hause kamen, ließ Helene ihre Tochter bei ihrem Mann im Studio und ging mit ihrem Sohn zum Gartenhaus. Dort nahm sie den Jungen mit der braven Pagenkopffrisur in den Arm und flüsterte ihm ins Ohr: „Ich glaube, wir beide müssen etwas in Ordnung bringen. Woher hast du diesen Papierkorb? Etwa aus dem Kindergarten? Bring ihn wieder zurück."

Nachdem ihr Steinhaus endlich fertig umgebaut war, hielt Helene ihr Versprechen und ließ ihren Sohn eine neue Kinderzimmerlampe kaufen. Pflichtbewusst hatte sie vorher recherchiert, dass dieses Lampengeschäft, das sie besuchten, eine Papierkorb-Lampe anbot. Sie war besonders schön und stilvoll. Ihr Licht leuchtete so richtig gemütlich.

Doch jetzt staunte Helene: Ihr Sohn entschied sich keineswegs für die Papierkorb-Lampe, sondern für eine himbeerrote Lampionlampe.

Am Abend bei Clemens stöhnte Helene: „Manchmal habe ich Schwierigkeiten, Kinderherzen zu verstehen!"

***

Hocken meinte für Helene: Sie macht sich klein. Hocken wurde schon früh zu ihrer Leidenschaft. Klein sein gefiel ihr, da fiel sie nicht auf. Das war ihr Lebensprinzip. Vielleicht war sie doch noch nicht vollkommen emanzipiert?
Im Internat hockte sie in der Nacht mit ihren Freundinnen auf der Treppe neben den Tagesräumen. Sie träumten und fantasierten über das Leben. Zusammenhocken auf einem Zimmer war strengstens untersagt. Da bestand die Gefahr des ‚Fliegens'.
Einmal in der Woche war in ihrem Internat das Baden in der Badewanne des Badehauses angesagt. Wie Helene das genoss! Auch wenn die steinerne Wanne die Kälte speicherte und sich nur langsam erwärmte. Trotzdem liebte sie das Baden und verließ die Wanne meist erst dann, wenn die Bade-Nonne an die Tür hämmerte und rief: „Was hockst du so lange da drin?" Die Nonne schüttelte jedes Mal den Kopf und lächelte, wenn Helene vor Sauberkeit glänzend endlich erschien. Einmal sagte sie sogar: „Nee, nee. Du bist der Badehocker des Internats."
Ihr Mann und sie hatten in ihrem Honey-Moon die Leidenschaft entdeckt, gemeinsam zu baden. Doch wie unbequem! Einer von ihnen saß immer auf dem Stöpsel. So kann man verstehen, dass sie, als sie heirateten, sehr viel Wert auf die Badewanne legten. Ihre eigene Badewanne sollte etwas ganz Besonderes sein: An vielem sparten sie, aber nicht daran. Sie wussten, das war etwas fürs ganze Leben. Deshalb leisteten sie sich eine Badewanne, die größer als normal war

und den Stöpsel in der Mitte hatte. Kacheln mit orangen Sonnenblumen holten ihnen außerdem die Sonne in ihr Herz. Statt für kalten Stein oder Emaille entschieden sie sich für Kunststoff, der sich schnell erwärmte und die Wärme hielt. Besonders im Winter wussten sie dies zu genießen. Einfach wunderbar! Wie schön war es, stundenlang zu baden und die Probleme der Welt zu lösen! Wichtige Entscheidungen für ihre junge Familie wurden in ihrer Familienbadewanne getroffen.

Folgendes Gespräch war zum Beispiel ein Badewannengespräch: „Der Schulrat kam heute zur zweiten Prüfung meiner Referendarin Gisela."

„Hat alles gut geklappt?", erkundigte sich Clemens.

„Ja, wir freuen uns, denn sie hat mit ‚Sehr gut' bestanden", berichtete Helene stolz, denn sie hatte die Referendarin ausgebildet. „Am Schluss hat mich der Schulrat gefragt, ob ich nicht an der Nachbarschule die Schulleitung übernehmen will."

„Was hast du geantwortet?"

„Da habe ich gesagt, dass ich dies nicht allein entscheiden könne. Ich müsse mich mit meinem Ehemann beraten."

„Und das tust du jetzt. Wie bekommt dir denn deine Schulleitung als Dienstälteste?"

„Seitdem mein alter Rektor erkrankt ist, habe ich keine Probleme. Ich bin bei Kindern, Eltern und Lehrern beliebt und habe im letzten Jahr gelernt, Konferenzen und Mitarbeitergespräche zu führen."

„Möchtest du denn Schulleiterin werden?"

„Eigentlich schon, denn da kann ich die Pädagogik durchsetzen, die ich vertrete. Nur ich möchte nicht, dass unsere eigenen Kinder Barbara und Andreas darunter leiden und zu kurz kommen.“

„Die sind ja nun beide auf dem Gymnasium und schon relativ selbstständig. Außerdem bin ich als Vater ja auch Ansprechpartner für sie. Wir können uns doch die Verantwortung für die Kinder teilen.“

„Super!“ Da platschte Helene vor Freude wild mit ihren Händen ins Wasser, sodass eine kleine Überschwemmung stattfand.

„Aber aufwischen, das machst du!“, lachte Clemens.

***

Helene lenkte ihre Blicke zum Himmel und begann eine Zwiesprache mit ihrer Lieblingsnonne von einst.

„Ja, ja, Schwester Felicitas, Sie lachen sich ins Fäustchen, wenn Sie mich jetzt hier sehen. Sie brauchen auch gar nichts zu sagen. Ich weiß, ich weiß, ich habe es nicht besser verdient. Aber Sie müssen zugeben, ich habe mich Ihnen zuliebe und Ihrer katholischen Erziehung zuliebe in diese unwürdige Situation gebracht. Damals als Klosterschülerin weinte ich bittere Tränen über den Zwang, an der Fronleichnamsprozession unseres Dorfes mitgehen *zu müssen*! Alle Klosterschwestern und alle Internatszöglinge in ihrer Internatsuniform! Keine grauen Mäuse, sondern blauweiße Mäuse. Zur Schau gestellt. Ohne freien Willen. Für mich gab das keinen Sinn. Als ich mich beschwerte, kamen Sie mit Ihren alten Traditionen. Sie sagten: ‚Seit 1264 gibt es schon die Fronleichnamsprozession. Die Augustinerchordame Juliane von Lüttich, eine Nonne wie ich, hatte einen Traum: Sie sah den Mond mit einem dunklen Fleck. Christus sprach zu ihr, dass der dunkle Fleck das Fehlen eines Altarsakraments bedeute.' Wütend hielt ich Ihnen entgegen: ,Ich hatte letzte Nacht auch einen Traum. Mir träumte, dass ein Engel mir mitteilte, dass ich heute ausschlafen könne. Es reiche, wenn ich dreimal in der Woche vor der Schule zur Heiligen Messe gehen würde. Außerdem ist diese Sitte nicht etwas veraltet, muss ich meinen Glauben öffentlich zur Schau stellen? Reicht nicht der feierliche Gottesdienst in unserer Klosterkapelle?'

,Papst Urban II. hat in einer Bulle das Fronleichnamsfest zum Fest der Gesamtkirche erhoben', meinten Sie daraufhin. ,Ja, ja: Die Bulle, der Bulle ... Außerdem war schon Martin Luther gegen die Fronleichnamsprozession. Wissen Sie, was er gesagt hat? Ich bin keinem Fest mehr feind ... als diesem. Das habe *ich* gelesen!' Ihre Augen, liebe Mutter Felicitas, blitzten wütend: ,Du hast recht. Aber das kommt daher, dass wir Katholiken nach der Reformation zu einer Gegenreformation aufgerufen haben. Der Grundunterschied zwischen Katholiken und Protestanten besteht darin, dass wir zur Hostie sagen: Das *ist* der Leib Christi. Die Protestanten sagen: Das *bedeutet* der Leib Christi. Durch die Fronleichnamsprozession bezeugen wir unseren katholischen Glauben auch gegen die Protestanten.' ,Das ist Mittelalter und nicht mehr zeitgemäß. Wenn es unbedingt sein muss, können wir eine kleine Prozession durch unseren Klosterpark machen. Aber ich möchte nicht von Schaulustigen begafft werden', meckerte ich weiter. Erinnern Sie sich? Sie wurden ungeduldig: ,Ich bin deinen ewigen Kritizismus satt. Ich befehle dir: Du ziehst dich um

und stellst dich wie jede Klosterschülerin bei deiner Klasse auf und repräsentierst wie wir alle unsere Klosterschule. Sonst kannst du für immer gehen.' Erinnern Sie sich? Ich war zwar folgsam und marschierte im Dorf mit, aber ich weinte Tränen des Zorns beim *Tantum ergo sacramentum* und auch bei den Litaneien blieb ich stumm wie ein Fisch.
Aber am *heutigen Tage*, liebe Mutter Felicitas, lachen Sie sich ins Fäustchen, heute sagen Sie sicherlich: ‚Das ist die gerechte Strafe. Das kommt von zu viel Demokratie.' Aber ein bisschen zufrieden können Sie mit Ihrer alten Schülerin doch sein. Schließlich wollte ich Schulleiterin einer katholischen Schule werden. Ich habe auch in meinem ersten Elternbrief Eltern und Kinder zur Fronleichnamsprozession in unserer Stadt eingeladen. *Eingeladen*, nicht verpflichtet! Ich weiß, ich weiß: Sie lachen. Aber so bin ich mir treu geblieben. Ich stehe zu meinem Glauben, aber ich zwinge niemanden zu beten. Jetzt werde ich unser Schulschild in die Schule zurückbringen. Dann nehme ich das einzige Kind aus der ganzen Schule, das zur feierlichen Fronleichnamsprozession freiwillig mitkommen will, an die Hand und gehe mit ihm zum Marktplatz. Alexandra hat ihr weißes Kommunionkleid angezogen und sogar ein Körbchen mit Blumen mitgebracht und wird Blumen streuen. Ich werde laut mitsingen, wenn die Musikkapelle die alten Lieder spielt. Am Schluss werde ich mit allen das Lied schmettern: *Großer Gott, wir loben dich, Herr wir preisen deine Stärke, vor dir neigt die Erde sich und bewundert deine Werke ...*
Liebe Mutter Felicitas, Sie werden es im Himmel nicht fassen: Die Zeiten haben sich geändert: Statt Konformismus wie

damals herrscht heute Individualismus. Ihr Kloster gibt es schon lange nicht mehr, aber noch die katholische Schule. Von mir aus könnte es auch eine christliche Schule sein, denn wir sollten betonen, was uns vereint, und nicht was uns trennt. Früher, zu unserer Schülerzeit, stellten wir unseren Glauben zur Schau, heute verstecken wir ihn. Doch muss immer alles ins Gegenteil umschwenken? Eines weiß ich: Nächstes Jahr werde ich zur Fronleichnamsprozession keinen Elternbrief verteilen, aber ich werde jeden Morgen mit meinen Schulkindern Gebete beten. Leise oder laut. Natürlich freie Gebete. Meine Kinder müssen nicht beten, doch sie können beten, und sie müssen das Gebet der anderen achten."

Ein Sonnenstrahl kitzelte Helenes Gesicht.

„Danke", murmelte Helene.

Da öffnete sich der Himmel und ein Sturzbach ergoss sich über sie.

***

Das Telefon klingelte. Als Helene den Hörer abnahm, hörte sie nur ein Röcheln. „Hallo! Wer ist da?" Stille. Dann ein Räuspern. Endlich: „Helene, bist du es?"

Sie erkannte die Stimme von Anja, ihrer Stiefmutter, die sich sehr belegt anhörte.

„Was ist los?"

„Dein Vater ist im Krankenhaus. Als ich das Frühstück vorbereitete, hörte ich plötzlich ein Gepolter im Flur. Sofort stürzte ich hin. Da lag dein Vater am Ende der Treppe in einer Blutlache."

Helene war wie vom Blitz getroffen. ‚Das ist ausgleichende Gerechtigkeit!', durchfuhr es sie. Das Bild ihrer Mutter, die an derselben Stelle in ihrem Blut lag, weil er sie geschlagen hatte, verfolgte sie seit Jahren. Dafür hasste sie den Vater. Sie biss sich auf die Lippen. Ihre Stiefmutter Anja fuhr fort: „Er konnte nicht sprechen, doch er atmete noch. Sofort habe ich den Krankenwagen bestellt. Die haben ihn versorgt und ins Krankenhaus gefahren."

Die erstaunte Helene fand ihre Sprache wieder: „In welchem Krankenhaus liegt er?"

„Im St. Josef."

„Letzte Woche war ich in der Stadt, da sah ich zufällig, dass er die Straße überquerte. Das sah ganz komisch aus. Er ging so gebückt wie ein Gorilla. Die Arme an seiner Seite hingen wie leblos an ihm herunter. Und er schlich mehr als er ging. Vielleicht hatte er keine Kraft mehr in den Armen und konnte sich am Treppengeländer nicht mehr festhalten. Aber er ist doch nicht so alt! Er ist doch erst Anfang 60. Ich bin gespannt, was die Ärzte sagen. Bitte halte mich auf dem Laufenden." Helene sprach betont ruhig. Nie würde sie mit Anja darüber sprechen, was sie tief im Innern dachte.

Am Abend klingelte wieder das Telefon. „Ich bin es, Anja. Die Diagnose lautet: *Parkinson*."

Helene fiel es wie Schuppen von den Augen. ‚Deshalb musste Anja ihm immer die Schuhe zubinden. Und ich dachte: Der Despot muss von vorne bis hinten bedient werden. Oh, was war ich wütend!'

Nach diesem Telefonat ließ sich Helene in den Sessel fallen.

Der Despot von einst starb bald darauf an Herzversagen. Helene weinte. Auch um die Gespräche, die sie nie gewagt hatte, mit ihm zu führen.

***

Als Helene vor dem aufgebahrten Toten stand, öffneten sich endlich ihre Lippen: „Du hast immer einen langen Atem gehabt. Oh, wie ich das gehasst habe! Dein Wille geschah. Und ich fügte mich. Mich brauchtest du nicht zu schlagen wie meine Mutter. Ich bot dir keinen Anlass. Anja hast du einmal geschlagen und dann nie wieder. Du wusstest, dass sie stark genug war, dich zu verlassen. Das wolltest du nicht ertragen.

Ich frage mich, was war dir wirklich wichtig in deinem Leben? Der schöne Schein? Von den Frauen verehrt zu werden? Geld? Der Besitz? Was hat der Krieg dich gelehrt? Der Rücksichtslose und Erfolgreiche überlebt?

Heute tut es mir leid, dass wir nie richtig miteinander gesprochen haben. Das Schlagen meiner Mutter stand zwischen uns. Dafür hasste ich dich. Ich habe geschwiegen. Du hast es gespürt und dich schuldig gefühlt.

Äußerlich hast du gut für mich gesorgt, weil ich so funktioniert habe, wie du das wolltest. Vielleicht wolltest du an mir gutmachen, was du meiner Mutter angetan hattest. Und ich verwirklichte deinen Traum. Doch du hast mir nie gesagt, dass du stolz auf mich warst.

Immerhin hast du deinen Urlaub abgebrochen, als ich dir deinen Enkel Andreas und deine Enkelin Barbara schenkte.

Deine Besuche waren zwar immer nur kurz, aber trotz allem: Du warst da."

In der folgenden Nacht hatte Helene im Traum: *Sie sah einen breiten Fluss. Ein großer klatschmohnroter Dampfer zog ein kleines gelbes Boot an einer langen Leine hinter sich her. Ein graues Boot begleitete ihn. Das graue Arbeitsboot schaufelte Sand aus dem Fluss und vertiefte ihn. Der rote Dampfer verließ es und vergnügte sich am Ufer des Flusses. Er warf seine Netze aus und fing sich tummelnde Fische und Flusskrebse. Das kleine gelbe Boot leuchtete in der Sonne. Es hatte noch keine Aufgabe. Es erfreute sich an seinem Dasein und glitzerte vor überschäumender Lebenslust. Mal wurde es von dem roten, dann von dem grauen Boot gezogen. Der rote Dampfer traf andere farbige Dampfer. Eine Zeit lang fuhren sie Seite an Seite und ließen sich von den Wellen des Flusses wiegen. Dann arbeitete das graue Boot umso mehr und rackerte sich ab. Es tutete und machte mächtigen Lärm. Hektisch schaufelte es immer mehr Sand in sich hinein. Doch der rote Dampfer reagierte nicht. Er beachtete das graue Boot gar nicht mehr. Als daraufhin das graue ihm den Weg abschnitt, rammte er es sogar und behandelte es wie einen fremden Vogel, den er verscheuchen will. Dieses gefährliche Spiel wiederholte sich oftmals. Das rote Boot wurde von Mal zu Mal angriffslustiger. Das graue Boot arbeitete tapfer weiter. Nachher war das graue Boot voller Beulen und Schrammen. Aber es fuhr und arbeitete noch.*

Eines Tages glitt ein elegantes weißes Sportboot an die Seite des mächtigen roten Dampfers. Das ärgerte das graue Boot und es versuchte, das weiße zu rammen. Doch da fuhr das rote mit so großer Wucht gegen das graue Boot, dass dieses auf den Grund

des Flusses sank. Rot und Weiß verbündeten sich und bildeten eine neue Einheit, ein rotweißes Boot.
Das kleine gelbe Boot erschrak sich gewaltig. Es drehte und wendete sich und wollte sich losreißen. Doch das rote Boot zog es unbarmherzig hinter sich her. Danach fuhren sie wieder zu dritt. Statt des grauen Bootes gab es jetzt das elegante Weiße. Doch dieses übernahm nicht die schwere Arbeit des grauen Bootes. Nein, es vergnügte sich mehr und mehr an den Muschelbänken. Das kleine gelbe trauerte um das graue Boot und wollte nicht mehr im Schlepptau des roten Dampfers sein. Eines Tages riss es sich los, zerriss das Band vollständig und tat sich mit einem solide gebauten breiten blauen Dampfer zusammen.

***

Zwischen Helene und Clemens fanden viele Badewannengespräche statt. Ganz anders als mit ihrem Vater konnte sie mit Clemens alles diskutieren. Eine schicksalsbestimmende Unterredung ereignete sich ein Jahr später.
Clemens hing seinen Gedanken nach. Helene starrte vor sich hin. Sie konnte sich nicht richtig entspannen. „Was ist los?", meinte ihr Mann, „dich bedrückt doch etwas."
Schweigen. Doch dann platzte es aus Helene heraus: „Ich bin unzufrieden. Ich überlege, ob ich mich auf eine andere Schule melden soll."
Jetzt war Clemens hellwach. „Das ist nicht dein Ernst."
Sie erklärte: „Doch. Zugegeben, es sind nur wenige Schüler in meiner Klasse, aber ich bekomme kein Bein auf die Erde. Bei 7 Deutschen und 11 Ausländern werde ich beiden Gruppen

nicht gerecht. Entweder sind die Deutschen unterfordert oder die Ausländer überfordert. Was ich auch mache, eine Gruppe kommt immer zu kurz. Ich möchte gerne erfolgreich arbeiten. Ob ich einmal mit meinem Schulrat spreche?"
Clemens setzte sich aufrecht. „Mit so wenigen Kindern musst du doch zurechtkommen."
„Eben nicht. Eigentlich müsste ich den Unterricht individuell gestalten. Doch dazu wurde ich nicht ausgebildet. Ich erinnere mich, dass an meiner Hochschule der Professor Oswald eine Vorlesung über die Montessori-Pädagogik hielt. Nach der Montessori-Methode kann jedes Kind auf seinem Lernniveau arbeiten. Doch um diese Methode anzuwenden, muss ich eine Zusatzausbildung machen. Das kostet Zeit und Geld."
Clemens wiegte seinen Kopf bedenklich hin und her. „Das heißt im Klartext: Entweder du meldest dich auf eine neue Schule mit einem einheitlichen Schülerumfeld oder du beginnst ein Zusatzstudium, was Zeit und Geld kostet?"
„Genau. Lass uns mal überlegen, was die Folgen wären. Wenn ich mich auf eine andere Schule melde, verlasse ich die Altstadt, in der ich schon als Kind gespielt habe. Ich war so glücklich, zu meinen Wurzeln zurückzukehren. Wie schade!"
„Aber Schulleiterin an einer anderen Schule wirst du auch nicht so schnell. Zwar musst du keine Eignungsprüfung mehr machen, aber neue Vorstellungsgespräche im Stadtrat und in den Schulen musst du absolvieren. Wer weiß, ob dir nicht andere Kandidaten vorgezogen werden. Vielleicht auch Versorgungsfälle."

Helene biss sich auf die Unterlippe. „Man würde mir keine neue Schule geben, weil ich das Problem an meiner jetzigen Schule nicht gelöst habe. Wenn ich es richtig überlege, muss ich entweder als Schulleiterin zurücktreten oder eine neue individuelle Pädagogik einführen. Das Letzte kann ich nur kompetent tun, wenn ich selbst das Montessori-Diplom mache. Vielleicht sollte ich doch das Zusatzstudium aufnehmen. Ich möchte so gern sinnvoll arbeiten. Was meinst du?"
Clemens lehnte sich zurück, schloss die Augen und sagte: „Wenn du meinst, Frau."
Helene ergänzte: „Soviel ich weiß, gibt es zwei verschiedene Montessori-Kurse. Hier in Bonn findet er dienstags abends statt und in Siegburg findet er freitags abends und samstags morgens statt. Was wäre für unser Familienleben besser?"
Clemens murmelte: „Du weißt doch, dass ich dienstags abends Mandolinenprobe habe. Dann musst du zu Hause sein, denn einer von uns beiden muss Zeit für unsere Kinder haben. Erkundige dich, ob du einen Platz in dem Wochenendkurs bekommst."
„Du bist ein Schatz!" Helene strahlte. Sie stieg sofort aus der Wanne, trocknete sich ab, warf sich den Bademantel über und ging zum Telefon.

***

Helene begann ihre Montessori-Ausbildung schnellstmöglich. Das Studium der Gedanken von Maria Montessori öffnete Helenes Lehreraugen. Nach dieser Pädagogik konnten die Kinder selbstbewusst und voller Lernlust Lernfortschritte machen. Sie mussten nicht mehr im Gleichschritt lernen, sondern konnten sich den Luxus des individuellen Lernens gönnen. Das funktionierte aber nur, wenn sie das didaktisch durchdachte Montessori-Material zur Verfügung hatten. Das schaffte Helene nach und nach für den Montessori-Raum der Schule an. Die Einführung dieses pädagogischen Lernmaterials lernte Helene in ihrer Ausbildung. Als sie genügend Montessori-Material zur Verfügung hatte, bekamen ihre Schüler jeden Tag zwei Stunden „Freiarbeit“, wo sie selbst wählen konnten, was sie lernen wollten – entweder allein oder in einer Gruppe. Wichtig für Helene war es, auch ihre Schülereltern auf diesen pädagogischen Weg mitzunehmen. Deshalb öffnete sie diese Freiarbeitsstunden für die Eltern und lud öfter zu Elternabenden ein, wo sie folgende Montessori- Prinzipien erklärte:

Das Kind ist der Baumeister seiner selbst
Die Hand ist Werkzeug des Geistes
Hilf mir, es selbst zu tun
Lernen mit allen Sinnen
Lernen vom Konkreten zum Abstrakten
Freie Wahl der Arbeit
Freie Wahl des Lernpartners
Sensible Perioden
Polarisation der Aufmerksamkeit

In ihrer Montessori-Ausbildung waren sie 26 Teilnehmer. Helene war froh, sich mit ihren neuen Montessori-Freun-

dinnen über pädagogische Umsetzungen der Montessori-Pädagogik austauschen zu können.
An einem Freitagabend sagte sie zu Clara: „Fast alle meiner Schüler-Eltern sind vom individuellen Lernen der Montessori-Pädagogik begeistert – außer Erichs Eltern. Gestern spürte ich plötzlich seine kleine Hand in meiner. Erich sagte: ‚Kannst du meinen Eltern nicht sagen, dass ich nicht so viele Hausaufgaben machen muss?' Ich sagte: ‚Oh, ich dachte, du machst dies aus eigenem Antrieb.' Erich, mein Klassenbester, schüttelte heftig den Kopf. ‚Dann werde ich mit ihnen sprechen', versprach ich ihm."
Nach diesem Elterngespräch war Helene ganz traurig. Die Eltern ließen sich nicht überzeugen, dass Erich mit Freude und nicht unter Zwang lernen sollte.
„Was mache ich nur?", fragte sie Clara um Rat. Diese legte den Arm um ihre Montessori-Freundin und sagte: „Am besten ist es, wenn du ihm in der Schule Freiheiten einräumst, die er zu Hause nicht hat. Auch in meiner Klasse gibt es Schwierigkeiten – besonders montags. Entweder die Kinder sind zu müde, schlecht gelaunt oder sogar traurig."
Helene sagte: „Ich habe eine Idee: Vielleicht sollten wir den Montag noch freier gestalten. Was hältst du davon, wenn wir den Montag mit *Freiem Schreiben* beginnen? Wir könnten ein Tagebuch anschaffen, wo jeder seinen Frust des Wochenendes loswerden kann oder in seinem Geschichtenheft eine Geschichte oder ein Gedicht erfinden kann."
„Aber, um die Privatsphäre zu schützen, dürften diese Schreiberzeugnisse nicht für Außenstehende lesbar sein. Sie müssten verschlossen sein", erklärte Clara.

Helene lachte. „Das hört sich gut an. Das werde ich in meiner Klasse ausprobieren und einen abschließbaren Schrank zur Verfügung stellen."

***

„Fangt ihn ein! Schnell! Die Fenster zu!" Die Schüler liefen wild durcheinander. Georg hatte beim Futterwechsel nicht aufgepasst und der freche Hans, der Blaugrüne, war ihm entschlüpft. Und haste nicht gesehen flog er aus Helenes Büro in den anliegenden Klassenraum. Die Kinder sprangen von ihren Plätzen auf und schrien durcheinander: Sie versuchten den Wellensittich mit bloßen Händen zu fangen. Vergebens. Er war schneller und entschwand immer wieder.

Helene bimmelte mit ihrer Montessoriglocke: „Alle Kinder auf ihre Plätze! Ruheee! Der Vogel bekommt ja einen Herzschlag. Wir müssen strategisch denken. Erst denken. Dann handeln."

Hans rief: „Meine Oma wirft immer ein Handtuch über ihren Kanarienvogel, wenn er ausbüxt."

„Das ist eine gute Idee. Dann sieht der Vogel nichts. So verharrt er in Starre und wir können ihn ergreifen. Eva, lauf zu Hausmeister Pick und hol uns ein Handtuch!"

Als Eva mit Handtuch wiederkam, rief Helene: „Psst. Keiner bewegt sich. Hans, du hilfst mir." Hans trieb den Vogel auf die Fensterbank. Helene warf blitzschnell das Tuch über ihn und ergriff den Vogel. Dieser biss zwar durch das Handtuch durch, doch das war erträglich. „Aua. Schnell. Hans, öffne den Käfig!" Sie schmiss den Vogel hinein. Hans schloss schnell die Klappe. Der Vogel flog erschöpft auf einen Ast.

Die Kinder klatschten. „Danke, Hans!"
Zu Hause erzählte Helene das Erlebnis ihrer Familie. Unzufrieden meckerte sie: „Viel zu oft habe ich dieses Theater. Zum Gaudi der Kinder. Doch das Spektakel nimmt uns wichtige Lernzeit. Und jedes Mal ist hinterher keiner mehr konzentriert bei der Arbeit. Ich bin es satt! Ich frage mich, ob Vögel wirklich die geeignetsten Schultiere sind?!"
Clemens lachte: „Haha, das habe ich mir gleich gedacht, dass das schiefgeht."
„Immerhin haben die Kinder gelernt, ein Tier richtig zu versorgen. Umsonst war das nicht, Papa", meinte ihr Sohn Andreas.
Barbara sagte: „Mama, gib nicht auf."
Helene überlegte laut: „Maria Montessori forderte, dass die Kinder mit allen Sinnen lernen sollen."
Babara meinte: „Siehst du, beim Vogel wird der Tastsinn nicht angesprochen. Gibt es kein anderes Tier, das du für deine Klasse anschaffen kannst?"
„Vielleicht eines, welches die Kinder in den Arm nehmen und streicheln können", sagte Andreas.
„Ja, das würde mir auch bei meinem anderen Problem helfen. Ich habe ein neues Mädchen in die Klasse bekommen: Ilka. Das kommt aus dem Kosovo. Es hat den Krieg erlebt. Das sitzt verschüchtert mit tellerrunden, erschrockenen Augen auf seinem Platz und spricht kein Wort. Wie ein verängstigtes Huhn."
„Siehste, das braucht Liebe und Wärme", rief Barbara erfreut. „Ein Kaninchen wäre nicht schlecht."

Vater Clemens guckte hinter der Zeitung hervor. „Da musst du aber die Eltern deiner Klasse befragen, sonst kriegst du Ärger."

„Ja, ja, Herr Schulrat", stöhnte Helene.

„Kinder, ich danke euch. Wie schön ist es, eine Familie zu haben, die mich immer wieder auf neue Ideen bringt."

Am Elternabend trug Lehrerin Helene ihr Anliegen vor. Sie begegnete nicht der erwarteten Skepsis. Nein, im Gegenteil, die Eltern waren Feuer und Flamme. Frau Meier warf ein: „Eine Schulwiese gibt es leider nicht. Ist das nicht Tierquälerei, wenn das Tier den ganzen Tag im engen Käfig leben muss? Wir müssen nicht nur an das Wohl unserer Kinder denken."

Herr Winter, der Vater von Max, rief: „Wir als Eltern könnten doch einen langen Käfig bauen, damit das Kaninchen flitzen kann."

„Dann könnten wir ein zweites Kaninchen dazukaufen, damit es nicht alleine ist und nachmittags Gesellschaft hat", sagte Frau Meier erfreut. Ihr Herz für Tiere war befriedigt.

„Und ich könnte die Kaninchen im Transportkäfig am Wochenende in meinen Garten mitnehmen." Die Eltern waren begeistert.

Herr Breuer rief: „Ich komme mit meinem Lieferwagen und kann Draht und Holz transportieren."

Dreimal trafen sich die Eltern abends, dann war der Laufkäfig fertig. Nur ... ins Büro der Schulleiterin passte er nicht mehr. Kinder und Lehrerin kauften zwei Kaninchen, ein weißes und ein schwarzes. Der Laufstall wurde in die Aula gestellt, da konnten auch andere Klassen die Tiere beobachten.

Hausmeister Pick schüttelte nur den Kopf: „Nee, nee, dat isne Mief hierdrin, zum Wegloofe."
Bald merkte auch Helene die starke Geruchsbelästigung. ‚Das ist doch nichts für Theaterspiele und Elternversammlungen.' Da hatte sie eine neue Idee und maß den alten Kartenraum ab. Welches Glück: Der Laufstall passte gerade hinein!
So bürgerte es sich ein, dass morgens während der Freiarbeit die Kaninchen von den Kindern versorgt wurden, frisches Wasser und Futter bekamen. Wenn der Käfig gereinigt wurde, durften die Kaninchen sogar frei im Kartenraum herumlaufen. Sobald ein Kind seine Freiarbeit beendet hatte, ging es meist in den Kartenraum. Auch Ilka. Ihre Augen glänzten, wenn sie die Kaninchen streichelte. Mehr traute sie sich am Anfang noch nicht. Später gab sie ihnen Möhren und Wasser und fing an, mit den Kindern über die Kaninchen zu sprechen. Und eines Tages traute sie sich, das weiße Kaninchen auf den Schoß zu nehmen. Dabei funkelten Ilkas Augen wie zwei helle Sterne.
Doch eines Morgens, als sie wie immer die Kaninchen füttern wollte, kam sie schreiend zurück in die Klasse gelaufen: „Nackte!", heulte sie, „Nackte sind da!"
„Wo?"
„Da, da!" Sie zeigte zum Kartenraum.
„Hat sich ein Kind ausgezogen?", fragte Renate.
„Nein. Nein. Im Käfig."
Hans meinte: „Unsere Kaninchen hatten doch über Nacht keinen Haarausfall?"
Neugierig stürzten die Kinder in den Kartenraum. Sie riefen: „Ilka hat recht. Nackte sind im Kartenraum."

Da sah auch die Lehrerin Helene die Bescherung. „Oh je, unsere Kaninchen haben Nachwuchs bekommen. Da haben wir beim Kauf nicht aufgepasst“, stöhnte sie.
Doch die Kinder waren außer Rand und Band vor Begeisterung.
In der großen Pause scharte Hans die Schulkinder der anderen Klassen um sich und rief: „Wer will Nackte im Kartenraum sehen? Kommt und schaut!“
Und ob die wollten.

***

Barbara, Helenes Tochter, nahm Milli liebevoll auf den Arm und streichelte ihr seidenweiches Fell. „Es ist sooo mollig und anschmiegsam. Am liebsten möchte ich dieses weiße Kaninchen immer behalten.“
Genervt und mürrisch erklärte Helene zum wiederholten Male ihren eigenen Kindern: „Nein, die Kaninchen gehören den Schulkindern. Sie haben sie von ihrem Taschengeld bezahlt. Ein Vater hat sogar einen großen Käfig gebaut. Die Schulkinder sollen lernen, Verantwortung für ein Tier zu übernehmen und es zu versorgen. Das ist ein Montessori-Prinzip. Zu uns kommen die Kaninchen am Wochenende, weil sie in der Schule niemand versorgen kann.“
Andreas jagte beide Kaninchen kreuz und quer durch den Garten. Das schwarze Mohrle erwischte er nicht, das flitzte ihm davon. Das weiße schlug auch einen Haken, doch dann legte es sich plötzlich ganz still auf den Rasen, stellte sich tot als wollte es sagen: „Wenn ich mich nicht bewege, siehst du mich nicht.“

Barbara sprang darauf zu und riss es auf ihren Arm. „Hier bei uns können sie so richtig toben, frei laufen, Haken schlagen und fressen, was sie wollen – anders als im engen Käfig in der Schule, das ist doch wie ein Gefängnis für sie", meckerte Helenes Sohn.

„Andreas hat recht. Die Kaninchen fühlen sich bei uns viel, viel wohler als in der Schule. Milli kennt mich schon. Sie hört auf ihren Namen, wenn ich sie rufe. In der Schule hast du 28 Kinder", maulte Barbara.

„Es geht nicht nur um die Kaninchen, sondern auch um die Schulkinder. Die müssen lernen, ihre Zuwendung für ein Tier gerecht zu teilen, und sie müssen lernen, dass ein Tier nicht nur angenehm ist, sondern täglich Pflege braucht. Es bleibt dabei, morgen, am Montagmorgen, muss ich sie wieder mit in die Klasse nehmen."

Andreas kletterte verdrossen auf die Astgabel des knorrigen Apfelbaums am Ende seines „Kindergartens", wie er den Garten nannte, und vertiefte sich in sein Buch.

Am nächsten Morgen nahm Helene den kleinen Transportkäfig, legte frische Möhrchen hinein und stellte ihn vor den Eingang des Kaninchenbaus am Gartenhaus, den sie abends mit einem Draht verschlossen hatten, damit die Kaninchen in der Nacht nicht hinaushoppeln konnten und von Katzen und Raubvögeln gejagt wurden. Mohrle, das schwarze Kaninchen, flitzte schnell in den Transportkäfig und begann mit dem Knabbern. Wo blieb nur Milli?

„Milli, lecker Möhrchen, komm", lockte Helene sie mehrmals. Doch sie kam nicht. Helene legte eine Möhre in den Eingang. Ohne Erfolg. „Sicher will sie nicht in den engen

Käfig, sondern will die Freiheit im Garten noch weiter genießen." Helene guckte auf die Uhr. Ihr blieb keine Zeit mehr zu warten, sonst kam sie zu spät zur Schule. Also verschloss sie den Eingang des Kaninchenbaus wieder mit dem Draht und fuhr nur mit einem Kaninchen, dem schwarzen Mohrle, zur Schule.

Nach der Schule lagen die Möhren vom Morgen noch unberührt da. ‚Vielleicht will Milli nicht in den Käfig, sondern nur in den Garten?' Helene öffnete den Draht, damit sie in den Garten hoppeln konnte. Doch Milli kam nicht. Jetzt verstreute Helene vor dem Gartenhaus die gekauften Leckerlis und entfernte sich, um Milli nicht zu erschrecken. Wieder nichts. Nun verspürte Helene ein merkwürdiges Magendrücken. Eine dunkle Ahnung beschlich sie.

Als ihr Mann Clemens endlich nach Hause kam, hob er die Holzbretter des Gartenhauses hoch und erklärte ihr nach einer Weile auf seine trockene Weise: „Morgen Mittag können wir Kaninchenbraten essen." Dann entdeckte auch Helene das Ungeheuerliche: Der weiße, wuschelige Körper lag reglos da. Doch das war noch nicht alles. Mit Entsetzen sah sie, dass der Kopf fehlte.

Ihr Mann suchte weiter und fand ihn schließlich unter der fünften Planke. Ihr schnürte sich der Hals zu. Wütend fuhr sie Clemens an. „Kaninchenbraten, das ist ja nicht dein Ernst. Das kannst du unseren Kindern nicht antun. Wie ist das nur passiert?"

„Erinnerst du dich, dass letzten Mittwoch unser Nachbar Meier entdeckt hat, dass an seinem Mercedes das Benzinkabel durchgenagt worden ist? Hier handelt es sich um ein und denselben Täter, nämlich einen hungrigen Marder. Sicherlich schlich ein Baummarder aus dem nahen Wald in unseren Garten."

„Oh jemine, was sage ich nur meinen Schulkindern? Sie haben mir ihre Kaninchen anvertraut und nun ist eins gestorben!", jammerte Helene. „Am besten ich kaufe ein neues weißes Kaninchen. Die Kinder werden den Austausch nicht merken."

Doch da empörte sich Andreas: „Mama, jedes Tier hat seine Eigenart. Wenn die Schulkinder merken, dass du sie belogen hast, werden sie dir nichts mehr glauben, dir ewig misstrauen. Ja, Mama, du sagst doch immer: Auch wenn die Wahrheit wehtut, ist es besser, dazu zu stehen."

„Außerdem darf der Tod den Kindern nicht verschwiegen werden. Auch Kinder müssen lernen, Verluste zu ertragen. Sonst werden sie nicht lebenstüchtig", bemerkte ihr Mann nun doch etwas mitfühlender.

Barbara heulte laut: „Abgesehen davon, dass ich keinen Bissen herunterkriegen würde, kannst du dir vorstellen, was die Schüler sagen, wenn sie erfahren, dass wir ihr Kaninchen aufgegessen haben?"

„Sie werden mich hassen", antwortete Helene. Traurig nahm sie ihre Kinder in die Arme. „Wir drei sind uns einig, wir wollen keinen Millibraten essen!"

So begruben sie müde und traurig das Kaninchen im Vorgarten. „Schade drum", meinte ihr Mann.

Als Helene am nächsten Morgen vor der Klasse stand und in die vertrauensvollen Augen ihrer Kinder sah, kriegte sie keinen Ton heraus. Sie fühlte ihre Augen feucht werden. Traurig drehte sie sich um und schrieb an die Tafel folgenden Brief:

„Liebe Kinder, Milli ist in unserem Garten gerannt und geflitzt. Sie hat Haken geschlagen. Sie hat die Blätter geknabbert. Sie war glücklich. Sie war frei. Doch manchmal kostet Freiheit ihren Preis. Im Garten lauern Gefahren: Katzen oder Raubvögel über der Erde oder Marder unter der Erde. Milli war kein Wildkaninchen und an Freiheit nicht gewöhnt. Deshalb ist Milli jetzt leider tot. Letzte Nacht hat ein Marder sie getötet. Er war schlauer und stärker. Wir haben Milli in unserem Garten begraben."

Es war totenstill in der Klasse. Helenes Herz erstarrte. Große Augen sahen sie an. Verständnislos. Fragend. Über mehrere Gesichter rannen Tränen. Einzeln. Lautlos. Ihr wurde es ganz schlecht. Gleich würde das große Weinen und Schreien beginnen. Sie bekam Angst vor einer Hysterie der Gefühle. Endlich hörte Helene ein tiefes, unterdrücktes Schluchzen. Spontan öffnete Helene da den Transportkäfig und ließ Mohrle, das schwarze Kaninchen, im Klassenzimmer herumlaufen und murmelte rau: „Stundenplanänderung: Eine Stunde Freies Spiel oder „Freie Arbeit"."

Die Kinder nahmen Mohrle auf den Arm und streichelten ihn traurig. Sie gaben ihm Futter. Ein Junge flüsterte ihm seine Trauer ins Ohr. Ein Mädchen las ihm ihre Geschichte vor. Einige Kinder begannen, Milli zu malen. Andere antworteten ihr auf den Tafelbrief und schrieben unter Tränen. Wieder andere schrieben ihre Erinnerungen mit Milli auf. Helene merkte, wie wohl ihnen das schwarze Kaninchen in ihrer Trauer tat. Sie versuchten, es zu trösten.

‚Gut, dass es in der Klasse keine Katzen und Raubvögel gibt und vor allem keine Marder, nur Kinder, die lernen, Käfige und Klasse zu säubern, Kaninchen zu beobachten und ihr Verhalten zu erforschen, Liebe zu teilen und Rücksicht zu nehmen und – mit etwas Freiheit in der Schule umzugehen“, dachte Helene.

***

Zwei Leidenschaften besaß Helene: Den Tanz und die Liebe zu Hunden.

Schon als Kind hatte sie einen Hund besessen und zu jeder Melodie getanzt. Diese beiden Leidenschaften wollte sie nun in ihrer Ehe wieder aufleben lassen. Sie wartete nur auf die richtige Gelegenheit.

Eines Abends sagte sie zu ihrem Mann Clemens: „Weißt du, dass unsere Tochter Barbara sich heute sehr gefürchtet hat? Stell dir vor, eine fremde Frau stand plötzlich auf unserer Terrasse. Sie ist von hinten, durch den Garten, zu unserem Haus gekommen.“

„Dann müssen wir heute das Gartentor abschließen.“

„Doch damit nehmen wir Barbara nicht die Angst. Sie hat geweint und gerufen: ‚Nie mehr komme ich nach Hause, wenn keiner da ist!‘ Mein lieber Mann, du weißt, dass ich vor 14 Uhr nicht zu Hause sein kann. Was hältst du davon, wenn wir uns einen Wachhund anschaffen?“

„Ich habe genug zu tun, deshalb will ich mich nicht zusätzlich um einen Hund kümmern müssen.“

„Du wirst nicht behelligt. Versprochen.“

„Und wenn er beißt?“

„Barbara und ich werden mit ihm in die Hundeschule gehen, damit wir ihn richtig erziehen. Außerdem gibt es ein weiteres Argument für die Anschaffung eines Hundes.“

„Da bin ich aber gespannt."
„Unsere Tochter ist doch in der Pubertät."
„Was hat das mit dem Hund zu tun?"
„Vielleicht können wir so verhindern, dass sie sich zu früh in einen jungen Mann verliebt. So kann sie ihre überschäumenden Gefühle nicht auf das andere Geschlecht, sondern auf den Hund lenken."
Ihr Mann Clemens runzelte die Stirn und sagte endlich: „Wenn du meinst ... aber lass mich aus allem raus."
„Versprochen!", jauchzte Helene glücklich.
Mutter und Tochter kauften einen Welpen, einen Berner Sennenhund.
Zu ihrer zweiten Leidenschaft brauchte sie ihren Mann glücklicherweise nicht zu überreden. Clemens war ein leidenschaftlicher Tänzer. Kein Wunder, dass sie jede Gelegenheit ergriffen, um tanzen zu gehen.
Der „Tanz in den Mai" hatte bei ihnen schon Tradition. Meist verließen sie die Stadt und tanzten auf den Dorffesten. Das war urtümlicher mit Maikönigspaar und Schützenverein.
Doch in diesem Frühling hatten sie einen zusätzlichen Hausbewohner: ihren Welpen.
„Was machen wir nur? Mitnehmen geht nicht. Da wird er nur getreten. Dann will er sich wehren und beißt."
„Wozu haben wir Kinder? Ist er nicht Barbaras Hund?"
„Unsere Kinder freuen sich schon seit Langem auf den ersten Mai und wollen sich in den Maitrubel stürzen. Sie treffen ihre Freunde, fällen eine Birke, schmücken sie mit bunten Bändern und befestigen sie bei ihrer besten Freundin oder dem

besten Freund vor der Tür. Dieses Vergnügen des Maibaumaufstellens können wir ihnen nicht nehmen."
„Erinnere ich mich richtig: Der Hund sollte doch auf Barbara aufpassen?"
„Der Hund ist noch zu klein, um aufzupassen. Diese Nacht passt ihr großer Bruder auf Barbara auf."
„Aber wer passt auf unseren kleinen Köter auf?"
„Können wir nicht deine Stiefmutter Anja fragen? Sie ist doch jetzt alleinstehend, seit dein Vater gestorben ist."
„Nein, sie ist verreist. Sie genießt ihre Freiheit. Eigentlich müssen wir zu Hause bleiben. Der Hund ist es nicht gewohnt, allein zu sein."
„Entscheide dich: Entweder du kommst mit und lässt den Hund hier und hoffst auf dein Glück oder du bleibst zu Hause. Ich jedenfalls tanze in den ersten Mai und treffe unsere Freunde."
„Versprich mir, dass wir spätestens um 1 Uhr wieder zu Hause sind." „Das werden wir schaffen", tröstete Clemens sie.
Mit einem Stein im Magen tätschelte Helene ihren Hund: „Sei schön brav und schlafe bis wir wiederkommen. Mach keinen Unsinn, knabbere nicht alles an. Mache mir kein Geschäft. Dann bekommst du viele Leckerlis."
Als sie den Festraum betraten, roch es nach Wald. Helene atmete tief durch und nahm voller Freude ihre Umgebung auf. Die Wände des Saales waren mit frischen Birkenstämmen geschmückt. Von diesen baumelten Krepppapierstreifen in den Farben des Regenbogens. Auf der Dorfbühne stand eine Dreimannkapelle mit lustigen Jägerhüten. Als Erstes tranken sie mit den Freunden eine köstliche Maibowle aus Pfirsichen

und Maikraut, um in den richtigen Tanzschwung zu kommen. Dann stürzten sie sich in den Tanztrubel und ließen keine Runde aus.
Fünf vor 24 Uhr spielte die Kapelle einen Tusch: Die Tanzfläche leerte sich und Maikönigin und Maikönig eröffneten um Punkt 24 Uhr den eigentlichen Tanz in den Mai. Der ganze Saal trällerte: „Der Mai ist gekommen, die Bäume schlagen aus, da bleibet wer Lust hat mit Sorgen zu Haus."
Helene hatte ein schlechtes Gewissen. ‚Oh weia', dachte sie, ‚wie es zu Hause wohl unserem einsamen Hund geht?' Doch sie unterdrückte den Gedanken und vergaß ihn, als ihr Mann Clemens sie auf die Tanzfläche zog.
Als sie das nächste Mal auf die Uhr guckte, waren es halb drei: „Mann, wir müssen nach Hause, unser Hund ist allein!"
„Die Stimmung ist doch einmalig. Der Hund schläft sicherlich. Ich will noch nicht nach Hause", sagte er und tanzte mit einer Freundin einen flotten Jive.
In Helenes Herzen wollte die echte Freude nicht mehr aufkommen. Bei den nächsten Tänzen war sie unruhig, in ihren Ohren begann es zu rauschen. „Ich bestelle uns ein Taxi", entschied sie schließlich. „Kommst du mit oder nicht?"
Ihr Mann fügte sich murrend.
Sie sagte: „Wir waren viel zu lange weg. Sicherlich hat unser Hund aus Protest ein Geschäft hinterlassen. Du bist schuld, du konntest dich nicht trennen! Wir werden eine stinkende Wohnung haben." Voller Sorge öffnete sie die Haustür und rief: „Benni, wo bist du, wir sind wieder da!"
Ein freudiges Hundebündel stürzte ihnen entgegen und sprang an ihnen hoch. Sie schnüffelten beide. „Ich rieche

nichts", meinte ihr Mann schließlich. Unsicher blickte Helene um sich. „Ich auch nicht, Gott sei Dank! Gar nichts." Erleichtert atmete sie tief durch. „Was haben wir nur für ein liebes Tier!", rief sie aus. „Komm her, du hast dir viele Leckerlis verdient."
Mit einem Schöpflöffel griff sie tief in den Futtersack, und als sie ihn in den Hundenapf schütteln wollte, zitterte plötzlich ihre Hand. Die Leckerlis ergossen sich auf den Fußboden und sprangen herum. Helene sank auf die Treppenstufen. Entgeistert starrte sie auf ... die Ruinen ihrer neuen weißen Schuhe, die sie heute nicht angezogen hatte, um sie zu schonen. Jetzt waren sie angenagt und ein Absatz war abgebissen.
„Das war ein teurer Abend", murmelte Helene ernüchtert.

***

„Guck mal, ist mein Osterei nicht schön?", rief Helenes Tochter Barbara. Ihre blaugrünen Augen strahlten vor Begeisterung. Sofort umringten die Familienmitglieder ihren Arbeitsplatz. Da lag es das kleine Kunstwerk: Auf zartem Lindgrün ringelten sich dunkelgrüne Pflanzen mit gezackten und ausgefransten Blättern wie saftige Farne.
„Oh", staunte Helene, „das ist eine Harmonie in Grün! Wie kreativ du bist!"
Neidvoll blickte ihr zwei Jahre älterer Bruder Andreas mit seinen dunkelbraunen wissbegierigen Augen herüber und schwieg. Er beteiligte sich auf seine Weise an den Ostervorbereitungen. Damit er sich nicht überarbeitete, wählte er das Aufkleben von Abziehbildern, entweder Osterhasen oder kleine Osterblumensträuße.

Die Vorarbeit zu seiner Tätigkeit hatte sein schwarzbärtiger Vater Clemens geleistet. Auf den ausgezogenen Esstisch hatte er eine lange Plastiktischdecke gelegt und darauf alte Zeitungen ausgebreitet. Vor ihm standen rostige Blechdosen, in denen er die einzelnen Ostereierfarben angerührt hatte: Blau, Grün, Gelb, Rot. Seine Aufgabe war es, die Eier mit einer Farbe zu grundieren. Die anderen Familienmitglieder durften verzieren.
Die geplagte Mutter war für die Beschaffung der Eier zuständig. Die holte sie in Meckenheim ganz frisch vom Bauern. Helene war stolz darauf, dass sie Eier direkt vom Erzeuger hatten – so frisch wie möglich. Ihre Aufgabe heute war es, das traditionelle Osterlamm nach dem Familienrezept von Oma Adelheid zu backen. Der Kuchenduft erfüllte schon den Raum. Glücklich betrachtete sie die arbeitende Familie. Auch ihr Sohn saß schon mit vor Eifer geröteten Wangen da. Stolz blickte er auf seine Ostereier. Zu Barbaras Füßen lag eingerollt der dicke, treue Berner Sennenhund. Er musste immer dabei sein und Gemeinschaft mit der Familie haben.
„Ich freue mich schon aufs Ostereierkicken!", verkündete der Sohn. „Da werde ich die meisten Eier bekommen."
„Du Angeber, zuerst einmal musst du die Ostereier im Garten suchen!", kicherte Barbara.
Verträumt dachte Helene an die Zeit, als die Kinder klein waren und noch an den Osterhasen glaubten. Damals rief ihr Mann: „Kommt alle her, ich habe den Osterhasen im Garten entdeckt!" Mit Indianergeheul stürmten die Kleinen in den Garten. Bald war die Luft von ihren Ohs und Ahs erfüllt, wenn sie voller Freude die Ostereier in ihrem Osterkorb sammel-

ten. Das Suchen machte ihnen heute noch Spaß und so freuten sich alle Familienmitglieder darauf.
Am nächsten Morgen fand vor den begehrten Osterritualen der traditionelle Kirchgang statt. Die Kinder durften als Teilnehmer der Pfarrsingschule und des Flötenkreises der Stiftskirche bei der Gestaltung dieses Ostergottesdienstes mitwirken. Diese Kirche war die Pfarrkirche für die Schule, wo Helene als Lehrerin arbeitete.
Als die Familie müde, aber glücklich nach Hause kam, betrat Helene das Wohnzimmer. Ihr Mann fragte: „Wo hast du die Ostereier versteckt?"
Helene runzelte die Stirn. „Ich habe sie nicht versteckt. Wir haben die bemalten Eier zum Trocknen auf die Theke gestellt."
„Da sind sie aber nicht."
„Dann frag doch die Kinder, vielleicht wollten sie auch einmal Osterhase spielen."
Die Kinderzimmertür öffnete sich und die Kinder stürzten erwartungsfroh die Treppe herunter. „Wer von euch hat die Ostereier versteckt?", empfing ihr Mann sie.
„Ich nicht", beteuerte Andreas. „Etwa du?"
Barbara schüttelte stumm den Kopf. Da dämmerte es Helene, ein schrecklicher Verdacht beschlich sie. Sie hatten eine offene Küche, die durch eine hohe Theke vom Wohnzimmer getrennt war. Helene ging auf die andere Seite der Theke und da sah sie die Bescherung.
„Das darf doch nicht wahr sein!", rief sie bestürzt.
„Oh je!", schrie Andreas und ging auf seine Schwester zu. „Das ist deine Schuld. Ich wollte sowieso keinen Hund!"

Barbara brach in Tränen aus: „Meine schönen Eier, alles für die Katz!"
„Nein, für den Hund ...", bemerkte Clemens trocken.
Auf dem Boden lagen vier leere Eierkartons und einige Reste der Eierschalen. Helene merkte, wie die Wut in ihr hochstieg. Wo ist der Hund überhaupt? „Benni!", schrie sie böse, „was hast du gemacht? Komm sofort hierher!"
Doch nichts rührte sich. Sie verteilten sich im ganzen Haus und suchten in jedem Zimmer. Da war er nicht. Sie suchten im Keller. Nichts. Sie suchten auf dem Speicher. Wieder nichts. „Statt Ostereier suchen wir nun unseren Hund!", bemerkte Clemens halb amüsiert.
Allmählich verwandelte sich Helenes Wut in Sorge. „Er mag doch nicht weggelaufen sein? Wie damals in den Wald? Er ist doch sonst so ein lieber und sensibler Hund."
„Von wegen lieb", meckerte Andreas, „das ist ein Hund, der nur lieb ist, wenn wir da sind. Wenn ich aus der Schule komme, ist das Sofa ganz warm. Und war er schon jemals auf dem Sofa, wenn wir dabei waren?"
„Vielleicht haben wir ihn zu lange allein gelassen", verteidigte Barbara ihn.
„Nein, jemand hat die Tür zum Wohnzimmer aufgelassen, als wir in der Kirche waren. Da konnte er dem Duft nicht widerstehen", erklärte Helenes Mann. „Aber wo ist der Missetäter jetzt?"
„Der Osterhase hat ihn mitgenommen!", spöttelte ihr Sohn.
Barbara sprang in den Garten. Plötzlich hörten sie ihre Stimme: „Komm sofort da raus. Es ist noch viel zu kalt. Was

hast du gemacht?" Den tapferen Hund hatte seine ganze Tapferkeit verlassen, denn er hatte sich in die hinterste Ecke der Sommerhundehütte verkrochen. Zu viert versuchten sie ihn herauszulocken, zuerst mit Strenge, dann mit Güte. Doch vergebens.

„Ich will endlich frühstücken!", maulte ihr Mann, ich habe so einen Hunger."

„Ich auch."

„Ich auch."

„Glücklicherweise können wir wenigstens unser Osterlamm essen, denn das hatte ich im Backofen gelassen", tröstete Helene ihre Familie. Fassungslos schüttelte sie den Kopf: „Ich wusste zwar, dass Benni gern Süßes isst, aber Eier ... und so viele."

„Hoffentlich bekommt er keine Bauchschmerzen!", sorgte sich Barbara.

„Die gönne ich ihm. Kein Ostereiersuchen dieses Jahr im Garten. Frohe Ostern!", murmelte Andreas wütend. „Was ist das für ein Osterfrühstück ohne Ostereier!"

„Ein Osterfrühstück zwar ohne Ostereier, aber mit Osterhund", witzelte Helenes Mann.

***

Helene wälzte sich im Bett hin und her. Sie träumte, dass ihr Hund mit sich selbst sprach: *Wer bin ich? Mein Freund Nicki verteidigt seine Wohnung und seine Familie mit lautem Gebell. Kein Wunder: Er ist ein Wachhund. Meine Freundin Maja stürmt im Wald so schnell wie ein Rennpferd hinter einem Kaninchen her.*

Keine Frage: Sie ist ein Jagdhund. Mein Freund Paul läuft immer im Kreis um seine Familie und wartet geduldig auf einen Bummler. Er ist nur glücklich, wenn sein Rudel beisammen ist. Er ist ein Hütehund.

Jeder meiner Hundefreunde hat seine Aufgabe. Aber ich weiß nicht, wer ich bin.

Mutter behauptet: „Benni ist ein Montessorihund."

Vater brummt: „Er ist ein Pubertätshund, sonst hätte ich nie zugestimmt, ihn anzuschaffen."

Komisch. Wer hat denn nun recht? Welche Aufgabe habe ich? Muss ich nicht wachen, jagen oder hüten? Was ist ein Pubertätshund? Was ist ein Montessorihund? Das muss ich unbedingt herausfinden.

Mein Hundeleben findet an zwei Orten statt: In einem Wohnhaus und in einer Schule. Im Wohnhaus lebe ich mit Vater, Mutter, Andreas und meinem Frauchen Barbara zusammen und in der Schule mit 13 Mädchen, 13 Jungen und 8 Wellensittichen. Nachts und an Wochenenden habe ich die Aufgabe, mich um die großen Kinder zu kümmern, tagsüber in der Schule habe ich die Aufgabe, mich um die Schulkinder zu kümmern. Zu Hause suche ich mir meinen Schlafplatz hinter der Tür oder im Flur, denn ich bin so groß, dass ich in keinen Hundekorb passe. In der Schule schlafe ich in Mutters Büro, die hier Schulleiterin ist, oder mitten auf dem großen Versammlungsteppich der Schulklasse.

Ich spiele und tobe gerne mit den Kindern. Zu Hause spiele ich gerne mit den größeren Kindern, Andreas und Barbara, Nachlaufen durchs ganze Haus. Leider verbietet mir das Mutter in der Schule. In der großen Pause, wenn die kleineren Kinder sich mit ihren Freunden auf dem Schulhof treffen, um zu rennen und zu toben, schließt Mutter mich in ihr Büro ein. Dann kratze ich an der Türe und jaule. Ohne Erfolg. Sie lässt sich nicht erweichen. Manchmal bleibt Hermann hinter der Tür stehen und redet beruhigend auf mich ein. „Sei nicht traurig, Benni, leg dich hin und warte auf uns." Ich bin glücklich, wenn alle da sind und ich mitten unter ihnen bin. Stolz bin ich, wenn ich den Kindern Befehle erfüllen darf wie: Sitz! Platz! Fuß! Such! Als Belohnung bekomme ich dann ein Leckerli. Zu Hause befiehlt Barbara noch zusätzlich: Toter Hund! Dann werfe ich mich auf den Rücken und lasse mich von ihr kraulen. Das darf sonst niemand, nur sie. Ihr vertraue ich am meisten. In der Schule gibt es Kinder, bei denen ich mich nicht auf den Rücken werfe und mich ihnen unterwerfe. Tim zieht mich manchmal am Schwanz und Rita an den Ohren, wenn Mutter nicht hinsieht. Denen vertraue ich nicht. Die kann ich nicht riechen. Am liebsten möchte ich die beißen. Ob Vertrauen etwas mit Montessori oder Pubertät zu tun hat?

Gestern stritt Barbara mit Vater ganz heftig. Plötzlich brach sie in lautes Heulen und Gekreische aus: „Du bist gemein! Das finde ungerecht!", und stürzte auf ihr Zimmer. Ich habe nicht verstanden, um was es ging. Doch ich musste sie unbedingt trösten und lief ihr hinterher. Schluchzend ließ sie sich auf ihr Bett fallen. Ich stupste sie mit meiner Schnauze an und leckte ihre Hand. Sie ließ sich auf den Boden gleiten, umarmte mich und versteckte ihr tränennasses Gesicht in meinem Fell. Mit meinen hellhörigen Ohren hörte ich, wie Vater Mutter zuflüsterte: „So sind die Kinder in diesem Alter. Das ist die Pubertät. Von uns fühlt sie sich nicht verstanden. Gut, dass sie Benni, ihren Pubertätshund, hat. Er tröstet und liebt sie." Aha, ich habe verstanden: Ein Pubertätshund muss trösten und lieb haben können. Das kann ich, also bin ich ein Pubertätshund.

Aber in der Schule darf ich auch trösten und lieb haben. Heute Morgen hat Hermann bitterlich geweint, als er von Mutter ein Heft wiederbekam. Sie bedauerte: „Schade, das sind zu viele Fehler." Ich lief natürlich so schnell ich konnte zu ihm. Dabei stolperte ich auf dem Lernteppich über ein Rechenmaterial von Peter. Erbost schrie Mutter mich an: „Das teure Montessori-Material! Kannst du denn nicht aufpassen. Jetzt ist Peters Rechenaufgabe auf dem Schachbrett verrutscht!" Der weinte vor Wut. Ich wollte ihn trösten, denn ich bin doch ein Pubertätshund. Doch er schlug nach mir. Ich konnte gerade noch weglaufen.

Ich merke, für Peter bin ich kein Pubertätshund. Wie schade. Vielleicht bin ich für ihn ein Montessorihund? Ist ein Montessorihund ein Hund, auf den man böse ist? Sicherheitshalber verzog ich mich in Mutters angrenzendes Büro, das neben dem Klassenzimmer liegt, und legte mich dort beleidigt auf den Teppich.

Die Wellensittiche in der Voliere flatterten wild umher und piepsten durcheinander. „Was für ein komischer Vogel! Ein Riesenvogel!" „Wie oft soll ich Euch sagen, dass ich kein Vogel bin! Ich bin ein Hund. Ich weiß zwar nicht ganz genau was für einer, auf jeden Fall ein Pubertätshund."

Die Wellensittiche drehten ihre Köpfe zu mir und betrachteten mich neugierig. Da hörten wir wie Mutter mit einer Glocke klingelte und die Kinder aufforderte: „Bitte aufräumen! Die Montessori-Freiarbeit ist zu Ende. Tragt in euer Montessori-Heft ein, was ihr heute während der Freiarbeit getan habt! Wer hat heute die Voliere sauber gemacht? Wer hat den Vögeln frisches Wasser und Körner gegeben? Wer hat Benni gebürstet? Wer hat ihm frisches Futter und Wasser gegeben? Das soll ins Montessori-Lerntagebuch unter der Überschrift Tiere versorgen eingetragen werden."

Aha, jetzt geht mir ein Licht auf: Wir alle, die Vögel und ich, wir sind Montessori-Tiere. Das ist wie bei Mutter, sie hat zwei Rollen: Sie ist in der Schule Lehrerin, und zu Hause ist sie Mutter. Ich bin in der Schule ein ‚Montessorihund' und im Wohnhaus ein ‚Pubertätshund'.
Meine Aufgabe ist zu trösten und lieb zu haben und mich kämmen und bürsten zu lassen und die Kinder daran zu erinnern, dass ich täglich Hunger und Durst habe und versorgt werden muss.
Mit stolz geschwellter Brust begegnete ich heute früh meinen Hundefreunden im Wald und erzählte ihnen die gute Nachricht: Stellt euch vor, ich weiß endlich, wer ich bin: Ich bin ein Schulhund und ein Haushund und habe 2 Aufgaben. In der Schule habe ich die Aufgabe, während der Montessori-Freiarbeit mich von den Kindern pflegen zu lassen und Kinder zu trösten. Für sie bin ich ein ‚Montessorihund'. Als Haushund bin ich für die großen Kinder da. Für sie bin ich ein ‚Pubertätshund'.
Allerdings werde ich ihnen nicht erzählen, dass Vater heute beim Abendessen schimpfte: „Benni ist doch kein Pubertätshund! Seine Anschaffung war völlig nutzlos!"
„Wieso?", erkundigte sich Mutter, „Benni schenkt Barbara doch viel Liebe in dieser schwierigen Zeit, in der sich ihr Körper und ihr Geist von einem Kind zu einer erwachsenen Frau entwickeln."
„Aber nicht genug. Stell dir vor, ich habe heute gesehen, wie Barbara ihren Klassenkameraden Hans im Auto geküsst hat!"
Als Helene aufwachte, dachte sie: ‚Was für ein seltsamer Traum.'

***

Harte Augen starrten sie an. Menschenaugen. Sie waren wie eingefroren. Entsetzt. Hilflos.
Blicke aushalten. Dieses Spiel spielte Helene als Kind oft mit ihrer Freundin. Wer senkt zuerst den Blick? Ein Wettbewerb. Aber das hier war kein Spiel, sondern bitterer Ernst. ‚Diese Blicke schleudern uns den puren Hass entgegen, abgrundtiefen Hass. Er nimmt mir den Atem. Was haben wir ihnen getan? Wir deutschen Lehrer unterstützen doch eine indische Schule. Das ist doch eine Art Entwicklungshilfe. Aber das verstehen sie nicht. Sie haben andere Sorgen, Sorge ums Überleben, ums tägliche Brot. Ihre dunklen Augen erstechen uns', dachte sie. Eine Menschenmauer versperrte ihnen den Weg. Zerlumpt, ausgehungert, verdreckt. Helene spürte die Gefahr. ‚Was haben wir verbrochen? Diese Augen klagen an: Unser Dasein. Unseren Wohlstand. Wieso geht es dir so gut und uns so schlecht? Gib mir etwas ab! Sonst hole ich es mir mit Gewalt!'
Ramu, ihr Reiseleiter, riss sie aus ihrer Starre: „Zurück! Lauft! Rennt! Beeilt euch! Um die Ecke steht unser Bus!"
Sie stürzten zum Fahrzeug und taumelten hinein. Keine Sekunde zu früh. Steine prallten hinter ihnen her. Jeder Wurf ein Vorwurf. Sie trafen den Letzten. Der schrie. Sie zogen ihn in den Bus. Ihr Fahrer gab Gas, bevor die Türen geschlossen waren. Steine prallten gegen die Karosserie. Dann nur noch einer. Dann keiner mehr. Aus.
Sie waren noch einmal davongekommen. Erleichtert fielen sie sich in die Arme.
Helene und Uta befanden sich auf einer Reise durch Indien, um eine indische Schule zu unterstützen. Beide Frauen

kannten sich vorher nicht, hatten aber am Frankfurter Flughafen spontan beschlossen, gemeinsam ein Doppelzimmer zu belegen. Es gab drei Wochen Osterferien. Ramu zeigte ihnen zwei Wochen sein Heimatland. In der dritten Woche besuchten sie seine Schule in Dehra Dun und deren Unterricht.

Dies war Helenes erste Reise ohne ihren Mann. Eigentlich hatten sich beide Ehepartner zur Indienreise angemeldet, aber in letzter Sekunde kam Clemens eine wichtige Diensttagung dazwischen. Das hieß, Helene sollte ein ganzes Jahr warten. Sie bat ihre Kinder mitzufahren, doch der pubertierende Sohn sagte: „Mutter hüten, bin ich blöd?“ Das machte Helene so wütend, dass sie beschloss, allein zu fahren. Natürlich hatte sie dabei ein leichtes Unbehagen. Alle Familienmitglieder, besonders in der weiteren Familie, konnten es gar nicht fassen. Erstaunt fragten sie: „Ohne deinen Mann?“

Bis jetzt waren Helene und Uta berauscht von der Schönheit des Landes Indien. Doch nun hatte sich das Blatt gewendet. Heute spürten sie Armut und Hass. Helene schlief erschöpft ein.

Von einem Ruckeln wurde sie wach. Was ist denn jetzt los? Als wenn sich der Motor verschluckt hätte. Sie schaute aus dem Fenster. Ihr Bus fuhr zu langsam. Er holperte und stolperte. Dann ein Knall. Er blieb tatsächlich stehen. In der Einöde.

„Was ist los, Ramu?“

„Sind sie uns gefolgt?“ Alle riefen wild durcheinander.

„Bewahrt Ruhe. Bleibt sitzen. Ich sehe nach, was los ist“, sagte Ramu majestätisch. Er redete auf den Fahrer ein, aber

sie sahen nur, dass dieser finster guckte. Schließlich kam Ramu zurück und verkündete ihnen die Hiobsbotschaft: „Wir können nicht weiterfahren. Wir müssen warten."
„Wieso? Und wenn wir verfolgt werden?" Ramu zog die Schultern hoch.
Helene dachte: ‚Das hast du nun davon, dass du ohne den Schutz deines Mannes reist. Ach Quatsch …!' Sie fasste sich an die Stirn und zeigte sich selbst einen Vogel.
Als sie ausstiegen, sahen sie die Bescherung: Ein Reifen war geplatzt. Um sie herum soweit die Blicke reichten nur eine leere Straße, Gras, Palmen und Sträucher. Kein Haus. Kein Tier. Kein Fuhrwerk. Allein auf weiter Flur. Der Busfahrer setzte sich wartend auf einen Stein.
„Warum wechselt er nicht den Reifen?", rief Rolf vorwurfsvoll.
„Weil er keinen hat."
„Waaaas? Keinen Ersatzreifen? Kann er nicht wenigstens bis zum nächsten Ort laufen?"
„Nein, 30 km, das ist zu weit und zu gefährlich. Du musst dich daran gewöhnen, dass in Indien die Uhren anders ticken als in Deutschland. Das kannst du nicht mit unserem Leben nach der Stoppuhr vergleichen."
„Warum telefoniert er nicht um Hilfe?", schrie Horst.
„Wie denn? Womit denn? Im Bus gibt es kein Walky Talky. Niemand besitzt ein Telefon. Wir müssen einfach warten, warten, warten."
„Irgendwann wird ein Auto vorbeikommen, das uns vielleicht weiterhelfen kann."
„*Viel-leicht wei-ter-hel-fen*?", japste Helene.

„Wie kann man nur ohne Reserverad unterwegs sein!?", beschwerte sich Rolf.
Es half kein Sichaufbäumen. Das änderte gar nichts. Sie lagerten auf einer Wiese. Helene verzog sich mit ihrer neuen Freundin Uta unter eine Palme. Noch war sie wütend. „Zustände sind das! Nicht zu fassen!"
„Wenn es hier so einsam ist, sind wir wenigstens sicher", tröstete Uta sie.
Da ergriff sie plötzlich der Albtraum vom Morgen wieder und ließ sie nicht aus ihren Fängen. Ihre Knie zitterten. Es fing an zu dämmern. „Guck mal, da hinten am Strauch bewegt sich etwas. Ob sie uns doch gefolgt sind?"
Sie spürte einen Druck in der Magengrube. Hatten sie sich zu früh gefreut? Waren sie ihnen doch nicht entronnen? Nein, sie täuschte sich nicht. „Guck mal, Uta, da hinten bewegt sich doch etwas. Sie sind uns gefolgt!? Aber wie denn? Vielleicht auf einem Viehwagen. Wieso haben wir das nicht gemerkt?"
„Du hast geschlafen."
„Oh jemine !" Ihr fiel der Tote am Straßenrand ein, den sie gesehen hatten. Unbeerdigt. Wartend auf die Müllabfuhr oder die Verwesung. Sie fror, obwohl es sicher 30 Grad im Schatten waren. Dann klapperte sie mit den Zähnen. „Vielleicht ist es auch ein Tiger. Manche sollen hier in Indien noch frei herumlaufen." Sie riss die Augen weit auf. Da! Im Busch erkannte sie Schatten. Nein, sie täuschte sich nicht.
Der Schatten kam auf sie zu. Unaufhaltsam. „Es ist kein Tier." Sie erkannte eine graue Gestalt, dann noch eine und noch eine. Sie näherten sich im Zeitlupentempo.

„Oh, es sind Kinder. Bettelkinder. Sie strecken uns ihre Hände entgegen. Genauso zerlumpt wie die Steinewerfer von heute Morgen." Erleichtert zückte sie ihr Portemonnaie und gab ihnen reichlich Geld. Ihre Mitreisenden schlossen sich an.
„Seid ihr denn von allen guten Geistern verlassen?!", brüllte Ramu plötzlich. „Wenn ihr die Kinder reich beschenkt, werden sie nicht zur Schule gehen. Wenn sie so leicht ihren Lebensunterhalt verdienen, werden sie immer Bettelkinder bleiben wollen und sich nicht anstrengen. Aber eine ordentliche Schulbildung kann ihr Leben verändern. Ihr Unvernünftigen, euer Mitleid schadet ihnen nur. Außerdem werden wir sie dann nicht los."
Beschämt zogen sich die Busreisenden zurück. Ramu vertrieb die Kinder. Da, ein Knall! Sie zuckten zusammen. „Wenn hier Kinder sind, müssen auch Erwachsene in der Nähe sein. Dann ist es hier doch nicht so einsam wie wir dachten", äußerte Rolf.
Wieder ein Knall. „Das hört sich wie Schüsse an", flüsterte Horst.
Ihre Mitreisende Simone heulte laut auf: „Wir sind denen schutzlos ausgeliefert. Ohne fahrtüchtigen Bus können wir ihnen dieses Mal nicht entfliehen!"
„Reiche Europäer sind für die ein gefundenes Fressen!"
„Halt deinen Mund! Reg uns nicht auf", zischte Rolf. „Lasst uns lieber überlegen, was wir tun können."
Helene steckte ihre Hände in die Hosentasche und ballte sie zu Fäusten bis es wehtat. Ihre Gedanken rasten. Ausweglos. Da, wieder ein Schuss. Entgeistert sahen sie sich an. Dort ... ein Lichtschein. Er bewegte sich auf sie zu!

Helene blickte sich um. Sie hatten nichts, um sich zu wehren, keine Steine, keine Stöcke. Sie erfasste zitternd Utas Hand. ‚Wäre doch mein Mann jetzt hier', durchfuhr es sie.
„Wir sollten unser Geld sofort abgeben. Vielleicht ziehen sie dann weiter und lassen uns in Ruhe", überlegte Rolf laut.
Ramu starrte wortlos in die Dunkelheit einem Licht entgegen. Er blinzelte. Dann sagte er: „Ich erkenne was ... einen Bus!"
Sie wagten kaum zu atmen. Freund oder Feind? Als der Bus anhielt, sahen sie, dass er leer war. Ein Glück. Doch hatte der Fahrer eine Waffe? Sah nicht so aus. Misstrauisch beobachteten sie, wie Ramu auf ihn zuging und wie dann die drei Inder im Schein des Lichtkegels miteinander verhandelten. Dann suchte der fremde Fahrer etwas in seinem Wagen und erschien mit einem Reifen. Wieder ein Knall!
Die Freundinnen verkrampften ihre Hände miteinander.
„Schnell! Schnell!", schrie Ramu. In Windeseile wechselten sie den Reifen. Ramu reichte dem fremden Fahrer mehrere Geldscheine und ließ die Reisegruppe zügig einsteigen.
„Beeilt euch! Macht schon!"
Im Bus war es grabesstill. Sie verkrochen sich in ihre Sitze, doch ihre Ohren waren gespitzt, ihre Nerven gespannt. Noch ein Knall. Und noch einer. Aber ... schon leiser. Sie ließen die Schießenden hinter sich. Aufatmen.
Dann meldete Ramu sich wieder zu Wort: „Da wir so lange warten mussten, erreichen wir unser Hotel nicht mehr. Die Straßen sind zu unbefestigt und zu unsicher. Wir können jederzeit überfallen werden. In einer Stunde werden wir an Nepals Grenze sein, dort gibt es ein einfaches Regierungs-

hotel. Ich hoffe, ich bekomme dort 20 Zimmer für den Rest der Nacht."

Sie blieben im Bus während Ramu verhandelte. Als sie endlich, endlich ausstiegen, drang ihnen ein widerlicher Gestank entgegen. Sie hielten sich die Nase zu. Die Zimmer waren dunkel und schmutzig.

Uta ekelte sich: „Puuh, siehst du die Blutspuren auf dem Plümo?"

„Egal, Hauptsache sicher", brummte Helene.

Sie suchten ihre Whiskyflaschen. Jede nahm einen tiefen Schluck. Sie desinfizierten sich und verjagten ihre Angst. Dann legten sie sich mit Kleidern, erschöpft, aber erleichtert, auf ihr Bett.

Helene dachte heimlich: ‚Auch ohne Ehemann habe ich die Reiseabenteuer überstanden. Ich bin doch nicht so unselbstständig. Super!'

Als dann eine Maus über ihr Bett lief, konnte sie nur noch grinsen: „Was für ein Glück: Eine Maus. Wenigstens kein Tiger."

***

Zu Hause in Deutschland lud Helene ihre Freundin Monika zu Käse und Wein ein. Dienstagsabends waren beide Ehemänner beschäftigt, der eine ging zum Sport, der andere zum Mandolinenspiel. So machten sich die Freundinnen einen gemütlichen Frauenabend. Helene erzählte von ihrer Indienreise und Monika zeigte Helene stolz ein Foto und sagte: „Dieses stattliche Haus mit Balkon und Terrasse und einladender Treppe gehörte einst meinen Großeltern in Ostpreußen."

‚Wie bei Evas Familie. Die besaßen auch so ein fürstliches Haus', dachte Helene.

„Ich wollte das Foto im Flur meines Hauses aufhängen. Jeder Besucher sollte sofort sehen, wo ich herstamme", fuhr Monika fort.

„Eindrucksvoll", kommentierte Helene und schob sich ein Stück Käse in den Mund, „aber ich entnehme deinen Worten, dass du es dann doch nicht aufgehängt hast. Warum nicht?"

„Das ist eine längere Geschichte."

„Jetzt machst du mich neugierig. Erzähl!"

„Also, ich hatte es gerade dort aufgehängt, als ich plötzlich zwei Schatten durch das Milchglas unserer Eingangstür entdeckte. ‚Da sind zwei Besucher. Mal sehen, ob ihr Blick automatisch auf mein Foto fällt', dachte ich erfreut. Ich wartete den Klingelton ab, bevor ich die Haustür öffnete. Doch dann verschlug es mir die Sprache: Vor mir standen meine Nachbarin Helga und ... ein schwarzer Mann. Die guckten nicht in meine Wohnung, sondern mir gerade ins Gesicht.

Helga stellte den Fremden vor: ‚Das ist Omo. Er ist Flüchtling und kommt aus Afrika. Seine ganze Familie hat Geld gesammelt, damit er die Überfahrt mit dem Boot übers Mittelmeer bezahlen konnte. Hilfe für ein besseres Leben. Aus dem Lager, in das er in Italien eingeliefert wurde, floh er. Er schlug sich bis Deutschland, das gelobte Land, durch und ließ sich registrieren. Doch nun ist er das Lagerleben satt. Jetzt sucht er ein eigenes Zimmer', sprach meine Nachbarin Helga. Ich

wusste, dass diese ehrenamtlich bei der Flüchtlingshilfe in der Diakonie arbeitete.
Meine Gedanken glitten zurück: Auch ich wollte damals im Frühjahr 1961 ein anderes Leben. Mit pochendem Herzen stiegen mein Mann Heinz und ich getrennt in Ostberlin in die S-Bahn nach Westberlin. In der Tasche nur unsere Ausweise, am Körper unsere Zeugnisse und Geld, von der ganzen Familie ausgeliehen. Einen Monat vor dem Mauerbau. Es war die Fahrt ohne Wiederkehr. Wir wollten weg, nur weg. Weg vom Zwang, von der Bevormundung, von der Ideologie und der Armut. ... Auch ich bin ein Flüchtling!, schoss es mir durch den Kopf. Ich schluckte. Lange hatte ich diesen Gedanken verdrängt.
Der Afrikaner betrachtete mich forschend. Ich sah in sein Gesicht und in mein Inneres hinein: Wir hatten damals unsere Verwandten in Hamburg. Die waren zwar nicht erfreut, doch sie nahmen uns vorübergehend auf und halfen uns weiter. Und wir konnten uns mit ihnen verständigen. Wir sprachen immerhin dieselbe Sprache.
‚Spricht er denn Deutsch?', erkundigte ich mich.
Helga sagte: ‚Er nimmt an einem Sprachkurs und einem Alphabetisierungskurs teil. Und Ende des Monats bekommt er einen Job in einer Autowerkstatt. Autos sind seine Leidenschaft.'
Mein Blick glitt automatisch auf unseren Mercedes, der vor unserem Haus stand. Wie stolz war Heinz, als er sich den endlich leisten konnte! Auch Heinz hatte sich zuerst in Hamburg mit Gelegenheitsarbeiten durchgeschlagen. Er hatte alles angenommen. Zuerst beim Straßenbau, dann in einer Gärtnerei. Sein Hochschulzeugnis schien völlig wert-

los zu sein. Unermüdlich bewarb er sich weiter. Doch immer wurden die offenen Stellen durch Westdeutsche besetzt. Aber am Ende hatte seine Hartnäckigkeit Erfolg. Endlich bekam er eine Stelle im Ministerium. Von da an ging's bergauf.

‚Was will der Afrikaner denn von mir?', erkundigte ich mich endlich.

Helga druckste herum: ‚Ich dachte, ich dachte, auch ihr wart Flüchtlinge. Ihr habt sicher Verständnis für seine Lage ... Und letztes Jahr sind eure Kinder ausgezogen ... Jetzt habt ihr zwei Zimmer frei. Dann könntet ihr ihm doch eines in eurem großen Haus vermieten.'

‚Ich auch bezahlen', meldete sich nun der Afrikaner zu Wort. Er versuchte ein Lächeln und suchte meine Augen.

Ich musste weggucken.

Mein Blick fiel auf dein verwunschenes rotes Backsteinhaus am Ende der Straße. Damals, vor mehr als 50 Jahren, stand ich dort mit meinem Mann und unserer kleinen dreijährigen Tochter vor deiner Haustür und klingelte. Du öffnetest und mustertest uns neugierig.

‚Wir haben Ihre Annonce in der Zeitung gelesen. Wir interessieren uns für die zwei Zimmer, die Sie vermieten wollen', erklärte Heinz und lächelte dich mit all seinem Charme an. Du lächeltest zurück und sagtest: ‚Auch ich habe hier gerade eine neue Stelle als Lehrerin angetreten. Bei meinem Vater und meiner Stiefmutter bin ich ausgezogen. Dieses Haus und den Garten habe ich von meiner verstorbenen Mutter geerbt. Es hat vier Zimmer. Ich benötige nur die zwei im Erdgeschoss. Bad und Garten müssen wir uns teilen. Außerdem

brauche ich unbedingt einen Mann, der die Kohlezentralheizung versorgt.'
,Das ist überhaupt kein Problem. Auch im Garten helfen wir gerne!', rief Heinz aus. Wir lächelten uns glücklich an, unsere Tochter Leni stürzte sofort in den Vorgarten und pflückte Gänseblümchen.
Das war für uns der Anfang eines neuen Lebens und der Anfang einer wunderbaren Freundschaft."
„Für mich auch", beteuerte Helene schmatzend. „Wie froh war ich, nicht mehr alleine in dem Haus leben zu müssen! Außerdem überforderte mich die Heizung. Und wie hast du jetzt reagiert? Hast du dem Afrikaner ein Zimmer vermietet?"
„Sei nicht so ungeduldig! Ich betrachtete den schwarzen Afrikaner genauer. Spontan fiel mir das Laufspiel ein, welches ich oft in meiner Kindheit gespielt habe: ,Wer hat Angst vorm schwarzen Mann?' ,Niemand.' ,Und wenn er kommt?' ,Dann laufen wir!'
Da wusste ich: Er wird mir kein Freund sein. Nein, nie. Er ist für mich ein Fremder und wird es immer bleiben.
Energisch schüttelte ich den Kopf: ,Nein, ich habe kein Zimmer frei. Meine Kinder besuchen mich jede Woche. Dann brauchen sie die Zimmer.'
Ich sah in die erstaunten Augen meiner Nachbarin. ,Sie weiß, dass das nicht stimmt', durchfuhr es mich heiß. Deshalb schloss ich hastig die Haustür, bevor Helga antworten konnte.
Mein Blick fiel auf das Foto des Hauses meiner Großeltern. Sofort nahm ich es von der Wand und legte es in eine Schublade. Niemand sollte wissen, woher ich stamme."

Helene legte ihre Gabel hin. Ihr war der Appetit vergangen. „Aber du musst den Afrikaner doch verstehen. Du warst doch auch damals ein Flüchtling und wolltest ein besseres Leben."

Monika brach in Tränen aus. „Ja, ich weiß. Doch meine Situation war doch anders: Ich sprach Deutsch. Ich war Deutsche, deshalb mussten mir auch Deutsche helfen."

„Aber in Afrika hat er nicht die gleichen Chancen wie bei uns. Deshalb musste er zu uns kommen. Oft sind es die Besten, die den Mut haben, auszuwandern und ein neues Leben anzufangen."

„Aber warum kommt er zu uns? Kann er nicht woanders hingehen!"

„Wahrscheinlich, weil Deutschland ein Sozialstaat ist. Und wenn er eine Arbeit übernimmt, die sonst keiner machen will, ist er auch für unseren Staat später eine Hilfe."

„Das mit der Arbeit verstehe ich. Aber ich kann ihn nicht in mein Haus nehmen. Er ist ein Schwarzer. Ich fürchte mich vor ihm."

„Aber das ist ein Vorurteil. Ihr könntet Freunde werden. So wie wir Freunde geworden sind."

„Nein, nie!" Monika wurde von Schluchzanfällen geschüttelt. „Ich fühl mich ganz schlecht."

Helene nahm ihre Freundin in den Arm. „Ich verstehe, dass deine Ängste zu groß sind, um ihn aufzunehmen. Aber ihm helfen sollten wir auf jeden Fall. Vielleicht solltest du Helga sagen, dass wir ihm bei der Einrichtung seiner Wohnung helfen. Dann verlierst du auch deine Angst vor Menschen mit schwarzer Hautfarbe. Und unsere nächste Urlaubsreise sollten wir gemeinsam nach Afrika machen."

***

„Frau Peters, bitte ans Telefon!", rief die Herbergsmutter in das Tagungszimmer des Lehrerfortbildungszentrums. Beunruhigt stand Helene auf, guckte entschuldigend zu ihrem Schulrat und folgte der Herbergsmutter in den Flur, wo das Telefon stand.
‚Hoffentlich ist kein Unglück passiert!', durchfuhr es Helene. Sie ergriff den Telefonhörer, aus dem die Stimme ihrer Tochter ertönte. „Hallo Mama, es ist ganz, ganz dringend."
„Was ist denn so dringend, dass es nicht warten kann, bis ich in zwei Tagen wieder zu Hause bin? Bist du krank oder verletzt?"
„Nein Mama."
„Dein Bruder oder dein Vater?"
„Nein, Mama", ertönte es leise vom anderen Ende der Leitung.
Helene atmete auf.
„Aber es ist trotzdem ganz wichtig, Mama. Du kennst doch Fred, meinen Klassenkameraden."
„Nein, was ist mit ihm?"
„Er hat eine Wohnung in der Südstadt in einem ganz schicken Haus. Da sie sehr teuer ist, kann er sie nicht allein bezahlen und sein Untermieter hat ihm heute gekündigt. Er ist am Boden zerstört und ich möchte ihm gerne helfen."
„Willst du ihm Geld leihen?"
„Nein, ich will bei ihm einziehen."
Helene stockte der Atem.
„Mama hörst du mich?"

„Wann wäre das denn?“, fragte Helene tonlos.
„Nächsten Monat, direkt nach meiner mündlichen Abiprüfung. Fred braucht das Geld dringend und außerdem ist das für mich eine tolle Chance, so eine fantastische Wohnung zu kriegen mitten in der Stadt.“
Helene musste sich in den nah stehenden Sessel setzen. Ihr Herz pochte fast so laut wie das Ticken der Wanduhr. ‚Zeit gewinnen, nur nicht die Fassung verlieren!‘, durchblitzte es sie. Sie zwang sich, mit betont freundlicher Stimme zu fragen: „Warum muss das gerade heute entschieden werden?“
„Morgen erscheint eine Anzeige in der Zeitung, und wenn ich heute zusage, bekomme ich die Wohnung, hat Fred gesagt.“
Helene merkte, wie ihre Beine zitterten. Ihr Mädchen war flügge geworden und wollte das Nest verlassen. Sie erkundigte sich mit erzwungener Ruhe: „Ich dachte, du bist mit Hans befreundet.“
„Natürlich, Mama.“
„Und das stört ihn nicht, wenn du mit Fred zusammenwohnst?“
„Aber Mama, sei doch nicht so altmodisch. Ich ziehe doch nicht zu Fred ins Schlafzimmer, sondern in seine WG. Außerdem kommt doch Hans nur am Wochenende aus Heidelberg nach Hause und ich kriege wahrscheinlich keinen Studienplatz in Jura wegen des Numerus clausus. Ich will dann in Bonn ein soziales Jahr machen.“
Helene begannen jetzt auch die Hände zu zittern. Ihr war klar, wenn sie jetzt nein sagte, hatte sie verloren. Sie kannte

den starken Willen ihrer Tochter. Um noch mehr Zeit zu gewinnen, zwang sie sich, mit fester Stimme zu fragen: „Hast du schon mit deinem Vater gesprochen?"
„Ja, ich habe ihn im Dienst angerufen, er meint, ich müsse sofort mit dir sprechen."
Alles in Helene verkrampfte sich. Ihr Mann Clemens war ihr keine Hilfe. Wie immer lastete die Entscheidung auf ihr. ‚Ich will nicht, dass meine Tochter auszieht! Was soll ich nur tun?', dachte Helene, ‚ich muss unbedingt Zeit gewinnen.' „Weißt du, Liebes, können wir noch einmal in zwei Stunden nach dem Abendessen miteinander telefonieren, denn mein Schulrat ist stinksauer auf mich, wenn ich so lange in der Konferenz fehle?"
„Ja, guut."
Plötzlich hatte Helene einen Einfall: „Hast du schon mit deinem Bruder darüber gesprochen? Er ist doch zwei Jahre älter und fühlt sich vielleicht übergangen, wenn du als Erste ausziehst."
„Daran habe ich auch schon gedacht und deshalb gerade *nicht* mit ihm gesprochen", flüsterte die Tochter kleinlaut.
Helene richtete sich voller Spannung auf. „Also sprich mit ihm und auch noch einmal mit deinem Vater, wenn er nach Hause kommt. Ruf mich gegen 19 Uhr wieder an. Ich werde in der Nähe des Telefons sein."
„Ja, Mama, bis später."
Als Helene den Hörer in die Gabel legte, war es mit ihrer Selbstbeherrschung vorbei. Tränen strömten aus ihren Augen. ‚Es kann doch nicht möglich sein, dass die Kinder das Nest verlassen! Zu schnell. Zu plötzlich. 20 Jahre lang haben wir uns um die Erziehung der Kinder bemüht. Das Haus wird

öde und leer sein.‘ Solche und ähnliche Gedanken strömten durch Helenes Kopf. ‚Nein, ich will meine Kinder noch nicht loslassen. Sie sind noch viel zu unerfahren und zu jung, um selbstständig zu leben. Aber was kann ich tun?‘
Zuerst einmal ging sie zur Toilette und wusch ihr Gesicht mit kaltem Wasser. Dann kehrte Helene in den Konferenzsaal zurück. Doch sie war nur körperlich anwesend. Ihre düsteren Gedanken schwirrten wie schwarze Raben durch ihr Gehirn.
Gegen 19 Uhr raffte sie sich auf und ging zum Telefon. Sie wusste, sie musste sich dem Problem stellen. Vor allen Dingen durfte sie sich nicht mit ihren Kindern entzweien. Als das Telefon schrillte, hob sie mutig den Hörer ab. „Hallo, hier Peters."
„Hallo Mama. Ich bin‘s. Ich habe mit Andreas gesprochen. Wie du vorausgesehen hast, hat er getobt, er wolle zuerst ausziehen. Da hat Papa gesagt, dann zieh doch du bei Fred ein. Und stell dir vor, er hat zugestimmt. Was meinst du dazu?"
Helene fiel ein dicker Stein vom Herzen. Wenigstens nicht das schutzbedürftige Mädchen! Laut sagte sie: „Da habt ihr eine weise Entscheidung getroffen."
„Ja, Mama, ich ziehe vielleicht nächstes Jahr aus und bleibe so lange noch bei euch. Tschüss, bis Freitagabend. Papa will dich noch sprechen."
„Hallo Helene, ich glaub, dass dies das Beste ist. Unser Sohn verlässt jetzt das Hotel Mama und unsere Tochter später."
Helene verlor ihre krampfhafte Beherrschung und schluchzte ins Telefon: „Das geschieht alles zu plötzlich! Ich kann es noch gar nicht fassen."

„Sieh auch mal das Gute. Wir müssen nicht mehr für unsere Kinder sorgen, sondern nur für uns. Die Jungen verlassen das Nest und wir Alten sind frei für Neues", meinte ihr Mann Clemens tröstend.
So geschah es.

Neue Gemeinsamkeiten

Der Beruf, den Clemens und Helene jeweils ausübten, machte ihnen Freude. Zum Glück. Sonst hätte die Leere sie noch mehr aufgefressen. Es fehlten ihnen das Leben im Haus, der Krach, die Jugendlichen, die Diskussionen, sogar der Streit. Sie brauchten etwas zur Abnabelung von ihren Kindern.

Eines Morgens beim Frühstück sagte Helene zu Clemens: „Weißt du, in all den Jahren der Erziehung unserer Kinder haben wir unsere eigenen Interessen zurückgestellt. Vor Kurzem sagtest du, dass wir nun Freiräume und Freiheit haben, das zu tun, was wir wollen. Eigentlich ist dies eine Chance, in die Welt aufzubrechen und sie kennenzulernen. Schließlich habe ich Osterferien, Sommerferien, Herbstferien und Weihnachtsferien."

„Ich bin am liebsten zu Hause", brummte ihr Mann.

‚Na, das kann ja heiter werden', dachte Helene. ‚Der eine will bleiben, der andere das leere Haus fliehen.'

Schließlich verabredeten sie sich mit Freunden, deren Kinder auch flügge geworden waren. Und, oh Wunder! Da sagte ihr Freund Johannes: „Jetzt habe ich endlich Zeit, eine längere Fahrradtour zu machen."

Helene sah sofort an den leuchtenden Augen ihres Mannes, dass ihm dieser Gedanke gefiel. Auch die anderen drei Freundespaare stimmten zu. Sofort schmiedeten sie Pläne, wo sie zusammen hinfahren könnten. Obwohl Helene eine miserable Fahrradfahrerin war, denn als Internatsschülerin hatte sie das Fahrradfahren erst nach dem Autofahren gelernt. Die

vier Freundespaare unternahmen gemeinsam interessante Fahrradtouren.
So fuhren sie von Wien nach Budapest, von Bozen nach Venedig, zu den Loire-Schlössern, rund um Münster, an der Elbe entlang, an der Maas entlang, machten eine Rügenrundreise und eine Bodenseereise von Kloster Ittingen aus. Das hätte Helene sich vorher nie zugetraut. Diese Ausflüge brachten ihr schöne Erinnerungen. Aber Helene vermisste trotz allem ihre Kinder. Fahrradtouren hätten sie doch alle gemeinsam machen können.
Die Zeit der inneren Loslösung fand dann doch statt, und zwar durch Südfrankreich. Da brachen Clemens und Helene in ein neues Land auf, das sie nicht mehr mit ihren Kindern bereisen *wollten*.
Dabei half ihnen ihr Chagall-Bild, welches sie sich zu ihrer grünen Hochzeit heimlich geleistet hatten, obwohl sie sich noch Möbel anschaffen mussten. Die Lithografie hatte in ihnen die Sehnsucht nach dem Süden geweckt und all die Jahre genährt. Sie ließ Helene und Clemens von Nizza in Südfrankreich träumen. Beim Kauf des Bildes ahnten sie nicht, dass das Schicksal sie wirklich dorthin führen würde.
Während ihrer Familienzeit verbrachten sie ihre Ferien wegen ihrem Sohn Andreas immer an der Nordsee, der ein starker Asthmatiker war.
Aber jetzt in ihrer kinderlosen Zeit besuchten sie Helenes Freundin Elke in Menton bei Nizza. Deren Begeisterung für Südfrankreich war ansteckend, sie verliebten sich in das azurblaue Meer, das nicht nur schön aussah, sondern sich auch herrlich anfühlte und sie im heißen Sommer erfrischte.

Auch die Seealpen verzauberten sie und luden sie zu Wanderungen und Gipfelbesteigungen mit ihren Freunden ein.
In Menton bei Nizza zogen Clemens und Helene zuerst ins Hotel, dann ins eigene Studio. Das wurde ihr Nest nur für zwei. Helenes Freundin Elke und ihr Mann waren schon da, hatten für sich Menton entdeckt und halfen ihnen beim Finden der geeigneten Wohnung. Mit Absicht wollten sie nicht in eine Neubauwohnung, sondern in ein altes französisches Haus, in dem sie französische Atmosphäre schnuppern konnten.
Sie fanden ein französisches Haus mit zwei Wohnungen und zwei Apartments. Als Helene das Apartment in der zweiten Etage besichtigte, stockte ihr der Atem bei der einzigartigen Aussicht aus den Fenstern. Die ganze Bucht mit der Weite des Meeres und der zerklüfteten Küste lag vor ihr. Innen gefiel ihr die Tapete mit grünen stilisierten Blumen. Die Vorbesitzerin, eine Pariserin, hatte Geschmack.
Als Clemens die Wohnung das erste Mal erblickte, sagte er: „Frau, das hast du gut ausgesucht." Er war der Praktische, denn er begeisterte sich mehr dafür, dass Kochküche und Bad getrennt vom Hauptraum waren und der Treppenabsatz der Außentreppe Raum gab für zwei Stühle und einen Tisch, sodass sie einen kleinen Balkon hatten und sich eins mit der Landschaft fühlten.
Auch die Einrichtung der Wohnung machte ihnen Freude. Einerseits wollten sie das französische Flair betonen, andererseits sollte die Wohnung auch ihren Geschmack widerspiegeln. Das Apartment war so klein, dass neben Esstisch und Stühlen entweder ein Sofa oder ein Doppelbett hinein-

passte. Nicht beides zusammen. Sie entschieden sich für ein wohnliches Doppelbett, wie in den alten Schlössern, wo man die grünen Vorhänge zuziehen konnte. Für die Wände kauften sie beim französischen Trödler Bilder aus alten französischen Herrenhäusern mit Tanzszenen, denn Clemens und Helene liebten den Tanz. Doch das Prachtstück war ein barocker Spiegel mit einem Medaillon, das ein Schäferstündchen darstellte, den sie gegenüber des Esstischs aufhängten, damit er die Weite des Meeres widerspiegelte. Neben den Einbauschrank stellten sie ein Bücherregal und zwei kleine Kommödchen.

Von nun an fuhren sie in den Ferien *von zu Hause nach zu Hause*. Die 1100 km erledigten sie im Auto. Doch Clemens hatte nicht so viel Urlaub wie Helene Schulferien. So fuhr Helene am Anfang der Sommerferien allein per Bahn nach Frankreich und Clemens verbrachte das Ende der Sommerferien mit ihr zusammen dort. Zurück fuhren sie gemeinsam im Auto. Jede Ferien. Ihre Kinder vermissten sie nicht mehr. Sie waren abgenabelt.

Helene und Clemens waren berauscht von den Farben des Südens, vom Duft der Pinien- und Olivengärten, vom Anblick des Mittelmeers, von der französischen Sprache, der Wärme, dem spritzigen Wein und dem köstlichen Essen.

Südfrankreich wurde ihr zweites Zuhause. Hier ruhten sie sich 20 Jahre lang vom beruflichen Alltag in Deutschland aus. Sie waren angekommen im Land ihrer Träume, dem Land der Maler und Dichter.

***

Freundin

Im Internat
Und in Südfrankreich
Entdeckerin der zauberhaften Landschaft
Mitreißend

Unser Schicksalsbild: „La baie des anges“ von Marc Chagall

Als wir dich das erste Mal betrachteten
an unserem grünen Hochzeitstage,
waren wir erfüllt von unserer Liebe
und empfanden deine einzigartige Stimmung
als Spiegel unseres Glücks.

Als wir dich dann mitnahmen,
wohin das Leben uns trieb,
ins fremde Land oder in den Keller,
verzaubertest du unsere Umgebung
und tauchtest unseren Alltag in eine märchenhafte
Stimmung.

Als wir alt wurden,
hatte dein Blau sich tief in unsere Herzen genistet,
sodass die Sehnsucht nach tiefblauem Meer,
zauberhaften Blumen und unendlichem Fischreichtum
immer stärker wurde.

Als wir dann das Mittelmeer bei Nizza in natura sahen,
wussten wir, dass unsere Sehnsüchte gestillt werden
beim Anblick des azurblauen Meeres,
beim Riechen der exotischen Düfte von Blumen
und Bäumen,
beim Genießen der frischen Fische und des
würzigen Weines,
dass wir angekommen waren,
hier in der Landschaft unserer Träume.
Du, unser Chagall-Bild, hast uns hierher geführt.

Verzauberung

In den Wolken schweben,
engelgleich über tiefblauer Bucht,
Zauber der Liebe erleben
oh, lebenslange Sucht.

Vom Blau des Meeres träumen
an endloser Engelsbucht,
zauberhaftes Licht einsaugen,
oh, unstillbare Lust.

Die Bahn des Mondes verfolgen
auf dem schillernden Nass,
aufgehen in Heute und Morgen,
träumend und verzaubert fast.

***

Dass sie vorher nicht daran gedacht hatte. Unruhe kroch in Helene hoch bis in die Fingerspitzen. Im Zug von Bonn nach Mailand beobachtete sie lauernd ihren Berner Sennenhund. Hielt er die 12 Stunden Zugfahrt bis zum Schluss durch? Was sollte sie tun, wenn er Anstalten machte, sich seiner Bedürfnisse zu entledigen? Noch lag ihr Riese schnarchend im Gang des Abteils und bemerkte nichts von ihrer Aufregung. Zusätzlich quälten sie Hunger und Durst. Ihr Hund musste fasten – wegen der Bedürfnisse – und sie durfte deshalb auch nichts essen. Stattdessen kaute sie an ihren Fingernägeln.

Als der Zug in Mailand einlief, atmete sie tief durch und stürzte mit ihrem hechelnden Hund auf den Bahnhofsvorplatz. Wie auf Kommando entleerte sich der Hund.

Erleichtert tätschelte sie ihn. „Benni, jetzt müssen wir nur noch in den Küstenzug nach Ventimiglia steigen und dann in den Regionalzug nach Menton", flüsterte sie ihm zu. Der Koloss mit Hasenherz trottete hinter ihr her. Da stand auch schon der Zug am Bahnsteig. Sie wollte einsteigen. Doch was war das? Ihr Sanftmütiger verwandelte sich in einen Sturen, Widerspenstigen. Sie zog am Halsband, ohne Erfolg. So sehr sie auch auf ihn einredete, er rührte sich nicht von der Stelle. Sie schob ihn an, doch er wich zur Seite. Was sollte sie tun? Mit dem Taxi konnte sie die restlichen 300 km nicht fahren, da der massige Hund von 70 kg in kein normales Taxi passte. Außerdem besaß sie keine Lire, sondern nur deutsche Mark und französische Francs. Immer mehr Leute blieben stehen und sahen sich das Schauspiel an. Zwei Kinder sprangen zur

Seite. Eine ältere Frau lachte sich ins Fäustchen. Eine Frau mit einem gutmütigen Gesicht redete auf sie ein. Wenn sie doch nur Italienisch verstehen könnte! Sie schrie den Hund an: „Steig endlich ein, du Angsthase!"
Ihr Hund stand fest wie ein verwurzelter Baum, den Schwanz eingezogen. Sie bot ihm Leckerlis an. Er drehte sein Maul weg. Seine Angst war nicht bestechlich. Schweißtropfen rannen ihr von der Stirn. Ratlos guckte sie um sich.
„Ihr Hund fürchtet sich vor den hohen Eisentrittbrettern, durch die man hindurchsehen kann", hörte sie eine Stimme auf Deutsch. „Am besten steigen Sie zuerst ein, er wird nicht allein zurückbleiben wollen", riet ihr dieselbe Stimme.
Sie blickte auf. Ein älterer Italiener mit grau meliertem Haar lächelte sie an. „Sie ziehen und ich schiebe."
Sie stieg ein und zog, so kräftig sie konnte. Gleichzeitig schob der Italiener den Hund an. Die ganze Gruppe feuerte sie an: „Hai su! Hau-ruck! Hai su! Hau-ruck!" Tatsächlich, der Koloss bewegte sich. Geschafft! Als die Umstehenden klatschten, bekam sie einen roten Kopf. Schnell rief sie das einzige italienische Wort, das sie kannte: „Gracie!" Dann zog Helene ihren Hund in ein leeres Abteil, legte ihn auf dem Boden ab, stellte ihren Rucksack auf den Sitz am Fenster und verschloss die Tür. Erschöpft ließ sie sich auf den Sitz fallen und schloss die Augen. Hoffentlich folgte der Italiener ihr nicht. Jetzt brauchte sie Ruhe.
Gut, dass sie nicht ahnte, was noch auf sie zukam.
Nun lief ihr Zug in Ventimiglia ein. Hier musste sie in den Regionalzug nach Menton umsteigen. Dieses Mal bat sie sofort einen Mitreisenden, ihren Hund beim Einsteigen anzuschie-

ben. Das klappte sogar. Jetzt mussten Frau und Hund nur noch am richtigen Bahnhof aussteigen.
Im letzten Waggon saßen vier Bahnbeamte in fröhlicher Stimmung zusammen. Helene fragte sie, ob dieser Zug auch in Menton-Garavan hielte, denn von diesem Nebenbahnhof dauerte ihr Fußweg zum Studio nur 15 Minuten, vom Hauptbahnhof aber 1 Stunde. Außerdem war es schon Mitternacht und sie waren 19 Stunden unterwegs.
„Bien sûr, Madame!“, war die fröhliche Antwort.
Beruhigt betrachtete sie die vorbeieilende Landschaft. Doch wie enttäuscht war sie, als plötzlich das Schild „Garavan“ an ihr vorbeiglitt. Ach nein! Mist! Noch eine ganze Stunde von Durst und Müdigkeit gequält werden! Helene rannte zu den Bahnbeamten und rief empört: „Aber der Zug hält ja gar nicht am Bahnhof Garavan!“
Die Beamten blickten erstaunt auf, dann stürzte einer von ihnen zum Zugtelefon und rief den Lokomotivführer an. Plötzlich geschah das Erstaunliche, das nur in Frankreich möglich ist: Der Zug ruckelte und blieb dann abrupt stehen ... aber nicht am Bahnhof, sondern mitten auf der Strecke.
Sie atmete tief durch. Erleichtert öffnete sie die quietschende Zugtür und ... erstarrte: Der Ausstieg war fast einen Meter tief. Das hatte ihr noch gefehlt! Wie sollte denn da ihr Koloss mit Hasenherz hinunterkommen? Tragen konnte sie ihn nicht mit seinen 70 Kilo. Der zog auch schon den Schwanz ein. Er wollte nicht springen. ‚Bei seiner Tollpatschigkeit und seinem Gewicht kann er sich ein Bein brechen. Dann sind meine Ferien hin!‘, schoss es ihr siedend heiß durch den Kopf.

Doch da hatte Helene nicht mit den tatkräftigen französischen Beamten gerechnet. Zwei sprangen hinunter und gaben ihr die Hand, sodass sie folgen konnte. Dies betrübte aber ihren ängstlichen Löwen. Der heulte laut auf. Die Beamten sahen sich an. Kurz entschlossen ergriffen ihn die beiden oberen Männer am Vorderteil und am Hinterteil, hoben ihn hoch und reichten ihn den beiden unteren Beamten herunter. Diese stellten ihn vorsichtig auf seine Beine. Doch damit noch nicht genug. Die Beamten stiegen nicht wieder in den Zug ein, sondern geleiteten Frau und Hund bis zum sicheren Bahnsteig. Auf dem rutschigen Schotter gingen zwei Beamte vor, dann folgte der Hund, dann die Frau und am Schluss folgten die anderen beiden Beamten. Ihr kam alles wie im Traum vor. ‚Wie bei Peter und dem Wolf!', durchblitzte es sie und sie musste lächeln.
Als Frau und Hund endlich weit nach Mitternacht in ihrem Studio ankamen, stürzte sich der Hund gierig auf sein Wasser und Helene öffnete sich zur Belohnung für die glückliche Ankunft eine Flasche roten Bordeaux. Während der köstliche Wein ihre Kehle hinunterperlte, fielen Anspannung und Aufregung allmählich von ihr ab. „Glück gehabt!", tätschelte sie ihren erschöpften Berner Sennenhund und biss endlich voller Hingabe in ihren von der Hitze geschmolzenen Camembert.
Der Hund aber fraß nichts, verschwand und versteckte sich. Als Helene ihn suchte, fand sie ihn in der Dusche eingerollt und beleidigt. Trotz ihres Lockens rührte er sich nicht mehr vom Fleck, als wollte er ihr sagen: „Mit mir nicht mehr!"

***

Am nächsten Morgen fand Helene Hannahs Brief im Kasten:

Liebe Helene,
sicher wunderst du dich, dass ich nicht mehr mitkomme nach Menton.
In Bonn hatte ich ein Zimmer in Eurem Haus, wenn ich Eure Kinder hütete. Als Taufpatin von Andreas fühlte ich mich für sie verantwortlich. Das bereue ich nicht, ich weiß, dass Eure Kinder mich, die Tante, liebten. Da war ich ein Teil Eurer Familie.
Doch für Euch, für Clemens und Dich, ist Eure Familienzeit beendet. Ihr habt es nicht gesagt, aber Euer Tun spricht für sich.
Ihr habt Euch in Menton ein Studio gekauft, damit habt Ihr gezeigt, es beginnt für Euch eine neue Ära.
25 Quadratmeter sprechen für sich: Ein Doppelbett wie in unserem Internat, wo man die Vorhänge tagsüber zuziehen kann, statt in Weiß nun in Grün, ein Tisch mit Stühlen und drei kleine Kommoden sowie ein Einbauschrank. Dazu eine winzige Küche und ein Minibadezimmer.
Da ist kein Platz mehr für eine dritte Person, weder für Eure Kinder noch für mich. Die Familienzeit, in der ich auch ein Teil war, ist für Euch beendet.
Ich könnte ins Hotel ziehen, doch die Reise ist mir allein zu mühsam, ob im Auto oder im Zug. Natürlich liegt es daran, dass ich zu dick geworden bin. Du weißt, dass dies Kummerspeck ist, weil ich keine eigene Familie habe, da ich nicht den richtigen Partner gefunden habe. Kompromisse wollte ich nie eingehen. Auch jetzt nicht. Ich ziehe mich von deiner Familie zurück und versuche, ein eigenes

Leben zu führen. Glücklicherweise habe ich in Bonn eine Therapeutin gefunden, die mir dabei helfen wird.
Versucht nicht, mich zu etwas anderem zu überreden, bitte versucht, mich zu verstehen.
Eure Hannah

***

In Menton betrachtete Helene stundenlang die zauberhafte Bucht. Sie konnte sich nicht sattsehen. Diese Meerlandschaft und das traumhafte warme Wetter inspirierten sie. Eines Tages nahm sie ein einfaches Schulheft und wollte festhalten, was sie empfand. Sie fing an zu schreiben:

Morgenstunden

Diese Morgenstunden
der Platz am Fenster
die dampfende Tasse Tee
das besinnliche Buch
die tiefen Seelengedanken
der regelmäßige Atem des Partners neben ihr
der wuschelige schlafende Hund vor dem Bett
die lebendige Aussicht:
Züge winden sich wie kleine Schlangen
durch die sonnendurchtränkte Landschaft
Autos reihen sich silbern glänzend aneinander
umgeben von Palmen und grünen Gärten

daneben die Weite des Meeres.
Diese Morgenstunden –
Sie genießt sie
und findet zu sich selbst.

Rückkehr ins Paradies

Durch einen Garten zu wandeln,
den ein Mensch erschaffen hat,
durch einen Garten Eden,
den ein Mensch erträumt hat,
durch sein kleines Paradies,
o welche Lust!

Langsam aufmerksam schreitend
in der subtropischen Hitze eines Sommertages,
die Sinfonie der Natur und Kultur erlebend,
das Zusammenspiel der duftenden Mittelmeersträucher
und der schweren Tonamphoren
sowie die versteckten griechischen Fresken und Statuen,
die sich neigen und zu uns sprechen
vom menschlichen Streben nach Vollkommenheit.
Zwischendurch verweilend und ausruhend
unter versteckten Laubdomen,
die einladen zum Philosophieren und Lesen,
zur Hingabe nur für zwei,
lassen wir uns einfangen
vom Zauber dieses verwunschenen hundertjährigen Gartens.

Den Geist des Schöpfers atmend,
seine Sichtweise der Welt kennenlernend,
werden unsere Schritte geführt
in die Fußstapfen Odysseus'
von der Kindheit zur Jugend,
übers Alter bis zum Tod,
und unsere verträumten Blicke werden geleitet
von der majestätischen Pinienallee
zum verschlafenen, nicht umgehbaren Teich,
wo Bäume und Sträucher sich neigen
vor dem azurblauen Himmel,
den Blick freigebend
durch lichtdurchlässige Laubarkaden hindurch,
bis zur Verschmelzung von Himmel und Meer
in der Unendlichkeit.

Durch einen Garten zu wandeln,
den ein Mensch erschaffen hat,
durch einen Garten Eden,
den ein Mensch erträumt hat,
durch sein kleines Paradies,
o welche Lust!

***

Im nächsten Sommer reiste Helene wieder im Zug nach Mailand. Die Plätze des Sechserabteils waren unbesetzt. Es roch nach kaltem Zigarettenqualm, herbem Kaffeeduft und feuchtem Fell. Helene war nicht allein. Der Boden des Abteils

war bedeckt mit ihrem wuscheligen Langhaarteppich. Neben dem Rattern der Räder des Fernzugs lauschte Helene den lauten Atemzügen dieses einmaligen Kolosses.
Plötzlich wurde die Abteiltür mit Wucht aufgerissen. Ein finster blickender, schwarz gekleideter Italiener hatte die leeren Sitze entdeckt und wollte sich niederlassen. Da richtete sich der wuchtige Berner Sennenhund zu voller Größe auf, guckte ihm mit der Schönheit seines einzigartigen, braunen Löwenkopfs ins aufgeschreckte Gesicht und begann leise zu knurren. Dank seiner Gebärdensprache verstand Helene den Reisenden, der sie fragte, ob die Plätze frei wären.
Helene nickte. Doch das Knurren hielt an. Etwas eingeschüchtert fletschte der Italiener die Zähne, um anzufragen, ob der Hund beißt. Helene guckte in das kantige Gesicht des Italieners und war von seinen stechenden Augen abgestoßen. Deshalb entschied sie sich dafür, dass der Hund beißt, und machte mit der Hand eine Drehbewegung: „Manchmal."
Sofort wurde die Tür zugezogen und sie waren wieder allein.
„Ich muss Fremden ja nicht auf die Nase binden, dass du in Wirklichkeit ein Hasenfuß bist, der glaubt, dass ich ihn beschütze, und dass du dich zu Hause in der Dusche versteckst, wenn du dich fürchtest. Du mein süßer Feigling", flüsterte sie ihrem Weggenossen zärtlich ins Ohr und kraulte ihn dabei.
Helene fühlte sich beschützt, weil Benni, ihr Hund, durch seine Größe und die riesigen Zähne den Fremden Furcht einflößte. So scheute Helene sich nicht, mit diesem treuen Gefährten 1100 km bis ans Mittelmeer zu reisen. Helene liebte es, mit dem Zug zu fahren. Hier entspannte sie und versank

in ihr Buch. Um Platz zu haben, brauchte sie auch nicht erster Klasse im Schlafwagen zu fahren. Dank der Abschreckung ihrer „bestia" konnte sie die preiswertere Variante wählen und sich auf den Sitzen ihres Abteils ausstrecken und beruhigt einschlafen. Die Nähe ihres Hundes flößte ihr wohlige Wärme, Sicherheit und Geborgenheit ein. Sie machte sie glücklich.

Ihre Reise ging von Bonn nach Menton. Sie führte von Deutschland über die Schweiz und Italien nach Frankreich. In Mailand mussten sie den Zug wechseln. Sie stiegen aus und schlenderten auf den Bahnhofsvorplatz und suchten ein Stück Wiese, damit der Hund seine Geschäfte erledigen konnte. Dann suchte sie den Regionalzug nach Menton. Als sie ihn gefunden hatte, stellte sich ihr schon wieder ein Hindernis in den Weg: Ihr tapferer Hund weigerte sich einzusteigen. Wie letztes Jahr. Er fürchtete sich vor den altmodischen Eisenstufen, durch die man hindurchsehen konnte. Der Regionalzug war voller als der Fernzug. So musste sie, obwohl sie wie ein Tramp aussah, mit Riesenrucksack auf dem Rücken, von dem ein großer Blechnapf baumelte, und der Hundeleine in beiden Händen, sich überwinden und einen jungen kräftigen Mann auf Englisch fragen, ob er ihr helfe. Helene bat ihn, den Hund zu schieben, wenn sie einsteige während sie den Hund an der Leine zöge. Zu zweit schafften sie es endlich, dass ihr Widerspenstiger in den Zug kletterte, und Helene musste einen Behindertenplatz suchen, damit ihr Koloss genug Platz auf dem Boden hatte. Es waren ja nur noch vier Stunden, dann würden sie an ihr Reiseziel gelangen. So dachte sie. Sie band die Leine des Hundes um sich und konnte sich in aller Ruhe erneut ihrer Reiselektüre widmen. Vom gleichmäßigen Geruckel des Zuges nickte sie bald ein. Mehrmals wachte sie kurz auf und war ganz erfreut über den Anblick des azurblauen Meeres. Wie sie sich auf Menton freute!

An einer der vielen Haltestellen stiegen zahlreiche Leute aus. ‚Das muss ja ein bedeutender Ort sein', dachte sie und nickte erneut ein. Doch da rüttelte eine ältere Frau sie wach und sagte ihr auf Englisch: „Aussteigen. Sie müssen aussteigen."

Helene rieb sich die Augen: „Sind wir schon in Menton?"

„Nein, hier müssen alle aussteigen. Der Zug fährt nicht weiter."

„Wie bitte?" Helene war wie vor den Kopf gestoßen.

„Es ist Streik", erklärte die Frau.

Schnell packte Helene ihre Siebensachen zusammen, nahm ihren Hund und stürzte aus dem Zug. Glücklicherweise stieg der Hund lieber aus als ein. Außerdem war er intelligent. Er merkte, dass etwas Ungewöhnliches passiert war und er nicht auffallen durfte. Helene war ratlos. Was sollte sie tun? Wo war sie eigentlich? Auf jeden Fall noch nicht in Frankreich, denn Französisch verstand sie. Also war sie noch in Italien. Sicherheitshalber folgte sie einfach der Masse.

Auf dem Bahnhofsvorplatz standen mehrere Busse. Ein Glück, sie entdeckte einen Bus mit dem Schild „Menton". Der Bus war schon übervoll. In ihrer Angst quetschte sie sich mit Benni hinein und bekam noch einen Stehplatz. Glücklicherweise machte der Hund dieses Mal kein Theater. Ihr weiser Benni setzte sich und machte sich ganz klein.

Helene hatte Busfahren schon immer gehasst, weil sie sich darin eingeengt und eingepfercht fühlte. Aber noch mehr hasste sie es, wenn bei 35° im Schatten die Leute wie Briefmarken aneinanderklebten und der Gestank von Schweiß aus Körper und Haaren nicht mehr zu vermeiden war und ihr Berner Sennenhund hechelte und sie Angst hatte, dass er einen Herzschlag bekäme. Aber im Bus zu stehen in einem fremden Land, dessen Sprache man nicht spricht und dessen Währung man nicht hat, das war das Allerschlimmste. Helene schwamm in Schweiß. Sie wusste nicht, ob ihr das Wasser aus Angst oder vor Hitze von der Stirn tropfte, wahrscheinlich wegen beidem.

Sie sah einen Mann in Uniform in den Bus einsteigen. Es war der Kontrolleur, denn er ließ sich die Fahrkarten zeigen. ‚Ich habe ja eine gültige Fahrkarte nach Menton', beruhigte sie sich.

Der Kontrolleur wälzte sich unaufhaltsam vorwärts. Schon stand er vor ihr und forderte: „Biglietto." Mit zitternden Händen reichte sie ihm ihre Zugfahrkarte. Widerwillig schüttelte er den Kopf und forderte auf Englisch: „Ticket for the bus."

„Aber das ist mein Ticket." Unerbittlich schnellte sein Finger vor: „Out!" Helene kam sich vor wie ein räudiger Hund, den man vor die Türe setzt. Tränen der Verzweiflung schossen ihr in die Augen. „Ich habe kein italienisches Geld, ich wollte Italien doch nur durchqueren. Das ist eine gültige Fahrkarte von Bonn nach Menton."

Wieder schüttelte er den Kopf. Mit zugekniffenem Mund und majestätischer Handbewegung wies er ihr den Weg nach draußen und sprach etwas, das sie nicht verstand. Er

zeigte auf den Kiosk, da sollte sie sich wahrscheinlich die Fahrkarte kaufen.
„Aber ich kann nicht", stöhnte sie verzweifelt, „ich besitze doch keine Lire, ich habe nur deutsches oder französisches Geld." Sie bot ihm 20 deutsche Mark. „Mit dem Streik habe ich nicht gerechnet. Ich habe doch eine gültige Fahrkarte nach Menton."
„No, out", wiederholte der Kontrolleur unbarmherzig.
Helene fühlte sich hilflos und ausgeliefert, sie konnte die Tränen nicht mehr aufhalten. Ein Sturzbach ergoss sich über ihr Gesicht. Ihr Hund fletschte die Zähne. Nun begann er ohrenbetäubend laut zu bellen. Sofort drehte der Kontrolleur um und verschwand in der Menge. Auch das noch! „Sei doch leise", zischte sie Benni an, „sonst werden wir noch verhaftet!", und zog ihn fest am Stachelhalsband.
Plötzlich kam Bewegung in den Bus. Ein Italiener drängelte sich hinaus, rannte an den Kiosk, kaufte eine Fahrkarte und stieg eilig wieder ein. Er schob sich durch die Menge und reichte dem zurückgekehrten Kontrolleur die Fahrkarte. Dieser guckte zu ihm, dann zu ihr, und schüttelte ungläubig den Kopf. Doch, oh Wunder, er ging weiter, um seine wichtige Pflicht zu erfüllen.
„Machen Sie sich keine Sorgen mehr. Bevor noch ein Unglück passiert, habe ich Ihnen und Ihrem Hund eine Fahrkarte gekauft", hörte sie eine freundliche Stimme neben sich in akzentfreiem Deutsch. Das klang in ihren Ohren wie Musik. Dankbar lächelte sie ihren Retter an und erstarrte: Es war der Italiener aus dem Zug, den sie mit ihrer Gebärdensprache vertrieben hatte. Seine Augen lächelten.

Beschämt atmete Helene tief durch, schüttelte ihm die Hand und beteuerte: „Das ist das schönste Geschenk, das ich seit Langem erhalten habe. Ich weiß gar nicht, wie ich Ihnen danken soll."

„Das Geschenk kommt von Herzen. Ich habe 10 Jahre in Deutschland, in Köln, gearbeitet. Da wurde ich gut behandelt und mir wurde auch geholfen, wenn ich Hilfe brauchte."

„Vergelt es Gott." Helene zerquetsche ihm bald die Hand und umarmte erleichtert ihren Hund. Dieser bedankte sich auf seine Weise und wedelte mit dem Schwanz und gab dem Italiener seine Pfote. Er streichelte ihn vorsichtig. „Das ist eine Auszeichnung. Mein Benni gibt nicht jedem die Pfote."

Als der Bus endlich anfuhr, durchströmte sie ein Gefühl von Glück und das füllte ihre Seele. Sie dachte: ‚Ich bin nicht abgehängt, verbannt, ausgesetzt. Ich bin eine Frau in Europa, der von einem Europäer geholfen wurde.' Tief atmete sie ein. Ihr Atem floss von ihren Zehenspitzen zu ihrem Scheitel. Sie blickte auf das Blau des Meeres. Die zauberhafte Landschaft lachte sie an. Ihren Hund sah sie bereits im Wasser tollen. Helene roch die Zitronen- und Apfelsinenbäume und den süßlichen Jasmin und sie schmeckte schon einen Hauch von Salz auf ihrer Zunge.

***

Meine zauberhafte Landschaft

Der Mond lächelt über dem nachtblauen Meer,
kein säuselndes Lüftchen sich regt,
Fischerboote gleiten lautlos umher,
Ruhe sich über die Landschaft legt.

Doch unaufhaltsam der Tag erwacht,
der müde Mond im südlichen Meer versinkt,
zarte Nebelschleier erheben sich sacht
und ein roter Tupfer am Horizont erblinkt.

Das anschwellende Rot kämpft mit dem Blau,
ein plötzlicher Windstoß reißt beide in Fetzen,
die Luft ist noch mollig und lau,
auf der Promenade die ersten Menschen hetzen.

Entschlossen steigt die Sonne über den Bergesrand,
taucht die Küstenlandschaft in purpurnes Licht,
weiße Muscheln glitzern am Meeresstrand
und sie wirft sich in die schäumende Gischt.

Warmes Wasser umhüllt sie – wie Seide,
erfrischt sie und ihren schwarzen Hund.
Lustvoll und fröhlich schwimmen sie beide,
genießen diese frühmorgendliche Stund.

***

Eines Morgens, als Helene mit ihrem Hund vom Hundestrand zurückkam, fand sie einen sonderbaren Brief in ihrem Briefkasten. Sie sprach zu ihrem Hund: „Komisch. Ein Brief aus Tschechien. Da kenn ich doch niemand." Doch als Absender lächelte ihr ein Foto von Eva, ihrer Internatsfreundin, entgegen. Mit nervösen Fingern riss sie den Umschlag auf.

„Liebe Helene, hoffentlich erreicht Dich mein Brief in Menton. Ich verstehe, dass Du da eine Ferienwohnung hast. Auch ich liebe Frankreich. Schließlich habe ich mich schon zwei Mal an eine französische Schule versetzen lassen. Doch dann zog es mich wieder in ein anderes Land. Ich bin eben nicht der Siedlertyp wie du, verwurzele nicht gerne. Dabei empfand ich mich als eine Vermittlerin zwischen Deutschland und Frankreich, als ein Glied zur Völkerverständigung.
Aber nun noch intensiver. Ich habe mich nach Tschechien versetzen lassen. Hier quillt mein Lehrerherz über. Ich unterrichte in der Grundschule 5. bis 8. Deutsch mit dem Schwerpunkt Konversation und in einem ersten Schuljahr. Meine Kurse sind sehr begehrt.
Am Nachmittag biete ich den Lehrern Deutschunterricht an. Es haben sich 4 Zirkel auf unterschiedlichem Niveau gebildet, von Anfängern bis Fortgeschrittenen. Da kommen auch Lehrer aus anderen Brünner Schulen hinzu. Nie hätte ich gedacht, dass mir die Lehrerfortbildung so viel Freude machen würde!
Ich habe sogar ein eigenes Deutschklassenzimmer zu Verfügung, wo ich meine Deutschmaterialien aufstellen kann. Jedes Mal, wenn ich nach Deutschland in Heimaturlaub fahre, bringe ich neue Deutschmaterialen aus Deutschland mit. Zu Hause bettle ich in den deutschen Schulen nach Lesebüchern, die nicht mehr ge-

braucht werden, und benutze sie hier mit meinen Schülern in Tschechien.
Falls Du in Deiner Schule Bücher aussortierst, bitte schicke sie mir und meinen tschechischen Schülern.
Manchmal fahre ich sogar über 100 km, um in der Lehrerfortbildung an verschiedenen tschechischen Schulen tätig zu sein. Das ist für mich anstrengend, aber es lohnt sich. Ich freue mich über das Interesse und den Fleiß der Deutschlehrer an Schulen in Mähren.
Du glaubst nicht, wie ich diese Arbeit liebe. Hier bin ich, die Frau, erfolgreich. Dafür ist mir kein Weg zu weit.
Also guck einmal an Deiner Schule nach ausrangierten Deutschbüchern und schicke sie mir bitte.

Liebe Grüße
auch an Deine Familie
Deine Eva

PS: Natürlich gibt es hier auch interessante Männer ...

***

Nebel in St. Agnes

Ein dichter Schleier schwebt um uns herum,
zerfetzt in weiße Bahnen,
tänzelt und umgürtet uns nun,
zerrissen in längliche Fahnen.

Kühlt unsere an Hitze gewohnte Haut,
umweht und umschmeichelt uns immer enger,
spricht dabei keinen einzigen Laut,
wie ein lautloser Traumfänger.

Wo sind die Freunde geblieben?
Der Nebel verhüllt den einen vorm andern.
Eben erst waren es sieben.
Es ist höchste Zeit zurückzuwandern.

Verlassen müssen wir den gastlichen Ort
des reich gedeckten Tisches,
erfüllt noch vom verflossenen Wort
und dem Geschmack des köstlichen Fisches.

Die Sommerhitze hat uns bald wieder,
uns tapfere Nebelleute,
wir stimmen an fröhliche Lieder,
genießen das Hier und das Heute.

Freunde

Aus Menton
Wohnen am Boulevard
Unsere Hunde begegnen sich
Wiedersehenszauber

***

Grün wie ein Saphir, blau wie ein Lapislazuli, weiß wie Carrara-Marmor, grau wie ein Malachit, so leuchtet ihr Lieblingsplatz. Es ist, als ob Gott den Malpinsel in ihre kleine Bucht, wo die Alpen ins Meer fallen, geschwenkt hätte: Grau auf die Felsen der Berge, Grün auf die Olivengärten, Blau auf das Meer und Weiß auf die Boote und Schiffe. Die volle Schönheit der Farben locken die Strahlen der Sonne hervor. Ihr Licht verzaubert alles. Die Sonne schickt einen Sternenteppich aufs Wasser. Er glitzert und blitzt. Es ist, als ob die Sonne das Meer mit 1000 Küssen benetzte. Kein Wunder, dass hier am Mittelmeer berühmte Maler wie Renoir, Chagall, Picasso, Matisse zu Meisterwerken des Lichts inspiriert wurden. Die Sonne verteilte ihre Küsse. Die Sonne war ihre Muse.

An diesem Morgen umfing Helene eine wohlige Kühle. Seidiges Wasser umschmeichelte ihre Haut. Über ihren Kopf streichelten die ersten Sonnenstrahlen des Tages. Helene räkelte und drehte sich im Wasser und ließ sich von den Wellen sanft schaukeln. Ihre Ohren sanken unter Wasser. Sie rollte sich vor Behagen hin und her und tauchte ganz unter. Als sie hochsprang, fühlte sie das vertraute Brennen in ihren Augen und schmeckte Salz auf ihren Lippen. Meer, Mittelmeer, meine Wonne! Sie genoss die menschenleere Bucht. Doch sie war nicht allein. Ihre schwarze Hündin Maja verfolgte sie. Nachdem Benni, der einzigartige Berner Sennenhund, gestorben war, schaffte Helene sich eine Labradorhündin an. Benni hatte immer vor Angst den ganzen Strand zusammengeschrien, deshalb achtete Helene darauf, dass der neue Hund einer Hunderasse angehörte, die gerne schwamm. Beglückt hörte Helene Majas hechelnden, stoßenden Atem neben sich. Maja vergewisserte sich, dass es ihr Frauchen noch gab, dass sie sie noch nicht verlassen hatte. Beruhigt kehrte sie auf dem schnellsten Wege an den Strand zurück, denn sie machte ihrer Rasse keine Ehre. Sie schwamm zwar, aber nicht wie erhofft mit leidenschaftlicher Freude. Am liebsten hielt Maja sich da auf, wo sie noch stehen konnte. Und Helene wollte sie nicht zwingen, ihr zu folgen. Sie konnte sie in den plätschernden Wellen allein spielen lassen, während Helene weiter ins Meer hinausschwamm.

Da kam auch schon der erste Boxer mit seinem Herrchen, denn dies war der Hundestrand. Maja lief und begrüßte ihn und spielte dann allein im Wasser weiter. Da sie freundlich, zahm und friedfertig war, blieb Helene auf Rufweite. Sie schwamm bis zu den gelben Bojen, denn dahinter begann die Fahrrinne des neuen Hafens. Die ersten Yachten tuckerten hinaus ins offene Meer: Motorschiffe und luxuriöse Segelschiffe in allen Größen. Helene liebte die Segelboote. Die majestätischen Yachten mochte sie weniger. Zu viel Pomp. Zu viel Luxus.

Ihr Blick fiel auf den weißroten Leuchtturm, der starr und fest dastand, um den Schiffen den Weg heim zu weisen, besonders in der Nacht, wenn er sein helles Licht aussandte. Auf dem gegenüberliegenden Felsvorsprung, der anderen Seite der Fahrrinne, standen schon zwei Angler, die ihre Ruten auswarfen, um sich eine Mittelmeermahlzeit zu besorgen. Auch Helene hatte das schon versucht, doch ohne Erfolg. Jetzt im Hochsommer zog sie es vor, selbst ein Fisch im kühlen Nass zu sein ... besonders wenn sie sah, wie die Angler schwitzten.

Vom Ufer winkte ihr eine junge rothaarige Frau zu, die mit ihrem schwarzweißen Mischling die Treppen herunterstieg. Dieser war schon ganz aufgeregt aus großer Vorfreude, gleich zu schwimmen. Dahinter stürzte ein brauner Bär, ein bronzener Neufundländer, sofort ins Wasser. Eine schlanke Fünfzigjährige stolperte hilflos hinter ihm her. Sie grinsten sich an: Dieser Hund war zu mächtig für die schmächtige Frau. Ein schwarzer Dobermann mit seinem älteren Herrn stolzierte erwartungsvoll auf die Treppe und prüfte erst einmal die Lage. Dann überfiel er ihre Maja. Diese rettete sich ins Meer. Sein Herrchen leinte den Ungestümen an und verließ bedauernd den Strand. Nun begann ein Kommen und Gehen. Ein beiger Labrador mit seinem Herrn erschien. Sie waren die Strandspieler. Unentwegt warf das Herrchen Stöckchen oder

Bälle ins Wasser und der treue Hund brachte sie ihm wieder. Ein italienisch aussehender Junge trug seinen weißen West Highland Terrier auf seinen Armen ins Wasser und ließ ihn zum Strand zurückschwimmen. Es sah zu putzig aus, wie seine winzigen weißen Pfoten ins Wasser hämmerten.
Leider wog Maja schon 32 kg und war Helene viel zu schwer, sonst würde Helene das gerne auch einmal tun. Da erschien der Lümmel des Strandes, nicht etwa ein scharfer Schäferhund, sondern ein lieber Labrador. Vor ihm war kein Ball sicher. Nicht nur, dass er die Bälle stibitzte, sondern er zerbiss sie mit Wonne. Wenn sie ihm den Ball wegnahmen, sprang er die Menschen an und kratzte sie fürchterlich. Sein Herr mit dem dicken Bauch schämte sich sehr. Sein roter Kopf leuchtete dann, als wenn er in einen Farbeimer gefallen wäre. Ein grauschwarzer Spaniel wurde von seinem Frauchen wie ein Baby getragen. Vielleicht ein Ersatzkind?
An diesem Strand lagen nur vereinzelt Sonnenanbeter. Die meisten zogen sich lieber auf die Felsen zurück. Das Treiben der Hunde war ihnen zu unruhig, denn Hunde waren naturgemäß dauernd in Bewegung. Sie rannten, spielten, sprangen, schwammen, balgten sich und bellten.
Die Hundehalter trafen sich jeden Morgen und redeten eine Weile miteinander. Sie tauschten sich über ihre Hunde aus, das Wetter, die kleine Stadt. Sie waren eine Großfamilie, eine Strandfamilie, eine Hundestrandfamilie.
Da machte es fast nichts, dass das Meer seinen Algenballast auf den Strand abwarf. Wie in jeder guten Familie gab es auch an dieser kleinen Bucht Schattenseiten.
Nichts ist vollkommen!

***

Begegnung

In einem fremden Land
in einer verkehrsreichen Großstadt
bei einem Café crème
sitzen drei Frauen und diskutieren
ihr unterschiedliches Leben:
Breda, die Irin,
Fatma, die Ägypterin,
Helene, die Deutsche.

Um sie herum
Kommen und Gehen des Obers
Geschäftigkeit der Passanten
Verkehr der Straße.
Davon unberührt
tauchen die drei Frauen
in die Tiefen ihrer Seelen
und erfahren -
trotz unterschiedlicher Religionen:
Islam, Christentum, Atheismus,
trotz unterschiedlicher Herkunft:
Irland, Ägypten, Deutschland -
eine Nähe und Offenheit, als wenn sie sich schon
immer kennen würden.
Berührt von dem Wissen,
dass sie sich schon bald wieder trennen müssen,

sind alle drei erfüllt
von der Kostbarkeit der Stunde,
dankbar für diese Begegnung.

Freunde des Sommers, verlasst uns nun

nach gemeinsamem Wandeln in verwunschenen Gärten,
wo wir himmlischer Musik lauschten,
nach ungewöhnlichen Theatererlebnissen im Freien,
versunken in die Welt der griechischen Götter,
nach Wanderungen an zerklüfteten Küsten,
wo wir das Taumeln der Drachenflieger beobachteten,
nach Spiel und Tanz im sonnenerhitzten Sand
betört vom silbernen Flimmern der Olivenbäume,
nach gemeinsamem Bad im seidigen Meer,
wo die Wellen uns sanft hin und her schaukelten,
nach Entdecken idyllischer Bergdörfer,
wo uns die Zeit schien stehenzubleiben,
nach gemeinsamem Mahl in Olivengärten,
wo wir melonensüchtige Bienen beobachteten,
nach dem Spüren des lauen Sommerwindes
und dem Einsaugen der Farben des südlichen Lichts,
nach dem Schlürfen des kühlen Rosé-Weines
und dem Schmausen des Käses und der frischen Fische,
nach den plätschernden, fröhlichen Gesprächen.

Freunde des Sommers, verlasst uns nun,
nachdem wir den süßen Nektar des Sommers
gemeinsam bis zur Neige geschlürft haben.
Das kalte Eis des Winters verspeist jeder alleine.

***

Helene hatte bei ihrem Mann Clemens eine Entdeckung gemacht, die sie stark beunruhigte. Deshalb rief sie aus Frankreich ihre Stiefmutter Anja in Deutschland an: „Du bist doch Krankenschwester. Wir brauchen deinen Rat. Also, Clemens war in diesen Sommerferien noch kein einziges Mal im Meer schwimmen. Zuerst dachte ich, dass er zu faul sei. Da bemerkte ich eines Morgens, dass er sich wie wild kratzte. Am rechten Oberschenkel. Am nächsten Tag juckte er sich auch am linken Oberschenkel, und am nächsten Tag am Bauch. Die Krone war, als er sich den ganzen Tag am Po kratzte. Da war ich es leid. Ich wollte ihn nackt sehen. Es war, als wenn er von den Knien bis zur Taille in ein rotes Tintenfass gefallen wäre. Alles rot. Und dann sah ich ihn: Den Einstich. In der Leiste.Gar nicht groß, erbsengroß, aber weiß und rot."
„Es liegt doch auf der Hand, dass Clemens einen Arzt aufsuchen muss", hörte Helene die Stiefmutter durchs Telefon lachen.
Helene schüttelte den Kopf: „Aber du weißt doch, wie Männer sind. Sie wollen nicht zum Arzt. Und vor allem nicht im Ausland."
Doch die Stiefmutter holte tief Luft und sagte: „Der Einstich muss sich entzündet haben. Es kann auch eine Allergie sein, die gefährlich werden kann. Die Röte kann sich ausbreiten. Er

kann Fieber bekommen. Nein, nichts wie hin zum Arzt. Clemens kann doch genug Französisch, um sich zu verständigen."

Am nächsten Tag vibrierte Helenes Smartphone, die Stiefmutter erkundigte sich nach dem Stand der Dinge.

Helene seufzte: „Also, Clemens war beim Arzt, und der hat ihm ein Antibiotikum verschrieben. Neben Röte und Juckreiz leidet er nun zusätzlich unter einem fortwährenden Schlafbedürfnis."

Die Stiefmutter Anja riet: „Lass ihn schlafen. Vielleicht schläft er sich gesund."

Doch nach drei Tagen klingelte das Telefon erneut bei Anja. Helenes Stimme klang ganz verzweifelt: „Jetzt mache ich mir echt Sorgen. Clemens' Rötung weitet sich immer weiter aus. Jetzt hat er sogar rote Storchenbeine. Der Einstich sieht aus, als wenn er eiterte."

„Da scheint das Antibiotikum nicht zu wirken. Vielleicht ist es besser, ihr kommt nach Deutschland zurück. Dann kann er sich hier in der Hautklinik genau untersuchen lassen."

Helene fasste sich an den Kopf. „Oh je! 1.200 km darf ich dann allein das Auto fahren. Nein, danke. Aber warte mal, du bringst mich mit der Hautklinik auf eine Idee. Clemens ist vom Allgemeinarzt behandelt worden. Vielleicht sollte er einen Facharzt, einen Dermatologen, aufsuchen. Den muss es hier in Frankreich doch auch geben. Wenn nicht in Menton, dann sicherlich in Monaco."

Die Stiefmutter stimmte zu: „Das ist eine gute Idee. Wenn das nicht hilft, musst du in den sauren Apfel beißen und zurückkommen."

Helene zog schon ihren Mantel an und rief: „Ja, danke für den Hinweis. Ich werde sofort in die nächste Apotheke gehen und fragen, ob es hier einen Dermatologen gibt."
Am nächsten Tag wieder Telefongeläut. Als die Stiefmutter kopfschüttelnd den Hörer abnahm, dröhnte ihr Helenes aufgebrachte Stimme entgegen. „Du wirst es nicht glauben! Stell dir vor, der Allgemeinarzt hat ihm ein falsches Antibiotikum gegeben. Ein anderes darf er jetzt nicht nehmen, das würde er nicht verkraften. Aber die Wunde hat der Dermatologe gesäubert und mit Salbe behandelt. Er erklärte: ‚Der Einstich stammt wahrscheinlich von einer Zecke. Jeder Einstich geht unter die Haut. Er kann verheilen oder sich entzünden. In manchen Fällen tritt die Entzündung erst nach Jahren auf. In ganz schweren Fällen kann sie auch zum Tode führen, besonders, wenn er nicht richtig behandelt wurde.'"
„Das gilt für körperliche Einstiche wie für seelische", meinte die Stiefmutter mit einem bitteren Unterton in der Stimme.
„Ich versteh dich nicht. Was meinst du?", entgegnete Helene.
„Die körperlichen Verletzungen in meinem Leben habe ich verkraftet. Die sind verheilt. Aber nicht meine seelischen."
„Welche meinst du genau?"
„Für mich ist der größte Einstich in meinem Leben, dass meine Tochter, deine zwanzig Jahre jüngere Halbschwester Monika, weit weggezogen ist, in ein Land, dessen Sprache ich nicht spreche, nach Asien. Und das deshalb, damit ich ihr nicht nachreise und dass sie überhaupt nicht mehr mit mir sprechen muss. Sogar zum Geburtstag ruft sie nicht an."
„Das ist sehr, sehr schade. Aber wo hast du sie gestochen?" Helene verstand gar nichts mehr.

„Ich habe in meinem Leben alles falsch gemacht. Es sind viele Einstiche von meiner Seite vorausgegangen. Wie eine Zecke habe ich meine Tochter gebissen. Ich habe sie geschlagen, wenn sie nicht das tat, was ich wollte. Ich habe sie beschimpft, wenn sie nachlässig mit ihrem Äußeren umging. Ich beabsichtigte, dass sie so wird, wie ich es wollte. Sie hat sich gewehrt und bestraft mich heute. Dabei wollte ich doch nur stolz auf sie sein."

Helene hörte, dass sie schluchzte.

„Aber ich bin es ja selbst schuld", fuhr die Stiefmutter fort, „nach der Geburt wollte die Hebamme das Baby in meinen Arm legen. Da habe ich gefragt: ‚Ist es ein Junge?' ‚Nein, ein Mädchen', war die Antwort. ‚Tun sie sie weg!', schrie ich, ‚ich will sie nicht sehen.' Diese Ablehnung hat meine Tochter gefühlt, das habe ich später nie mehr gutmachen können." Die Stiefmutter schluchzte jämmerlich ins Telefon. „Ich habe alles falsch gemacht!"

Helene lief ein Schauer über den Rücken. Sie merkte, wie sie ganz traurig wurde, und entgegnete: „Aber ich war doch auch ein Mädchen."

„Gerade deshalb. Euer Vater brauchte dringend einen Nachfolger fürs Geschäft", stieß sie keuchend hervor.

Helene sprach nun betont ruhig: „Versuch dich doch mit deiner Tochter auszusprechen. Sie hat doch auch einen Sohn und hat am eigenen Leib erfahren, dass Erziehung nicht so einfach ist. Bitte sie um Verzeihung. Anja, ruf sie am besten sofort an", drängte Helene ihre Stiefmutter.

Abschied und Erkenntnis

Helene musste an die Telefonate mit ihrer Stiefmutter Anja denken, als sie ein Jahr später mit ihrer Schwester in Asien telefonierte. Ob eine Versöhnung stattgefunden hatte? Ob die Stiefmutter auf sie gehört und sich mit ihrer Tochter ausgesprochen hatte?

Sie sagte: „Es tut mir leid, Monika. Deine Mutter ist am Sonntag gestorben. Wann kommst du nach Deutschland?"

„Gar nicht."

„Willst du deine Mutter nicht beerdigen?"

„Nein, sie ist für mich schon lange vorher gestorben."

Also hatte eine Versöhnung nicht stattgefunden.

Laut sagte Helene: „Du bist schon wieder umgezogen, bitte gib mir deine neue Adresse. Es gibt so viele Sachen zu klären: Wo soll deine Mutter beerdigt werden? Wie soll sie beerdigt werden? Was ist mit ihrem Nachlass? Du bist die leibliche Tochter. Ich bin nur die Stieftochter."

Es klickte in der Leitung.

„Hallo! Bist du noch dran?"

Ihre Halbschwester hatte das Gespräch weggedrückt.

***

„Maiglöckchen im Winter". Dieser Geruch betörte Helene wie immer. Er quoll ihr aus dem Wohnzimmer entgegen. Das Zimmer hatte ihn aufgesogen, den Duft ihres Parfüms.

Wippte nicht ihr Korbschaukelstuhl ein wenig?

Helenes Blick wanderte zur Schlafzimmertür. Gleich öffnete

sich die Tür und ihre Stiefmutter Anja würde eintreten. Voller Schwung und Lebensfreude.
‚Du spinnst!‘, raunte ihr die innere Stimme zu, ‚du bist doch hier, um ihren Nachlass zu regeln. Das hast du ihr versprochen.‘
Trotzdem hämmerte Helenes Herz, als sie die Tür zum Schlafzimmer öffnete.
Nun strömte ihr ein anderer Geruch entgegen. Statt des lieblichen Maiglöckchendufts – ein beißender Geruch nach starken Medikamenten. Das Bett durchwühlt und zerknautscht. Auf dem Boden zerrissene Plastikumhüllungen. Und eine Spur von getrocknetem Blut und Erbrochenem auf Plümo und Teppich. „Es sieht danach aus, dass die Rettungshelfer um dein Leben gekämpft haben“, sprach Helene vor sich hin.
Sie ließ den Blick durchs Zimmer schweifen. Auf dem Nachttisch zwei goldene Bilderrahmen: Ein Foto von Helenes Vater und auf dem zweiten ein Foto der Mutter der Stiefmutter sowie ein dünner Band mit Rilke-Gedichten. Helene lächelte. Diese Liebe zur Poesie erwärmte ihr Herz. Auf der Kommode eine eiserne Schmucklady, behangen mit Perlenketten und Goldketten und ferner ein Styroporkopf mit einer blonden Perücke. Davor angeordnet Hörgeräte und Gebiss. Auf dem kleinen Bücherregal einige Bücher von Ken Follett und eines von Zeruya Shalev.
Helene nahm es in die Hand. „Späte Familie“ las sie. Helene erinnerte sich an ein Telefongespräch, die Stimme ihrer Stiefmutter war ihr noch im Ohr: „In diesem Buch habe ich mich beim Lesen oft wiedergefunden.“ Helene blätterte

darin und freute sich. Einzelne Passagen waren angestrichen. ‚Wenigstens eine Botschaft', dachte sie.
Sie öffnete den Kleiderschrank. Der Maiglöckchenduft strömte ihr noch intensiver als im Wohnzimmer entgegen. Helene staunte. Sie starrte fassungslos auf noch mehr Perücken. ‚So viele Perücken! Das habe ich nicht gewusst: Anja hatte wohl Haarprobleme. Deswegen sah sie immer so gepflegt aus, sodass man sie hier in der Altensiedlung „die Gräfin" nannte!', fuhr es Helene durch den Kopf.
Vorsichtig nahm sie eine Perücke nach der anderen aus dem Hutfach und baute sie auf der geräumigen Kommode auf: Eins, zwei, drei, vier, fünf.
Dann sortierte Helene sie und machte sich ihre Gedanken: ‚Diese Perücke ist etwas glatter, die trug sie sicher bei der Hausarbeit, diese etwas zottelige beim Schwimmen, diese perfekt frisierte beim Einkaufen, diese lockige beim Kaffeekränzchen. Die aschgraue war vornehm, die trug sie sicher im Theater."
Sprachlos schüttelte Helene den Kopf. ‚Das also war die geheime Seite meiner Stiefmutter. Dass sie nie mit mir darüber geredet hat! Auch nicht, als ich so unglücklich über meinen Haarausfall war! Schönheit und Schein waren ihr wichtiger als Vertrauen.' Ihr Magen zog sich zusammen.
Sie kehrte ins Wohnzimmer zurück, suchte nach einer weiteren Nachricht. Nichts. Sie ging in die kleine Küche. Auf dem Küchentisch lag ein Prospekt von einem Pflegeheim. Ein Preis war angestrichen. Helene guckte auf den Wandkalender, da war ein Name eingetragen. Am Freitag um drei Uhr. Am Sonntag danach war sie tot.

Helene betrat das Bad.
„Alles ist total sauber und aufgeräumt“, murmelte sie, „du hast deinen Tod geplant.“

***

Als Helene später bei ihrer Stieftante Leni saß, bereute sie es, dass sie überhaupt gekommen war. Diese schimpfte nur über ihre Schwester Anja und ließ kein gutes Haar an ihr.
Hass über den Tod hinaus. Wie erbärmlich.
Krach mit der Tochter. Krach mit der Schwester. Krach im Krankenhaus.
Helene begann zu verstehen, warum der Lebenswille ihrer Stiefmutter Anja gebrochen war.
Hoffentlich keinen Krach mit der Freundin!
Bis unter die Haarwurzel traurig, klingelte sie bei der letzten Freundin ihrer Stiefmutter.
Eine weißhaarige Frau mit gütigen Augen öffnete. „Ich habe Sie schon gesehen und erkannt. So viele neue Gesichter gibt es in unserer Altensiedlung nicht. Ich kenne Sie von dem Familienbild, das im Wohnzimmer Ihrer Stiefmutter stand. Sie hat oft von Ihnen gesprochen. Kommen Sie herein.“
„Die Hausbewohner haben mir erzählt, dass Sie mit meiner Stiefmutter befreundet waren.“
„Zuletzt nicht mehr. Sie hatte mir die Freundschaft gekündigt. Aber am Dienstag, als der Bus uns zum Einkaufen abholte, habe ich mich einfach neben sie gesetzt und gesagt: ‚Lass uns uns wieder vertragen. Es war doch nur ein Spiel und wir waren betrunken.‘ Anja hat sich nicht weggesetzt. Das

war ein Anfang. Wir haben das erste Mal wieder Belangloses miteinander gesprochen."
Helenes Herz hüpfte. Sie lächelte Frau Beste an.
Da hatte diese den Mut weiterzuerzählen: „Vor unserem Streit sind wir jeden Tag zusammen spazieren gegangen bis zu unserer Bank im Wald. Dort haben wir gesungen und aus unserem Leben erzählt. Zwei Mal in der Woche haben wir bis tief in die Nacht Karten gespielt. Uns hat nicht die Langeweile aufgefressen wie so viele hier in der Altensiedlung. Nein, wir haben uns ein schönes Leben gemacht. Wir waren sogar gemeinsam im Theater. Leider hatten wir uns dann um eine Nichtigkeit gestritten. Und das nur, weil wir beide zu viel von dem leckeren Likör getrunken hatten und die Kartenspielwut uns aufgefressen hat."
Helene fragte: „Kommen Sie mit, um sich ein Andenken aus der Wohnung meiner Stiefmutter auszusuchen?"
Frau Beste schüttelte den Kopf: „Dort hat sie mich hinausgeworfen. Die betrete ich nie mehr. Da tut mir das Herz weh."
Helene beharrte: „Aber welches Erinnerungsstück hätten Sie gerne?" Helene sah an ihrem Händezittern, dass sie ergriffen war. Von der Freundschaft? Von der Erinnerung?
„Bevor sie in falsche Hände kommt, würde ich mich über die kleine kristallene Likörflasche freuen", hauchte die alte Frau schließlich. „Vielleicht auch eine ihrer Blumen von ihrem Balkon? Das kleine Olivenbäumchen? Das stelle ich mir auf meinen Balkon, dann ist Anja mir ganz nahe."
Plötzlich sprang sie auf. „Bitte warten Sie einen Augenblick. Ich bin gleich wieder da." Sie verschwand im Schlafzimmer. Als sie wiederkam, brachte sie Helene das Herz-Ass mit einer

roten Schleife umwickelt und schnitt einen Zweig aus ihrer Buchsbaumhecke auf dem Balkon, den sie davorsteckte.
„Ich habe den Zettel an der Haustür gelesen, dass Sie morgen Ihre Stiefmutter beim Bestatter aufbahren lassen und dass die Hausbewohner dahin kommen können, um sich zu verabschieden. Ich bringe es nicht über mich zu kommen. Das tut mir zu weh. Ich möchte Anja im Gedächtnis behalten, wie sie lebte: In guten Tagen, im Streit und wie bei unserer letzten Busfahrt. Aber legen bitte Sie ihr dieses kleine Abschiedsgeschenk in ihre toten Hände."

***

Unglücklich blickte Helene auf Veronikas Geschenk, welches sie der Toten morgen in ihre erkalteten Hände legen sollte: Die Spielkarte Herz-Ass mit einem Buchsbaumzweig.
Wenig später warf Helene sich im Bett ihres Hotelzimmers hin und her.
Ein Traum überfiel sie: *„Das Wandern ist des Müllers Lust..." Zwei weißhaarige Frauen, Anja und Veronika, stapfen mit Wanderstöcken durch den kühlen Sommerwald. Sie schmettern ein Volkslied nach dem anderen in die hohen Gipfel der Bäume. Die Lieder ihrer Jugend bleiben in den rauschenden Wipfel hängen. „Alles vorbei, alles, an das wir damals geglaubt haben", bemerkt die eine von ihnen. Ihr Lied ist wieder auf der Erde gelandet.*
„Damals im Dritten Reich war ich blond und blauäugig, genau wie die Nazis das wollten. Mir stand die Welt offen. Im Arbeitsdienst war ich auf dem Lande bei einer Bauersfamilie untergebracht. Die freuten sich über meine Arbeitskraft und behandelten mich wie

ihre Tochter." „Du entsprachst dem damals propagierten Menschenbild, dem nordischen Typ. Aber mir als Brünette ging es auch gut. Es war nicht alles falsch damals. Die sollten heute für die Jugend auch Arbeitsdienste errichten. Hat es uns geschadet? Wir haben die Gemeinschaft des Arbeitens kennengelernt. Und wie herrlich war es nach getaner Tat an den Lagerfeuern! Wir schmetterten zur Gitarre unsere alten Volkslieder."

„Und natürlich auch die neuen Lieder des Regimes. Sie sollten unser Denken beeinflussen."

„Singen ist die Masche von allen Regierungen."

„Hast du als Kind nicht laut gesungen, wenn du Angst hattest?"

„Damals haben wir noch nichts geahnt vom schrecklichen Krieg, den uns die Nazis bescherten, den Zweiten Weltkrieg. Der hat alles verändert."

Die beiden Frauen sind in ihrer Altenwohnsiedlung angekommen.

„Bis morgen. Heute habe ich um 17 Uhr Aqua Jogging mit meiner Schwimmgruppe."

„Um 17 Uhr sitze ich lieber auf meiner Terrasse und stricke. Das beruhigt meine Nerven. Dabei können meine Gedanken zu meinen Enkeln fliegen und ich versinke in den Erinnerungen meines Lebens. Dann fühle ich mich wohl. Ich vermisse das Kindergebrabbel so sehr. Ich beobachte so gerne die Kinderspiele."

„Anja trällert: ‚Backe, backe Kuchen, der Bäcker hat gerufen.' Ich fühle mich am wohlsten im Wasser. Mein Leben lang war das Wasser für mich die pure Lebensfreude. Als Jugendliche habe ich an Schwimmkämpfen teilgenommen, mit 80 Jahren bin ich noch im Rhein geschwommen. Ich war immer die beste Schwimmerin meines Jahrgangs. Beim Schwimmen bewunderten mich alle Männer. Sogar die Amerikaner schenkten mir Schokolade, und einer sogar

Seidenstrümpfe. Geärgert hat mich nur, dass mir die Deutschen dann ‚Amerikaner-Hure!' nachriefen."

„Ich denke, du hast beim Schwimmen deinen zweiten Ehemann kennengelernt?"

„Das war viel, viel später. Er war auch ein leidenschaftlicher Schwimmer. Schwimmen ist bis heute mein Lebenselixier. Nein, stricken ist nichts für mich. Ich will sowieso nicht über mein Leben nachdenken. Ich habe alles falsch gemacht. Ergötze du dich an deinen Maschen. Meine Masche ist das Schwimmen."

„Nein, deine Masche ist es, dich zu bemitleiden. Also bis morgen."

***

Helene rieb sich die Augen. Sie verspürte ein Durstgefühl. Im Zeitlupentempo erhob sie sich, schlaftrunken trank sie ein Glas Wasser. Dann ließ sie sich wieder vom Schlaf einfangen. Sie fiel in den nächsten Traum: *Dieselben Frauen sitzen auf der Terrasse. Die eine in der Hollywoodschaukel, die andere auf dem Korbstuhl mit Blick auf die blühenden Geranien. Sie spielen Karten. Der Limoncello leuchtet zitronengelb und verlockend. Nach jedem Spiel wird ein Schluck genommen. So viele Spiele, so viele Schlucke. Als es kühler wird, setzen sich die beiden Freundinnen ins gemütliche Wohnzimmer mit den blumigen Sesseln und den kolorierten Grafiken der Bonner Rheinlandschaft. Sie schließen die Verandatür und spielen weiter.*

„Jetzt können wir weitersingen: ‚Trink, trink, Brüderlein trink, lass doch die Sorgen zu Haus.' Die anderen Alten hören uns nun nicht mehr."

„Die sind schon zu Bett und haben ihre Hörgeräte weggelegt."

An diesem Abend gewinnt Anja. Und dank des Likörs und ihrer geschickten Erzählmanövern auch an den folgenden Abenden. Anja singt immer lauter, ihre Freundin Veronika immer leiser.
Plötzlich schreit Veronika ihr Lieblingslied: „Die Gedanken sind frei. Wer kann sie erraten?“
Zu Hause öffnet Veronika ihren Kleiderschrank und sucht sich eine Bluse mit langen Ärmeln heraus. „Das wird funktionieren“, murmelt sie.
Dann probiert sie es aus und es klappt. Natürlich erst, als Anja auf Toilette geht. Da tauscht sie blitzschnell Karten aus. Jetzt gewinnt Veronika. Sie strahlt. Anja stiert vor sich hin.
Dann ist Veronika nicht schnell genug. Da bekommt Anja tellerrunde Augen. „Du Betrügerin!“, schreit sie aus vollem Halse.
„Es ist doch nur ein Spiel“, antwortet Veronika. Doch Anja brüllt: „Wie kann ich dir vertrauen, wenn du mich belügst und betrügst!“
„Ich habe dich nicht belogen.“
„Wie kann ich dir noch trauen? Dabei habe ich Trottel dir mein ganzes Leben erzählt, einer Lügnerin und Betrügerin!“
„Ich dir auch meins.“
„Nur, du bist verdorben.“
„Ich bin verdorben? Was bist du denn? Du bist mannstoll.“
Da wird Anja puterrot. Sie reißt ihre Wohnungstür auf: „Verschwinde. Ich will dich nie mehr sehen.“
„Du wirfst mich raus? Dann betrete ich deine Wohnung nie wieder.“
Anja knallt die Türe hinter ihr zu.
Dann greift sie sich schmerzverzerrt an ihr Herz.

***

Helene wachte schweißgebadet auf. Sie blickte auf Veronikas Abschiedsgeschenk, die Spielkarte Herz-Ass mit einem Zweig vom Buchsbaum.

Helenes Augen füllten sich mit Tränen.

Morgen wird sie sie in Anjas kalte Hände legen, bevor ihr Körper verbrannt wird zu Asche.

Als Helene am nächsten Tag allein vor der Toten im aufgebahrten Sarg stand, strömten ihr folgende Worte aus dem Mund: „Hier stehe ich nun und muss dich beerdigen. Eigentlich ist dies die Aufgabe deiner Tochter.

Ich bin die Tochter deiner Feindin. Aber ich will nicht, dass du namenlos verscharrt wirst wie meine Mutter. Das hat etwas mit unserer Ehre als Frau zu tun.

Als junges Mädchen habe ich dich gehasst. Aber jetzt hasse ich dich nicht mehr. Du hast mein Leben begleitet, warst mir manchmal sogar eine Freundin. Wir konnten uns über Romane und Gedichte austauschen. Als ich mein erstes Buch geschrieben hatte, hast du sogar stolz als Tochter von mir gesprochen. Und ich habe viel von dir als Frau gelernt.

Du hast nie meine Kinder gehütet, aber später wenigstens meinen Hund, wenn ich verreist war. Vielleicht konntest du besser mit Tieren umgehen.

Zu mir, der Stieftochter, warst du nie fordernd und gängelnd wie zu deiner leiblichen Tochter. Dass ihr beide entzweit seid, tut mir in der Seele weh. Du hast meine Halbschwester gezwungen, so zu sein, wie du es wolltest. Was wundert es dich, dass sie dich nicht dafür liebte?

Sie ist dir entflohen, weil du zu hohe Anforderungen an sie stelltest. Sehr schade, für euch beide.

Mit deiner Tochter zerstritten, mit deiner Freundin zerstritten, mit deiner Schwester zerstritten. Wie traurig!
Du warst unglücklich und wolltest gehen.
Ich werde deinem Wunsch entsprechend deinen toten Körper zur Asche verbrennen lassen. Am liebsten würde ich die Urne deiner Tochter schicken. Für deinen Enkel. Aber ich habe keine Adresse.
Hier gebe ich dir das letzte Geschenk deiner Freundin Veronika: Das Herz-Ass. Ein Versöhnungsgruß.
Vielleicht werden wir uns irgendwann wiedersehen. Wer weiß?
Jetzt weine ich um dich."
Helene wischte sich die Tränen weg und verließ das Trauerzimmer.

Vertrauen in die Zukunft

Ist es ein Aprilscherz? Über einen Scherz muss man lachen. Aber Helene lachte nicht.
Sie fuhr in ihrem roten Smart durch den Godesberger Tunnel. Kein Laut entrann ihrer Kehle. Doch ihr Steuerrad war klitschnass, so nass, als wenn eine Regenwolke darüber ausgeschüttet worden wäre. Sie konnte es nicht fassen.
Ein Gedanke lähmte sie: „Meinem Kind hat man den Bauch aufgeschnitten", jammerte sie schließlich leise vor sich hin. Dann schrie sie: „Meinem Kind hat man den Bauch aufgeschnitten ... und ich bin nicht bei ihm!" Sie fuhr sich mit der Hand über die tränennassen Augen. Ihre Zunge leckte die salzigen Tropfen von ihren Lippen.
Dann schaltete sie das Autotelefon ein. Die Verbindung war ganz schlecht. ‚Klar, im Tunnel!' Sie hörte nur ein entferntes „Hallo" und knisternde Nebengeräusche.
Ein schwarzes Auto überholte sie. Sah sie richtig, zeigte ihr der Fahrer einen Vogel?
Sie blickte kurz aufs Tachometer: Sie fuhr nur 30 Stundenkilometer. Viel zu langsam! Sie erhöhte ihre Geschwindigkeit.
Plötzlich drang durch das Rauschen im Radio die Stimme ihres Mannes. „Helene, was ist los?"
Sie schluchzte: „Unserer Tochter haben sie den Bauch aufgeschnitten ... und wir sind nicht bei ihr."
„Also ein Kaiserschnitt. Sind Mutter und Kind gesund?"
„Ja schon, aber ..."
„Das ist doch die Hauptsache."

„Aber sie kann ihr Kind nicht tragen. Warum war es keine natürliche Geburt, sondern eine medizinische Geburt? Ich habe meine zwei Kinder doch natürlich geboren!"
„Deine psychologischen Nachwehen sind mir unbegreiflich. Beide, Mutter und Kind, werden sich von den Strapazen erholen. Heute hat nicht nur die Geburt eines Kindes stattgefunden, sondern für uns alle beginnt eine neue Ära. Wir sind Oma und Opa!"
Als Helene den Tunnel verließ, schien draußen die Sonne. Die schwarzen Wolken ließ sie hinter sich. Helene fuhr der Sonne entgegen.

***

Helene guckte in den Spiegel und sagte zu ihrem Spiegelbild:
„Hilfe, ich bin eine Oma!"
Auf alles war ich vorbereitet, aber nicht aufs Omasein.
Ich bin ein Planer, kein Schicksalsgläubiger. Seit ich eigenständig denken kann, habe ich mein Leben geplant. Omasein kam darin nicht vor.
Ins Omasein bin ich gestolpert.
Gut, dass mein Hund mir nachläuft! Statt den Hund suchen zu müssen, sucht er glücklicherweise mich. Deshalb sind Hunde für Omas so wichtig. Sie sind Wegefinder.
Als junges Mädchen bekam ich Schmuck geschenkt und freute mich.
Als junge Frau bekam ich Haushaltsgeräte geschenkt und freute mich.
Als Oma bekomme ich Zeit geschenkt und freue mich.

So ändern sich die Zeiten!
Zeit ist nicht nur ein Geschenk, Zeit ist auch eine Oma-Plage. Ich habe mehr Zeit, aber ich brauche, auch als Oma mehr Zeit als früher: Fürs Essenkochen, Essen und Spülen, fürs Anziehen, Schreiben, Lesen, Denken.
Omas Welt früher war geprägt vom Mangel. Omas Welt heute ist geprägt vom Überfluss. Die Oma von früher war bis zum Lebensende eine Sammlerin, die Oma von heute ist eine Wegwerferin. Meine Oma stopfte stundenlang die Löcher in den Strümpfen der ganzen Familie. Heute werden Strümpfe mit Löchern weggeschmissen. Haben wir Omas eine Wahl? Wir sind zwar Omas, aber trotzdem Kinder unserer Zeit.
In letzter Zeit denke ich oft an meine eigene Oma. Sie hat mich geprägt, weil sie mit mir Dinge getan hat, wozu meine Eltern keine Zeit hatten: Singen, Spielen, Tiere versorgen.
Heute bin ich die Nachhilfelehrerin für meine Enkelinnen und die Vorleserin. Werde ich die Liebe zu Büchern und Tieren bei ihnen entfachen können?
Als junges Mädchen stand mir die Welt offen, als Oma schließt sie sich mir bald.
Als junger Mensch wollte ich die Welt verbessern, als Oma will ich meine Welt zeigen, wie ich sie erlebt habe, und sie in Würde verlassen.
Helene blinzelte ihrem Spiegelbild zu und lächelte verschmitzt. „Hallo Oma!"
Tief in ihrem Innern entstand der Plan, ihren Enkelinnen Briefe zu schreiben, durch die sie zu ihnen immer noch sprechen konnte, auch wenn sie diese Welt verlassen hatte.

***

Liebe Marie,

wenn ich dich anschaue, umfasst mich eine Wärme:
Ich sehe das beginnende Leben, deine Möglichkeiten und Chancen.

Wenn ich dich anschaue, erfasst mich die Hoffnung,
dass du den Menschen, mit denen du zu tun haben wirst,
Stütze, Halt und Freude sein wirst.

Wenn ich dich anschaue, bin ich erfüllt von deiner Zukunft
und weiß, dass mein Leben in seine letzte Phase hinüberwandert.

Wenn ich dich anschaue, erkenne ich in dir
einen Teil von mir, von meinem Vater und meiner Großmutter:
Die Gesten deiner Hand machst du wie wir alle.

Wenn ich dich anschaue, möchte ich nicht mehr herumhetzen
und Neues erleben und neue Leute kennenlernen,
sondern ich möchte verweilen,
dich beobachten, mit dir lachen und weinen
- und zu mir selbst kommen.

Wenn ich dich anschaue, weiß ich,
dass Verweilen und Zeit miteinander zu verbringen,
das kostbarste Geschenk des Lebens ist.

Deine Oma Helene

***

Liebe Cora,

wir haben auf dich gewartet. Es war nicht nur eine frohe Erwartung, sondern auch eine angstvolle. In letzter Zeit war es so, dass ich nur Hiobsbotschaften von Geburtsvorgängen bei Bekannten hörte wie Todgeburten und Behinderungen. Oder nahm ich solche Nachrichten jetzt nur besonders wahr? Es ist, als ob du meine Angst gespürt hättest und deiner Großmutter übergroße Angst ersparen wolltest, denn dann warst du plötzlich da. Mit einer Sturzgeburt flossest du in den Strom der Erde, in den Strom unseres Lebens. Ein Geschenk. Ein unverdientes Glück. Eine Gnade.
Tiefe Dankbarkeit erfüllt mich zu dir, zu unserem Schöpfer, zum Leben. Cora, du bist ein Teil des Lebens, ein Teil der Schöpfung. Durch deine Energie und Tatkraft hast du meiner Tochter den zweiten Kaiserschnitt erspart. Sie kann jetzt nicht nur dich tragen, sondern auch Marie, deine Schwester. Marie spürt, dass die Wärme und Liebe der Mutter ihr nach deiner Geburt erhalten geblieben ist. Sie hätte es nicht verstanden, wenn ihre Mama sie nicht mehr auf den Arm genommen hätte.
Es ist wie ein Wunder. Deine klitzekleinen Fingerchen und Zehchen. Ich zähle sie immer wieder. Sie sind alle da. Wenn ich dich in meinem Arm halte, deinen saugenden Mund und dein Lächeln betrachte, füllen sich meine Augen mit Tränen, Perlen des Glücks. Dein Schatz ist deine Freundlichkeit, dein unaufhörliches Lächeln. Wenn ich dir ein Kinderlied summe und du in meinem Arm einschläfst, spüre ich deine Ruhe, deine Kraft. In dir ist ein Teil von mir.

Ich will nicht mehr in der Welt umherfliegen, sondern meine Sehnsucht fliegt wie auf großen weichen Schwingen zu dir und deiner Schwester Marie.
Am liebsten würde ich euch immer nahe sein, euch in meinen Armen wiegen, mit euch singen, tanzen, lachen, erzählen.
Wenn wir als Familie alle beisammen sind, brauchen wir keine Geschenke. Das ist unser Weihnachten – in welcher Jahreszeit auch immer.
Deine über das Leben staunende
Großmutter Helene

***

Liebe Emma,

zu deiner Geburt sind deine Großeltern extra angereist. Wir wollten deine Mutter entlasten, damit sie sich auf dein Kommen konzentrieren konnte. So haben wir Ausflüge mit deinen Geschwistern Marie und Cora unternommen. Doch du hast dir Zeit gelassen. Von Tag zu Tag stieg unsere Spannung und unsere Angst.
Auf dem Spielplatz beobachtete ich ein behindertes Zwillingspaar und betete: „Lieber Gott, hilf der Mutter, gib ihr besonders viel Kraft. Mache sie leistungsstark. Sie hatte sich sicher auch gesunde Kinder gewünscht. Bitte lass unsere Enkelin gesund sein!" Denn wir wussten schon, dass du ein Mädchen würdest, das konnte man beim Ultraschall sehen. So weit ist die Medizin heute. Doch auf dem langen Weg auf die Welt könnte dir noch viel Unerwartetes passieren. Davor konnte dich nur Gott beschützen. Meine Freundin Elke schenkte mir den dritten Schutzengel und begleitete ihn mit guten

Wünschen für dich. Bange Fragen stellten wir uns: Wirst du auch wie Cora auf die Welt stürzen? Oder willst du nicht aus Mamas Bauch herauskommen und man muss dich wie Marie mit einem Kaiserschnitt holen? Egal wie, Hauptsache gesund und unverletzt. Doch als du zum errechneten Termin nicht kamst, musste Opa nach Bonn zurückfahren, weil er unseren Hund Maja versorgen musste. Oma blieb und wartete. Mitten in der Nacht rief dein Vater an: „Es ist so weit. Wir fahren ins Krankenhaus, Barbara hat Wehen." Ich legte mich ins Kinderzimmer zu deinen Geschwistern, um besser auf sie aufzupassen. Voll heißer Erwartungen auf dich fiel ich in einen leichten Schlaf. Als ich die Augen wieder aufschlug, stand meine Tochter vor mir. Ich guckte auf ihren Bauch. Er war noch so dick wie vorher. Du warst noch drin. Sie lächelte verschämt: „Im Kreißsaal hörten die Wehen auf."

Wie ich es hasse zu warten! Nein, ich bin kein geduldiger Mensch. 7 unendlich lange Tage musste ich warten. Jeden Tag, jede Stunde sehnte ich dein Kommen herbei. Mein Magen war wie zugeschnürt, ich hatte 7 Tage lang keinen Hunger mehr. Dann sollte mit Ultraschall kontrolliert werden, ob du noch in Ordnung bist oder ob du geholt werden musst. Dein Vater kam nach Hause und holte den gepackten Koffer. Endlich! „Barbara ist im Kreißsaal", meinte er.

Ich schickte wieder meine Gebete zum Himmel. Umsonst! Nach einer Stunde waren der Koffer und die Eltern wieder zu Hause. Deine Mutter hatte sich geweigert. Sie wollte nicht, dass deine Geburt künstlich eingeleitet würde. Sie glaubte fest daran, dass du genau wüsstest, wann du kommen wolltest. Und dass du deine Gründe hättest.

Daraufhin tranken wir ein Glas Sekt.

Um ihren Körper und dich anzuregen, wanderte deine Mutter mit zum Kindergarten und holte die beiden anderen Kinder ab. Am Abend tranken wir das zweite Glas Sekt. Das sollte dich ermuntern, dich auf den Weg zu machen. Nach dem Zubettbringen von Marie und Cora guckten wir gemeinsam einen Actionfilm an. Der war sehr aufregend. Ich bemerkte, dass deine Mutter Barbara nicht mehr still sitzen konnte.
Du machtest dich erneut bemerkbar. „Wir müssen zurück in den Kreißsaal", sagte deine Mama schlicht. Wieder nahm ich sie in den Arm, wieder schickte ich ein Gebet zum Himmel. „Benachrichtige mich bitte – egal, wie spät es ist", bat ich meinen Schwiegersohn.
Als sie fort waren, hatte ich keinen Nerv mehr, Fernsehen zu gucken, so kribbelig war ich. Ich schaltete alle Geräte aus. Dann legte ich mich zu deinen Geschwistern ins Kinderzimmer zum Schlafen. Der regelmäßige Atem und sogar das Husten von Marie beruhigten mein aufgeregtes Herz. Doch schlafen konnte ich nicht. Ich musste meinen Geist zur Ruhe kommen lassen. So begann ich, den Rosenkranz zu beten. Die Eintönigkeit der Gebete beruhigte mich. Irgendwann fiel ich in einen leichten Schlaf.
„Hallo!" Hat mich jemand gerufen? Ich sehe, dass mein Handy aufleuchtet. Es ist so weit. Mit zittrigen Händen suchte ich meine Brille. Endlich! Ich atmete auf. Eine SMS war angekommen: EMMA IST AUF DER WELT. MUTTER UND KIND SIND GESUND. NORMALE GEBURT.
Ich merkte, wie ganz, ganz langsam von meinen Fußspitzen an Wärme in meinen Körper aufstieg und damit auch Leben in mir hochströmte und ich dachte: ‚Gott sei Dank. Der Name des Herrn sei gepriesen'

Man sollte meinen, dass wir, deine Großeltern, beim dritten Enkelkind schon Routine beim Warten gehabt hätten. Doch mitnichten. Du hast uns von allen drei Enkelkindern am längsten warten lassen. Meine Großmutter, deine Ururgroßmutter Elisabeth, hätte gesagt: „Sie schmückt sich."

Ja, am Tage deiner Geburt warst du eine auffallende Schönheit mit deinen buschigen schwarzen Haaren und deinen blauen Augen. Als ich ins Krankenhaus kam, hast du mich richtig angeguckt, als wenn du mich erkannt hättest.

Deine Augen sprachen zu mir: „Guten Tag, Großmutter."

„Guten Tag, Emma, wie schön, dass du endlich, endlich, auf der Welt bist. Nicht, dass das Wartenlassen deine Spezialität wird."

Deine Oma Helene

***

Unerwartet

Drei Enkelinnen
Juwelen des Alters
Ich fasse es nicht
Glück

Liebe Marie,

ein Mexikaner, der andachtsvoll betet,
ein Bär, der lauthals singt,
verrückte Hütchen auf einzelnen Köpfen,
ein Schütze, der die Fahne trägt.
Bläser, die voll Inbrunst blasen,
ein Trommler, der auf dem Schlagzeug hämmert,
Kaffeeduft, der hereinweht,
Oma und Opa mitten unter singenden Menschen.

Was meinst du, wo wir sind?
Nein, nicht auf einem Karnevalsfest, sondern in einer Kirche.
Anders als in eurem strengen Kindergottesdienst wo alles nach Vorschrift verläuft, wo die Kinder die Rituale der Kirche zwar kennenlernen, aber nicht verstehen können.
Nur zu Weihnachten, Ostern und Pfingsten singt Oma aus voller Kehle und voller Seele mit.
Und heute.
Nicht nur Oma und Opa singen mit, sondern Kinder, Familien, jüngere und ältere Erwachsene. Jeder Sitzplatz ist besetzt. Zusätzlich stehen Gläubige und Neugierige in den Gängen und unter der Orgel.
Du siehst, dieser Gottesdienst ist ein Event wie ein berühmtes Fußballspiel. Da, wo sonntags zur gleichen Zeit gähnende Leere ist, da ist es heute knüppelvoll.
Wie kommt das? Wieso erreicht die Kirche die Menschen?
Weil sie nicht von Ferne fordert, sondern auf die Menschen zukommt und gibt.

Sie schaut den Menschen „aufs Maul", denn es ist eine Mundartmesse.
Es ist eine Messe auf Platt. In diesem Falle auf Bönnsch-Platt.
Die Inhalte sind aber die Gleichen wie in einer lateinischen Messe.
Die Kirche verzichtet nicht auf ihre Botschaft, sondern macht sie in der einheimischen Sprache verständlicher. Die Kirche neigt sich vor den Gläubigen. Diese hören hin. Sie fühlen sich angesprochen.
Der Zelebrant ist Pater Heinrich, der nun nur in Mundart spricht:
Loss mer aanfange met enem Jross an de Herrjot.
Uns röf zosamme der Vatter, der Sonn un der Hellije Jeist.
Unse Herrjott soll imme met üch sin.
Die Gemeinde antwortet:
Un och met dir.
Nicht jeder der Gläubigen kann Bönnsch sprechen. In unserer Familie können es Oma, deine Mama und dein Onkel. Sie haben es von Uropa Wilhelm und Ururoma Elisabeth gelernt. Es gibt auch viele Zugezogene wie dein Opa Clemens aus Westfalen, die nicht aus Bonn stammen, die das nicht können. Sicherlich fragst du dich nun, ob diese in einer Mundartmesse nur zuhören und schweigen.
Das ist nicht nötig, weil die Menschen ja lesen können. In unserer Mundartmesse wurden statt des üblichen Liederzettels ausführliche Texte in Mundart verteilt, sodass jeder mitsprechen und mitsingen konnte. Die Lieder waren bekannte Kirchenlieder, die jeder mitsingen konnte zu den Melodien von „Ein Haus voll Glorie schauet", „Engel auf den Feldern singen", „Fest soll mein Taufbund immer stehen", „Lobe den Herren", „Großer Gott, wir loben dich".
So hat auch dein Opa Lieder in Mundart laut geschmettert.

Pater Heinrich hat das Evangelium und auch die Predigt in Mundart gesprochen. Und glaub nicht, dass dies nur fröhlich war. Pater Heinrich prangerte auch an. In diesem Falle ging es um die Hochzeit zu Kanaan. Er meinte, dass die Ehe heute von manchen nicht mehr auf ewig geschlossen würde, bis dass der Tod euch scheidet, sondern oft als Lebensabschnittsehe. Er nannte diese Ehe eine Zalando-Ehe oder Amazon-Ehe:
Bestelle, usprobiere un zurükschicke.
(Bestellen, ausprobieren und zurückschicken.)
Er hatte die Lacher auf seiner Seite.
Ich fühlte mich total glücklich beim Schmettern und Sprechen der Mundarttexte. Ich fühlte mich verbunden mit meinen Nachbarn, als Teil dieser Gemeinde.
Als junge Erwachsene wollte ich Kirche verändern und gegen Missstände kämpfen. Doch ich merkte bald, dass unsere Kirche eine Männerkirche ist und ich als Frau nur geringen Einfluss habe.
Meinen Fürbittenkreis für Frauen gab ich auf.
Aber heute diese Mundartmesse erinnert mich daran, dass ich mir nichts sehnlicher wünsche, als dass die Kirche sich zum Volk hinunterbeugt, unsere Bedürfnisse wahrnimmt und so wieder eine Kirche des Volkes wird. Dann würden wir gemeinsam singen:
Leever Jott, wie jruss du bes. Mir verneijen ons in Ahndaach, wundeba ding Schopfung es. Deef veriehre mir ding Almaach. Wie du wors vür Ahnbejinn. Jott, su wees du iwich sin.
Deine Oma Helene
PS: *Seit Langem wünsche ich mir eine Tiermesse. Dann würden andere Hundebesitzer und ich öfter zur Kirche kommen. Besonders unsere alten Menschen trennen sich nicht von ihren Tieren. Die Tierbesitzer müssten aber auf Sauberkeit achten.*

***

Liebe Marie, liebe Cora, liebe Emma,

ihr werdet unsere Erben sein.
Euer Opa und ich hinterlassen Euch nicht nur unser Haus und unser erspartes Geld, also unsere weltlichen Güter, sondern auch unsere geistigen Güter.
Ich will Euch mitteilen, was das Wichtigste in unserem Leben war und was uns glücklich gemacht hat:
Wichtig war uns die Familie. Wir waren froh und dankbar, zwei gesunde Kinder großziehen zu können, Eure Mama und Euren Onkel.
Es war uns auch eine tiefe Freude, als Eure Mama und Euer Papa sich gefunden hatten.
Stolz sind wir darauf, dass jedes Mitglied unserer engeren Familie nicht nur an sich selbst denkt, sondern sich auch für andere Menschen einsetzt. Euer Vater kämpft täglich für die Gesundheit der Menschen. Euer Onkel kämpft in der Politik für das Wohl der Menschen. Eure Mutter setzt sich für Gerechtigkeit für Kinder und für die Gleichberechtigung der Frau ein.
Euer Opa und ich haben uns bemüht, das vorzuleben. Euer Opa ist ein klar denkender Wissenschaftler, der in Mathematik und Computertechnik erfolgreich war und ist. Er hat sogar ein mathematisches Buch geschrieben. Das hätte ich nie gekonnt.
Zu unserer Kinder- und Jugendzeit war es nicht selbstverständlich, dass die Frau einen eigenen Beruf ausüben durfte. Die Heirat war bei den Frauen nicht immer das Tor zum glücklichen Leben, sondern oft das Tor zur Abhängigkeit.

Eure Großeltern haben Euch vorgelebt, dass dies nicht sein muss. Ich musste nicht wählen zwischen Familie und Beruf wie vor mir viele Frauen. Ich konnte Lehrerin werden ***und*** *eine Familie haben, weil Euer Opa sich die Kindererziehung und die Arbeit im Haushalt mit mir geteilt hat. So wie Euer Papa das bei Euch macht.*
Noch vor 60 Jahren war dies nicht selbstverständlich.
Eure Urgroßmutter starb am gebrochenen Herzen.
Eure Stiefurgroßmutter Anja hatte zwar einen eigenen Beruf, durfte ihn aber nicht ausüben. Beide hatten denselben gewalttätigen Mann und wurden unterschiedlich damit fertig.
Ich als Kind aus der ersten Ehe hatte das Glück, die Träume von Abitur und Studium für meinen Vater verwirklichen zu können. Anders hätte es ausgesehen, wenn ich einen Bruder gehabt hätte. Für meinen Vater hätte er immer Vorrang gehabt. Der Mann bedeutete ihm mehr als die Frau.
Meine Halbschwester wollte unabhängig von Familie sein, besonders von ihrer starken Mutter, und wanderte aus. Da Eure Stiefuroma kein Englisch gelernt hatte, konnte sie dort nicht leben, obwohl sie es versucht hat.
Die Frau, die mein Leben geprägt hat, war meine geistige Mutter, eine Nonne: Mater Felicitas. Ohne mich an sich zu binden, hat sie in vielen Gesprächen für mein Wohl und meine Entwicklung und meine Bildung gesorgt. Ihr unerschütterlicher Glaube hat Spuren in mir hinterlassen.
Darum wollte auch ich Lehrerin werden: Ich wollte alle Kinder, besonders die Mädchen, stützen und ihnen helfen, ihren eigenen Weg und ihre Aufgabe im Leben zu finden.
Ich habe gelernt, wie wichtig Bildung ist, wie wichtig Fremdsprachen sind, um die Menschen besser zu verstehen, wie wichtig die

Wissenschaft ist, weil sie die Menschheit weiterbringt ... und wie wichtig das Beten ist und das Miteinander-Reden.
Gelernt habe ich, in mich hineinzuschauen und mein Leben zu planen. Dabei habe ich meine Schwächen und Stärken berücksichtigt, denn niemand ist vollkommen. Meine Ziele habe ich verfolgt, aber wenn sich eine neue Möglichkeit ergab, habe ich über das Für und Wider nachgedacht, und wenn es menschenwürdig war, manchmal mein Lebensschiff umgelenkt. Viele Chancen und Gelegenheiten gibt es nie wieder, wenn man nicht sofort zupackt. Man muss sich trauen.
Aber auch sagen: „Mit mir nicht!“, wenn man nicht dahintersteht.

Als ich das Buch von Erich Fromm gelesen habe, überzeugte der Autor mich, dass „Haben oder Sein?“ die Frage des Lebens ist.
Für mich und Euren Opa war das „Sein“ immer wichtiger.
Natürlich ist es wichtig, einen Grundstock zum Leben zu haben: Etwas „Haben“ muss sein.
„Haben“ und „Sein“ kann man mit anderen teilen.
Ich vertraue auf Eure Zukunft!
Gott schütze Euch!

Eure Oma

Dem Schwur treu geblieben?

Zu Frühlingsanfang betrat eine rothaarige Frau mit einer Figur wie eine Balletttänzerin das Lokal mit der schönen Aussicht auf den Rhein. Sie guckte suchend durch die Gaststube, doch ihr Blick blieb an keinem der Gäste hängen. Mit heruntergezogenen Mundwinkeln suchte sie sich einen Tisch am Fenster. Dann guckte sie auf ihre Uhr und murmelte: „Ich bin pünktlich, wo sind die anderen?"

Sie schaute auf den Rhein. Schleppkähne und Ausflugsboote glitten hin und her. Vor der Insel lagen Sportboote. ‚Es hat sich nichts verändert', dachte sie, ‚hier ist die Zeit stehen geblieben.'

Der Kellner kam. Sie bestellte ein Glas Kölsch vom Fass. Wieder sah sie auf ihre Armbanduhr und murmelte missmutig vor sich hin: „Ihr untreuen Tomaten! Ich trinke auf euch."

Trotz ihrer Verärgerung schmeckte ihr das Bier. Frisch und kühl. „Ich bin wieder zu Hause", murmelte sie.

Eine halbe Stunde später rauschte eine weißhaarige, stämmige Frau herein und steuerte mit einem satten Lächeln auf sie zu. „Entschuldige, Eva, ich wurde aufgehalten. Ich dachte, es ist ja nicht so schlimm, weil die beiden ja miteinander reden können. Wo ist Hannah?"

„Sicher hat sie dasselbe gedacht. Jedenfalls ist sie noch nicht hier. Mit mir könnt ihr es ja machen! Ich bin ja unwichtig. Ihr könnt endlos über meine Zeit verfügen."

Helene überhörte den Vorwurf. „Du hast Wort gehalten. Zuverlässig wie immer", sagte Helene, „obwohl wir uns so lange nicht gesehen haben."

„Und pünktlich", ergänzte die Rothaarige. „Aber nicht wie immer. Ich erinnere mich daran, wie oft wir früher zu spät gekommen sind. Weißt du noch, wie Mater Theodora mit uns geschimpft hat?"

Dann brachen beide in Gelächter aus und umarmten sich endlich. „Wie schön, dass du unseren Schwur und unser Treffen nicht vergessen hast!"

„Wie schön, dich wiederzusehen, Eva!" Hast du dir schon etwas zu essen bestellt?"

„Nein, nur ein Kölsch." Sie beobachtete weiterhin die Eingangstür. „Ich wollte warten, bis wir alle drei da sind."

Helene bestellte sich dasselbe. „Prost, willkommen in der Heimat!"

Der Minutenzeiger der Uhr in der Gaststube wanderte zur 45, dann zur 50, zuletzt zur 60. Jedes Mal, wenn sich die Eingangstür öffnete, guckten 4 Augen forschend dahin und enttäuscht wieder an ihren Tisch zurück.

Evas Blick wurde trübe. „Ich glaube, dass Hannah uns vergessen hat."

„Unser Schwur und unser Lebensziel waren ihr doch nicht wichtig. Sehr, sehr schade", beteuerte Helene.

„Untreue Tomate! Der Schwur war doch ihre Idee, wie kann sie ihn vergessen?", schimpfte Eva und zog ihre Stirn in Falten. „Aber vielleicht ist sie böse auf mich, weil ich mich nicht mehr bei ihr gemeldet habe. Mein Leben hat ohne sie stattgefunden. Ich habe sie aus den Augen verloren, denn ich war nur mit mir und meinen Männern beschäftigt. Hattest du mit ihr Kontakt?"

Helene schüttelte kummervoll ihren Kopf: „Die letzten 10 Jahre auch nicht mehr. Vorher war sie mir wie eine Schwester. Ich habe sie an meinem Leben teilhaben lassen: Sie war die Taufpatin meines Sohnes, fuhr mit in Urlaub und hütete meine Kinder, wenn Clemens und ich allein sein wollten. Aber vor 10 Jahren gab es eine Auseinandersetzung und eine Trennung zwischen uns. Seitdem habe ich sie nicht wiedergesehen."

„Wahrscheinlich kommt sie nicht mehr. Auf jeden Fall können wir beide voreinander Rechenschaft ablegen. Wie steht es denn mit deinem Schwur, Helene, hast du ihn gehalten? Führst du heute ein selbstbestimmtes, glückliches Frauenleben?"

„Ja, aber um ein Haar wäre das schiefgegangen. Mein Prinz hätte mich beinahe in seinem Schloss gefangen gehalten. Dieser Egoist. Zuerst verliebte ich mich in einen Kunststudenten. Wie du weißt, hatte ich schon immer eine Schwäche für die Kunst. Als er sein Studium abbrach und eine Stelle als Grafiker bekam, sagte er doch tatsächlich zu mir: ‚Ich verdiene nun genug Geld und kann eine Familie ernähren. Deshalb brauchst du nicht mehr zu studieren. Ich arbeite und du sorgst für Haushalt und Kinder.' Da sprangen in mir alle Warnleuchten an. Das Bild meiner toten Mutter erstand riesengroß in mir. Mein Herz wurde von ihm mächtig angezogen, aber mein Verstand stoppte das Herz. Mir war sofort klar, dass ich in das alte Rollenverhalten der Frau schlüpfen sollte. Sofort dachte ich an meine Mutter und ihr trauriges Ende. Es wurde mir glasklar: Darum wollte ich Lehrerin werden und ... verließ ihn. Sogar ganz theatralisch."

Eva klopfte Helene auf die Schulter: „Super! Was hat er dann für Augen gemacht?"

„Ich habe seine Augen nicht gesehen, denn ich schrieb ihm einen ausführlichen Abschiedsbrief und reiste sofort ab nach Aachen in meine Studentenbude. Habe ich es dir damals nicht erzählt?"
„Ja, ich erinnere mich schwach. Aber ist er dir nicht hinterhergereist, vielleicht irgendwann?"
„Nein, ich hatte geschrieben, dass dies zwecklos sei. Außerdem hatte er eine feste Arbeitsstelle und konnte nicht weg."
Eva stand auf und umarmte Helene: „Juchhu, du hast ihm einen Korb gegeben! Hast du es je bereut? Was geschah danach?"
Ein Lächeln umspielte Helenes Gesicht. „Nein. Ich genoss meine Freiheit. Ich stürzte mich auch in Münster ins Studentenleben und beendete mein Studium mit viel Freude."
Eva schaltete sich wieder: „Bist du unabhängig und ledig geblieben?"
Helene schüttelte den Kopf. „Warte ab. Nee, ich blieb nicht ledig. Nach mehreren Liebeleien, die übers Küssen nicht hinausgingen, verliebte ich mich am Ende meiner Studentenzeit Hals über Kopf. Dieses Mal in einen Mathematikstudenten. Der wollte kein Hausmütterchen. Fantastisch, nicht? Nee, er war stolz darauf, dass er eine Lehrerin heiraten konnte. Und er hatte keine Probleme damit, dass ich ein Jahr lang ‚unsere Brötchen' verdiente. So konnten wir früher heiraten. Und als wir unsere Kinder bekamen, haben wir uns die Hausarbeit geteilt und ich konnte weiter meinen Beruf ausüben, der mich erfüllte."
Eva schüttelt ihr die Hand. „Glückwunsch! Wenn das deine verstorbene Mutter erlebt hätte! Sie wäre stolz auf dich gewesen!"

„Ihr gebrochener Lebenswille und ihr früher Tod haben die Entscheidungen in meinem Leben beeinflusst."
Die Blicke der beiden Frauen glitten aus dem Fenster und schauten wie früher auf die vorüberfahrenden Lastkähne des Rheins.
„Echt schade, dass Hannah nicht kommt! Was sie wohl erlebt hat?"
„Jetzt bist du mit Erzählen dran, Eva. Wie war es bei dir? Hast du ein selbstbestimmtes Leben geführt?"
„Mein Leben verlief im Beruf ähnlich. Ich wurde auch mit Leib und Seele Lehrerin. Ich nutzte meine Freiheit, um im Ausland zu arbeiten, in Tschechien, Frankreich, Irland und Dänemark. Immer, wenn mich ein Prinz einfangen wollte, entkam ich ihm. Oft im letzten Moment. Doch bald lernte ich einen neuen kennen, wo sich das Spiel wiederholte. Zwei oder drei Prinzen hatte ich manchmal nebeneinander, und wenn ich auf mein Leben zurückblicke, dann sehe ich einen Prinzen-Harem. Ich habe meine Chancen genutzt und ein glitzerndes Leben geführt."
„Dann warst du unabhängiger als ich. Du hast aus deinen Prinzen die Schweinehirten gemacht. Deine Mutter hätte sich gefreut. Deine Liebhaber boten dir das glanzvolle Leben, von dem deine schwermütige Mutter immer geträumt hatte."
Die Frauen ließen die Gläser klingen und prosteten sich zu.
„Lass uns nun etwas essen!" Dabei erzählten sie weiter und frischten ihre Erinnerungen auf. Die anderen Gäste hörten Gekicher und immer wieder die Frage: „Weißt du noch?"
Als Helene und Eva nach Stunden zahlen wollten, bevor sie in ihre Zimmer gingen, sagte die Wirtin: „Ich habe schon alle

anderen Gäste gefragt: Sind Sie ehemalige Klosterschülerinnen? Die alte, gebeugte Schwester Michaela hat mir einen Brief abgegeben. Wie heißen Sie?"
Nachdem sie ihre Namen auf dem Umschlag fand, überreichte sie ihnen den Brief.
Mit zitternden Fingern riss Helene den Umschlag auf und las:

„Liebe Helene, liebe Eva,
ich habe Schwester Michaela gebeten, Euch meinen Brief zu unserem Treffpunkt zu bringen. Sie war meine Vertraute in den letzten Wirren meines Lebens.
Wenn Ihr diesen Brief erhaltet, bin ich nicht mehr auf dieser Welt. Der Krebs frisst mich auf.
Nein, ich werde nicht Selbstmord begehen wie meine Mutter, die ihr Leben nicht mehr ertrug und sich in ihrer Kellerküche erhängte! Nein, ich habe gekämpft. Weil ich kein Abitur machen durfte, habe ich die Begabtensonderprüfung zur Lehrerin gemacht und bestanden. Das wisst ihr doch.
Ich bin eine finanziell unabhängige Frau und habe meinen Beruf der Lehrerin mit Stolz und Genugtuung ausgefüllt. Das hätte mein Vater mir nie zugetraut!
Und wie stand es mit meinem Prinzen, wollt ihr sicher wissen.
Ich habe mehrere Prinzen getroffen. Und der, den ich wollte, der wollte mich nicht. Das wisst ihr ja noch. Aber die, die mich heiraten wollten, die mochte ich nicht. Ich wollte stark sein und keine Kompromisse eingehen. So blieb ich solo.
Zuerst habe ich an Helenes Familie teilgenommen, doch dann merkte ich, dass mir das nicht guttat. Seitdem habe ich mich von Helene und ihrer Familie zurückgezogen. Ich konzentrierte mich

auf meinen Lehrerberuf, den ich mit Hingabe ausfüllte. Oft konnte ich meinen Schülern, besonders denen, die Probleme hatten, eine Stütze sein. Ich habe sie nicht allein gelassen in ihrem Kummer. Darum wollte ich Lehrerin werden.
Leider habe ich die richtige Partnerschaft nie gefunden. Aber ich wurde Mitglied einer politischen Partei, um für unsere Rechte als Frau zu kämpfen. Das war ich meiner Mutter schuldig.
Ihr seht, ich habe unseren Schwur gehalten, und Helene ja auch. Ich hoffe, Eva auch. Ich umarme Euch.
Eure Hannah.

Während die Tränen Helenes Blick verschleierten, reichte sie Eva den Brief weiter. „Oh mein Gott“, stöhnte diese.
Als Eva zu Ende gelesen hatte, murmelte sie: „Unfassbar ...“
Die beiden Freundinnen krallten ihre Hände ineinander.
Helene biss sich auf die Lippe: „Hannah war krank und hat sich nicht gemeldet. Ich hätte mich um sie kümmern müssen! Warum habe ich mich nicht gegen ihren Wunsch gerichtet? Warum habe ich den Kontakt von mir aus nicht wieder aufgenommen?“
Eva nahm sie in den Arm. „Ich verstehe deine Selbstvorwürfe. Aber Hannah hat es so gewollt. Du musst ihre Unabhängigkeit achten. Von wegen ‚untreue Tomate‘. Trotz ihrer schweren Krankheit hat sie uns nicht vergessen. Sie hat sich sogar politisch intensiv für die Rechte der Frau eingesetzt.“
Helene sagte: „Der Rhein fließt wie immer. Die Schleppkähne gleiten wie immer vorbei. Die Insel grünt und blüht wie immer. Die Sportboote liegen davor wie immer. Aber unser Leben als Frau ist nicht wie immer. Es hat sich verändert.

Die junge Generation und meine Enkelinnen leben in einer anderen Frauenwelt als wir damals. Gleichberechtigung und Selbstbestimmung ist bei vielen Frauen kein Thema mehr. Und das ist gut so."
„Aber Helene, ehrlich, bist du vollkommen glücklich?", fragte Eva.
„Wenn ich ehrlich bin, beneide ich dich ein bisschen um dein glamouröses Leben. Aber ich bin zufrieden."
Eva lächelte: „Mir geht es ähnlich. Ich liebe mein Glitzerleben, aber manchmal beneide ich dich ein bisschen um dein Familienleben. Nichts ist vollkommen auf dieser Welt."

***

Eva sagte: „Jetzt kann ich noch nicht schlafen gehen. Nach Hannahs Nachricht brauche ich einen Schnaps."
„Ich auch", beteuerte Helene niedergeschlagen. Sie bestellten einen Absacker.
„Hmm. Süß! Lecker! Ich liebe den Limoncello." Helene leckte sich die Lippen.
Ihre Freundin Eva fasste sich an die Stirn. „Der ist aber stark. Ich merke, wie er mir zu Kopfe steigt."
„Das ist nicht schlimm. Wir übernachten doch in diesem Hotel. Den Weg ins Zimmer finden wir immer noch."
Die beiden Internatsfreundinnen Eva und Helene tauschten noch immer die Geschichten ihres Lebens aus. Sie nahmen wenig wahr von der behaglichen Atmosphäre der altdeutschen Sessel und Tische und den alten, massiven Eichenschränken.

Aus dem Radio tönte die Stimme von Udo Jürgens: „Mit 66 Jahren, da fängt das Leben an ..."
„Von wegen", meinte Helene.
„Wieso, wir haben doch nicht mehr die Mühsal der täglichen Arbeit."
„Quatsch. Ich bin traurig, dass ich nicht mehr unterrichten darf. Ich war glücklich in meinem Beruf und unabhängig. Als Alte in die Diskothek zu gehen, wie Udo das propagiert, reizt mich in keiner Weise. Ich tanze gerne, aber nicht mit dem jungen Gemüse. Da wirst du nur mitleidig angesehen."
„Zu unserer Berufszeit habe ich auch gerne unterrichtet und genoss meine Unabhängigkeit. Heute liebe ich aber meine totale Freiheit." Eva breitete ihre Arme weit aus.
Ein alter, schlürfender Kellner kam an ihren Tisch: „Haben Sie noch einen Wunsch?"
„Ja, bringen Sie uns noch zwei Limoncellos."
Nach dem dritten zitronengelben, verführerischen Getränk meinte Eva lachend: „Wir Schnapsdrosseln sollten unser Leben in Schnapszahlen vergleichen: Was haben wir mit 11 Jahren gemacht, mit 22, mit 33, mit 44, mit 55, mit 66?"
„Und womöglich, was wollen wir als Oma mit 77 und 88 machen?", grinste nun auch Helene.
„Ich werde nie eine Oma sein. Ich bin es nicht und will mich auch nie so fühlen. Ich habe mich aus der alten Frauenrolle befreit. Mein Frausein bedeutet frei sein von alten Vorstellungen." Eva schüttelte ihre roten Haare hin und her.
„Erlebst du denn nicht, dass nun im Bus Jüngere für dich aufstehen?"
„Ich fahre nie Bus. Ich leiste mir ein Taxi."

„Das könnte ich mir auch leisten. Doch ich beobachte gerne Leute im Bus. Manchmal komme ich sogar mit ihnen ins Gespräch."
„Ich liebe die Gespräche mit den Taxifahrern."
„Siehst du, so verschieden sind wir. Ich bin stolz, Oma zu sein und Enkelkinder zu haben."
„Und ich bin stolz, unabhängig und frei zu sein."
Beide lachten.
„Wir haben ja auch ein unterschiedliches Leben geführt. Dein Leben verlief klassisch: Ein Mann, ein Haus, ein Auto, Kinder, Enkelkinder ..."
Helene warf ein: „... Und nicht zu vergessen ... ein Beruf, der mich erfüllte."
Eva fuhr fort: „Ja, ich war auch gerne Lehrerin. Ich aber lebte anders. Ich liebte die Männer und lernte die Welt der Männer kennen."
„Mit 11 Jahren war unser Leben ja noch gleich. Wir gingen beide aufs Gymnasium."
„Aber an verschiedenen Orten. Du in Aachen. Ich in Bonn."
„Mit 22 studierten wir beide an verschiedenen Orten, nachdem deine Eltern dich zu mir ins Internat gesteckt hatten und wir beide hier unser Abi gemacht hatten."
„Ja, ich hatte schon früh einen Freund. Das wollten meine Eltern nicht. Deshalb das Internat."
„Ja, du sahst so chinesisch aus mit den langen schwarzen Haaren und deiner elfenbeinweißen Haut. Du warst etwas Besonderes. Eine fremdländische Schönheit."
Helene betrachtete ihre Freundin. Sie war immer noch groß und schlank und dynamisch. Ihre Haare trug sie nicht mehr

so lang wie in ihrer Jugendzeit. Helene hatte ihre pechschwarzen Haare immer bewundert. Dieses gefärbte Rot war ihr fremd, aber sie sagte nichts.
„Im Sommersemester studierten wir noch zusammen. Die Stunden mit dir waren ausgelassen und unvergesslich. Toll, wie wir gefeiert und getanzt haben. Damals waren wir im Hippie-Rausch."
„Kein Wunder nach der strengen Klostererziehung. Doch dann dachte ich, ich versumpfe. Immer feiern gefiel mir nicht mehr. Deshalb habe ich mich nach Münster beworben."
„Leider. Zuerst habe ich dich dort besucht, doch mit der Zeit haben wir uns aus den Augen verloren. Wie war es mit 33?"
„Da hatte ich viel zu tun mit Mann und zwei kleinen Kindern und dem Beruf."
„Da warst du ganz bürgerlich und langweilig. Deshalb habe ich dich nie besucht. Ich liebte mein Berufsleben. Drei Jahre hatte ich als Lehrerin in Frankreich gearbeitet und danach in Irland. Ich habe da meine Freiheit richtig genossen. Die Männerwelt lag mir zu Füßen. Ich habe aufregende, interessante Männer kennengelernt. Das Leben war ein Fest. Mit Hingabe sang ich Marlene Dietrichs Lied: ‚Ich weiß nicht, zu wem ich gehöre. Ich bin zu schade für einen allein. Ja, soll denn etwas so Schönes nur einem gefallen? Die Sonne, die Sterne gehören doch auch allen.'"
„Kein Wunder, so gut wie du aussahst. Und mit 44, wie ging es dir da?"
„Fantastisch. Ich arbeitete als Lehrerin in Tschechien. Das war für mich eine besondere Erfahrung, denn diese Kinder brauchten mich mehr als unsere deutschen. Und du?"

„Meine eigenen Kinder waren nun 10 und 12 Jahre alt. Um die pädagogischen Ideen der Pädagogin Maria Montessori in meiner Schule einzuführen, habe ich eine Zusatzausbildung gemacht und nach einer Prüfung das Montessori-Diplom erhalten. Da war ich schon Schulleiterin. Ich hatte mich an eine Schule mit einem hohen Ausländeranteil gemeldet."
„Wieso das denn? Da musstest du ja noch mehr arbeiten."
„Da konnte ich meine pädagogischen Ideen besser verwirklichen und dafür sorgen, dass jedes Kind eine Chance hat. Die Pädagogik faszinierte mich. Ich war glücklich. Meine alte Ordensschwester Mater Felicitas wäre stolz auf mich gewesen. – Und wie war es bei dir mit 55?"
„Ich kam wieder zurück nach Deutschland und besuchte alle meine alten Freunde und war Lehrerin in Dortmund."
„Ich hingegen begeisterte mich für die Montessori-Pädagogik und bildete nun Erwachsene aus. Diese Aufgabe gefiel mir."
Helene dachte an ihre Studentenzeit zurück: „Aber Heinrich war doch damals so verliebt in dich. Warum seid ihr nicht zusammengeblieben?"
„Ach, der war doch langweilig", grinste Eva.
Helene wagte schließlich zu fragen: „Du hast so viele interessante Männer geliebt. Warum hast du nie geheiratet?"
Es sah aus, wie wenn Eva die Frage nicht gehört hätte. Sie stand auf und ging zur Toilette. Helene bemerkte, dass sie nicht mehr gerade ging. Als sie wiederkam, wiederholte sie ihre Frage.
Jetzt konnte Eva nicht mehr ausweichen. Sie sagte mit fester Stimme: „Als ich jung war, wollte ich mich nicht binden wie Marlene Dietrich. Und schon gar nicht unterordnen. Denn

der Mann hatte in unserer Gesellschaft mehr Rechte als die Frau. Denk nur daran, dass bis 1966 der Mann noch bestimmen konnte, ob die Frau arbeitete. Und die Männer, die ich wirklich toll fand, waren schon verheiratet. Und Kompromisse wollte ich nie eingehen. – Und wie ist dein Leben mit 66? Fängt nicht dein Leben erst richtig an, wie Udo Jürgens singt?"
Helene trank einen langen Schluck Limoncello. „Du hast recht, ich könnte heute mehr Freiheiten haben. Aber will ich sie? Ich helfe zweimal in der Woche freiwillig in der Schule aus. Wenn ich Zeit mit meinen Enkelinnen verbringen kann, mit ihnen lesen, tollen und malen kann, bin ich glücklich. Für mich gilt einmal Lehrerin, immer Lehrerin. Wenn mich vertrauensvolle Kinderaugen anlächeln, bin ich total glücklich. Mit 66 Jahren kann ich das nicht aufgeben. Und du?"
Eva schüttelte den Kopf. „Nein, so ein Leben ist nichts für mich. Ich ticke anders. Ich war auch sehr gerne Lehrerin, aber heute will ich es nicht mehr. Ich will noch die Welt sehen. Die ist so interessant. Am liebsten fahre ich mit dem Kreuzfahrtschiff und entdecke neue Länder und lerne interessante neue Menschen kennen. Ich will mich nicht binden, weder an Menschen noch an Besitz. Ich brauche keine Familie, kein Auto, kein Haus. Nächsten Monat fahre ich nach Südamerika. Nach Peru. Mich interessiert das Reich der Inkas. Ich habe davon geträumt, den Titicacasee zu sehen und vielleicht eine Bootstour darauf zu machen."
„Du bist eine echte Weltenbummlerin."
Der alte Kellner kam an ihren Tisch geschlurft. „Entschuldigen Sie, meine Damen. Möchten Sie noch etwas Letztes? Wir schließen bald."

Die beiden Frauen verneinten. Helene guckte sich um. Sie waren nun die einzigen Gäste im Raum. Sie verlangte die Rechnung. Nachdem sie bezahlt hatten, blieben sie aber noch einen Moment sitzen.

„Ich bin nicht so viel in andere Länder verreist wie du. Aber Clemens und ich haben uns, nachdem unsere Kinder ausgezogen waren, ein Apartment in Südfrankreich geleistet. Südfrankreich ist unsere zweite Heimat geworden. Da konnten wir unsere Hunde immer mitnehmen, mit ihnen im Meer schwimmen und die herrliche Landschaft genießen. Ich fühle mich als Europäerin und bin stolz darauf."

„Ist dein dauerndes ‚mit dem Kreuzfahrtschiff fahren' nicht zu teuer?", wollte Helene wissen.

Eva drehte eine Haarsträhne um ihren Finger. „Ich fahre immer als Alleinstehende in einer Innenkabine, meist einer Kabine für 4 Personen. Sonst könnte ich mir so viele Reisen nicht leisten. Außerdem wohne ich in Aachen nur in einem kleinen Apartment und habe Erspartes. Aber ich habe Freunde auf der ganzen Welt. Echte Freunde."

„Toll. Eine echte Weltenbummlerin. Was wünschst du dir für 77 und 88?"

„Nichts anderes. Ich will bis zum Schluss mein Leben genießen auf allen Kreuzfahrtschiffen der Welt und immer neue Leute kennenlernen. Und du? Sollen wir nicht wie in alten Tagen gemeinsam reisen?" Eva umarmte ihre Freundin.

Helene starrte vor sich hin. „Ich glaube nicht an die ewige Jugend. Ich kann die Bedürfnisse des Alters nicht ignorieren. Es ist für mich verlockend, mal die eine oder andere Reise mit dir zu machen. Aber erst mit 88. Dann brauchen mich meine Enkelinnen nicht mehr."

„Wenn wir dann noch leben und noch können. Doch ich will daran nicht denken. Ich denke positiv." Eva biss sich auf die Unterlippe.

„Morgen früh jedenfalls sollten wir zum Friedhof gehen und Hannahs Grab suchen. Ihr Ziel, eine starke Frau zu werden, hat sie erreicht. Aber leider nicht, auch eine glückliche Frau zu werden. Eine verständnisvolle und glückliche Lehrerin war sie jedenfalls."

„Sie hatte keine Kraft mehr. Ihr Leben war ein Kampf gegen ihren Vater, gegen Mater Mathilde, gegen die Männergesellschaft und gegen den Krebs. Das war zu viel.

In ihrer Jugend war sie finanziell nicht unabhängig. Mit Abitur wäre ihr Leben einfacher gewesen. Aber immerhin hat sie die Begabtensonderprüfung gemacht und hat später noch das Lehrerstudium geschafft. Aber wie viel Kraft sie das gekostet hat! Ihr Traum von einer kleinen Familie konnte sie nicht mehr verwirklichen. Das brach ihr das Herz."

Eva meinte: „Eigentlich kann sie froh sein. So ist ihr so ein Despot wie ihr Vater erspart geblieben! Ich jedenfalls bin froh, nicht unter das Ehejoch geraten zu sein. "

„Hannah war eine ausgezeichnete Lehrerin. Am eigenen Leibe hatte sie erfahren, wie wichtig es ist, das Selbstbewusstsein der Kinder zu stärken. Hannah hat sich für die Gesellschaft eingesetzt als Lehrerin und als Parteimitglied. Sie hat für unsere Rechte als Frau gekämpft. Sie hat ihren Schwur gehalten."

Als Helene und Eva in ihr Hotelzimmer gingen, mussten sie sich gegenseitig stützen. Helene zog sich mit der einen Hand am Treppengeländer hoch, mit der anderen hielt sie Eva fest.

Helene sagte: „Ja, ja, der Limoncello. Den trinken wir noch wie damals. Aber so verschieden sind wir geworden. Manchmal frage ich mich heute, was wäre aus mir geworden, wenn ich damals mit dir zusammen in Aachen weiterstudiert hätte."

Eva blieb stehen und guckte ihr tief in die Augen und antwortete: „Auf keinen Fall eine Bürgerliche ... und keine fromme Helene!"

Epilog

Helene klappt die Kladde mit den Geschichten ihres Lebens zu. Sie hat genug über ihr Leben nachgedacht. Jetzt will sie endlich ihre Entscheidung, die auf ihr lastet, treffen. Soll sie Anja im selben Grab wie ihre Mutter beerdigen?
Helene überlegt: ‚Am besten gehe ich an den Ort, wo ich Fakten schaffen muss.
Verzeihen oder Rache? Das ist hier die Frage.
Ich bin der Entscheidungsengel- oder- Entscheidungsteufel.
Keiner würde es merken.
Keiner würde sagen: Die eigene Tochter hat die Feindinnen vereint. Für die Ewigkeit.'
Diese Gedanken steigen in ihr hoch wie die Kälte des Nebels, die sich von ihren Füßen langsam hochfrisst in Beine, Bauch, Brust und Kopf.
Sie steht einfach nur da. Ohne Orientierung.
Grauweiße Schleier umgarnen sie, wickeln sie ein und verhindern wie riesige Spinnweben ihre klare Sicht.
Doch soll sie von dem Nicht-Entdeckt-Werden ihre Entscheidung abhängig machen? Ist das nicht feige?
Ihre Augen füllen sich mit Tränen. Aussichtslos.
Undurchdringbarer Nebel in ihr und um sie herum.
Wie ein eisiger Mantel ergreift die Kälte von ihr Besitz.
Ganz langsam fühlt sie ihr Herz zu einem Eisklumpen werden. Sie kann kaum atmen. Oder war es vorher schon so und sie hatte es nur nicht bemerkt? Vielleicht ist sie die Herrscherin über das Schicksal. Ausgerechnet sie muss zusammenfügen oder trennen. Diese Rolle hat Helene sich nicht gewünscht.

Ihr Blick versucht, sich einen Weg durch die Nebelschwaden zu bohren. Gleichzeitig lauscht sie auf die Stimme ihres Herzens. Es gelingt ihr nicht.
Es war ein Fehler hierherzukommen. Sie hatte gedacht, wenn sie an diesen Ort gehen würde, sähe sie klarer. Dieser Gang ist keine Entscheidungshilfe.
Nein, sie kann das eisige Netz nicht zerreißen. Sie dreht sich um und entfernt sich langsam. Es reicht. Sie will nach Hause.
Da stupst sie ihr Hund mit seiner feuchten Schnauze an und leckt ihr die Hand. Traurig streicht sie ihm über den Kopf. Seine Wärme tut ihr gut. Dann beißt der Labrador in seine Leine, dreht sich um und zieht sie zurück. Sie folgt ihm.
Ganz langsam fühlt sie, wie ihre Erstarrung dahinschmilzt. Wie Eis in der Wärme ... Ein Strahl der Sonne schiebt sich unermüdlich, unbeirrt durch das Grau der Wolken. Ihr Blick gleitet müde über das Beet. Die Sonne leckt das Grau, die graue Decke, weg. Wie ein kalter weißer Teppich überziehen weiße Blumen den Boden. Von dem Geheimnis, das dieser Stein verschweigt, merkt ein Vorübergehender nichts. Er ahnt nicht, dass eine junge Frau seit Jahren hier liegt. Deren Lebensmut gebrochen wurde von der Frau, die nun nach fast 60 Jahren Einlass begehrt.
Helene schnippt mit ihren Fingern wie mit einer Schere, als ob sie den Nebel durchschneiden will. Und tatsächlich, ein Sonnenstrahl zerreißt endlich das Nebelkissen, das ihn umhüllt. Sie liest nun auf dem Grabstein:

Familie Heinrich Herbst

Sonst nichts. Kein Datum. Kein weiterer Name. Nur das Wort „Familie" sagt aus, dass nicht nur der Vater im Grab liegt. Ein Fremder erfährt nicht, dass ihre Mutter hier ruht. Sie ist ausgelöscht. Als hätte es sie nie gegeben. Nur 47 Jahre hat sie gelebt.
Und die zweite Frau von Heinrich Herbst würde genauso unsichtbar sein wie seine erste.
„Was macht dich so unsicher?", murmelt Helene zu sich selbst.
„Das Frauenschicksal, namenlos verscharrt zu werden! Einerseits. Andererseits habe ich meine Stiefmutter zuletzt nicht mehr gehasst. Sie war mir keine Mutter, aber auch keine böse Stiefmutter, manchmal sogar eine Freundin. Unter meinem Vater hat sie auch gelitten. Allerdings konnte sie sich besser durchsetzen als meine Mutter. Sie war meinen Enkeln eine würdige Uroma. Wie will ich den Enkeln erklären, dass es nur Rache und Hass gibt? Keine Versöhnung? Kein Verzeihen? So viel Zeit ist vergangen ...
„Herr, unser Gott hilf mir!"
Helene fühlt sich elend. Sie könnte sich übergeben.
„Mutti, was soll ich nur tun? Soll ich besser ihre Asche verstreuen und euch beide, dich und Vati, in Ruhe lassen?
Oder verzeihst du mir, wenn ich deinem Wunsch nicht entspreche?
Wenn ich, obwohl ich deinen Protest fühle, deine Feindin im selben Grab beerdige?"
Der Nebel wird löchriger. Helene erkennt mehr und mehr die anderen Gräber. Entscheiden kann sie sich immer noch nicht.
Mit einem Ruck zieht sie ihren Hund hoch, der sich hingelegt hat.
„Komm, wir gehen!"
Dabei fällt ihre Handtasche zu Boden und heraus ragt ein Buch: „Späte Familie" von Zeruya Shalev.

Helene erinnert sich an das letzte Telefongespräch mit ihrer Stiefmutter. „Helene, lies dieses Buch. Wichtiges habe ich unterstrichen. Dann kannst du mich verstehen."
Da liegt das Buch nun auf der kalten Erde. Helene hebt es auf und liest mühsam die unterstrichenen Stellen.
Plötzlich kommen sie ihr wie ein Vermächtnis vor:
... warte ab, du wirst noch bis zum Wahnsinn geliebt werden ...
... und wir suchen einen Friedhof, um unsere Liebe zu begraben, eine Liebe, die sich abgenutzt hat, die krank geworden ist ...
Helene fühlt, wie ihr warm wird. Ihr Herz fängt an zu pochen.
„Mutti, jetzt sehe ich es glasklar: Auch deine Nebenbuhlerin wurde von Vati unterdrückt. Auch sie hat ihn geliebt. Sogar bis zum Wahnsinn. Auch sie wurde geblendet von seinem Charme. Auch sie wurde als Frau von ihm schlecht behandelt. Auch sie war für ihn ein Mensch zweiter Klasse. Nur, sie konnte sich besser wehren als du.
Mutti, jetzt weiß ich endlich, was ich entscheide. Bitte verzeih mir. Anja war eine Frau des 20. Jahrhunderts wie du und ich – auch gefesselt durch ihre emotionale und ihre ökonomische Abhängigkeit von ihrem Mann."
Mit hoch erhobenem Kopf und festen Schritten verlässt Helene den Friedhof. Ihr Hund folgt ihr schwanzwedelnd. Der Nebel hat sich verzogen. Sie weiß nun, was sie ihren Kindern und Enkelinnen sagt. Vor allem sollen alle Namen auf dem Grabstein stehen. Dafür wird sie sorgen.
„Herr, ich danke dir", flüstert Helene. Manchmal ist sie doch noch fromm.
Eine Frau des 21. Jahrhunderts.

Dank

Für die freundliche Unterstützung danke ich Dr. Aide Rehbaum und meinen Verlegern Inge Witzlau und Alfred Büngen.